dtv

»Es war der 2. Juni. In der Deutschen Oper wurde Mozart gegeben. Eine Handkamera fuhr durch die Menge der schreienden Studenten. Sie hoben die Fäuste und skandierten Parolen in den lauen Frühsommer des Jahres 1967.« Der junge Mann mit der Schmalfilmkamera verfolgt gelangweilt das Geschehen, wartet auf brauchbare Bilder: »Schah, Schah, Scharlatan«, brüllen die Demonstranten. Tomaten und Farbeier fliegen. Dann der Aufmarsch der Polizei. Während drüben in der Deutschen Oper das Establishment dem ›Figaro‹ lauscht, fallen die Schüsse. Tödlich getroffen sinkt Benno Ohnesorg zu Boden. Mitten in diesem Chaos zwischen Wasserwerfern und Sprechchören, Gummiknüppeln und Pflastersteinen begegnet Andreas Baader, der junge Mann mit der Kamera, Gudrun Ensslin, der behüteten Tochter aus einer protestantischen Pfarrersfamilie. Und es beginnt eine Liebesgeschichte, die jeder zu kennen glaubt, die Leander Scholz jedoch erzählt, wie keiner sie kennt.

Leander Scholz, 1969 in Aachen geboren, studierte Philosophie in Bonn und Paris und lebt heute in Bonn. 1998 Preisträger des Rolf Dieter Brinkmann-Stipendiums der Stadt Köln. Weitere Werke: ›Jungfernpergament‹ (Roman, 1995); ›Zwei gegen einen‹ (Erzählungen, 1998) und ›Windbraut‹ (Roman, 2002).

Leander Scholz

Rosenfest

Roman

Deutscher Taschenbuch Verlag

Von Leander Scholz
ist im Deutschen Taschenbuch Verlag erschienen:
Windbraut (24298)

Ungekürzte Ausgabe
April 2003
Deutscher Taschenbuch Verlag GmbH & Co. KG,
München
www.dtv.de

Umschlagkonzept: Balk & Brumshagen
Umschlagfoto: © ullstein bild, Berlin
Satz: Satz für Satz. Barbara Reischmann, Leutkirch
Druck und Bindung: Druckerei C. H. Beck, Nördlingen
Gedruckt auf säurefreiem, chlorfrei gebleichtem Papier
Printed in Germany · ISBN 3-423-13068-7

ÄNGSTEN SIE MEIN HERZ NICHT;
DIE ENGSTEN ZIMMER SIND DIE SCHLIMMSTEN.

Neues ABC= und Lese=Buch

I.

Als Hänsel gefangengenommen wurde, ging Gretel ins Kaufhaus, um sich eine rote Bluse zu kaufen. Als Gretel an der Kasse gefangengenommen wurde, sagte sie zu den Häschern, was für ein Glück, und sie gab die Bluse zurück.

Es war der 2. Juni. In der Deutschen Oper wurde Mozart gegeben. Eine Handkamera fuhr durch die Menge der schreienden Studenten. Sie hoben die Fäuste und skandierten Parolen in den lauen Frühsommer des Jahres 1967. Andreas Baader langweilte sich.

»Schah, Schah, Scharlatan«, riefen die Demonstranten und warfen Tomaten, Farbeier und Steine in die Richtung der Straße, auf der sie, über fünfzig Meter weit entfernt hinter einer stählernen Absperrung, die Staatskolonne erwartet hatten.

Ganz Berlin war eingekerkert. Das staatliche Programm der inneren Sicherheit hatte Sorge dafür getragen, daß das persische Kaiserpaar in seinem panzersicheren Mercedes den wenigen Steinen, die es bis zu der Kolonne schafften, gelassen entgegenblicken konnte.

Gerade hatte Figaro den eitlen Grafen Almaviva in eine peinliche Situation gebracht, so daß der unter den Augen des versammelten Hofstaates gegen seines Kammerdieners Hochzeit mit der hübschen Susanna nichts mehr einwenden konnte. Zwar war das alte feudale Recht der ersten Nacht mit der Braut des Untergebenen längst abgeschafft, aber gegen eine bare Mitgift wurde das sogenannte halbe Stündchen mit dem Fürsten immer noch gerne eingetauscht.

Die junge und unerzogene Lust war vor dem Recht-, Geld- und Machthaben des Alters gerettet, als eine vorbeifliegende Mehltüte Andreas zwang, seine Kamera vom Auge

zu nehmen. Er pustete sorgfältig den feinen Staub vom Objektiv, setzte seine Sonnenbrille auf und sah sich die Studentengruppen, in deren Mitte er unversehens geraten war, zum ersten Mal aus der Nähe an.
Die Demonstrierenden, weit von dem Geschehen an der Oper abgedrängt, wurden sich langsam ihrer Überflüssigkeit in diesem politischen Schauspiel bewußt und leiteten enttäuscht einen Rückzug in die umliegenden Kneipen ein, als ihnen plötzlich von allen Seiten Krankenwagen stumm den Weg versperrten.
Andreas schob sich die schwarzen Brillengläser wieder auf die Stirn und zog einen neuen Film ein.

Leb wohl, leb wohl, mein schöner Fi-Fi-Figaro, sang Susanna, der Sopran, mit Frauen-, Knaben- und Kastratenlauten in den schönen Samstagabend hinein, der normalerweise von der Sportschau beherrscht wurde.
Unbeteiligt ließ Andreas den Fokus der Kamera über die grölende Menge gleiten. Eine menschliche Leberwurst, dachte er, die an beiden Enden auseinanderplatzen müßte, wenn die Schlagstöcke der Polizisten auf ihre Mitte einprügeln würden. Drängelnd und sich gegenseitig schubsend, wollten die Studenten nicht wahrhaben, daß sie eingekesselt waren.
Den einzigen in der Menschenmenge, der elegant gekleidet war, wie immer mit dunklem Hemd und jenen engen, selbstgeschneiderten Seidenhosen, die ihn, wo immer es ihn hinverschlug, an die Münchener Kunst- und Drogen-Schickeria erinnern sollten, diesen einzigen, dachte Andreas, könnten die Knüppel nicht berühren.

Die Rache, oh, die Rache! ist ein Vergnügen allein für die Weisen: Die Schande und die Beleidigung zu vergessen zeugt stets von niedrigem, feigem Wesen, klang es im Baß aus der Oper, während das stille Blaulicht bedrohlich über die Uniformierten flackerte, die sich in mehreren Reihen um die Demonstranten aufgestellt hatten.
Andreas hatte es sich angewöhnt, zu solchen Ereignissen immer ein wenig Koks bei sich zu tragen. Er hatte zwei Nächte nicht geschlafen und gehofft, ihm fiele am dritten Tag etwas ein für das Auge seiner Kamera. Aber tatsächlich war er den ganzen Nachmittag durch das gerüstete Berlin gelaufen, ohne daß er auch nur ein einziges Mal die Zuversicht empfand, jene entscheidende Szene festzuhalten, welche die Welt verändern mußte.
Ohne eine solche Hoffnung konnte Andreas nicht leben. Wenn er sich durch eine Menschenmenge schieben mußte, hatte er Angst, er wäre nicht imstande, die Vielzahl von Gedanken zu ertragen, die auf ihn einströmen könnten. Er haßte es, wenn die Vorübergehenden ihn anrempelten und offensichtlich nicht einmal im Traum darüber nachdachten, ob gerade Krieg war oder nicht.
Andreas Baader war stolz auf sein äußerst männliches Gesicht mit kräftigen Koteletten, auf die abgehackten Bewegungen der Gliedmaßen, entliehen von Rainer Werner Fassbinder, den er noch aus München kannte und dessen apathischen Blick er bei solchen Szenen stets im Kopf vorrätig trug. Ich mache Filme, hatte der Jungstar der Filmszene mit jener gleichen Radikalität gesagt, mit der der zwanzigjährige Andreas von München aus zu seiner ersten Suche nach der Geschichte durch die junge Republik aufgebrochen war. Ich schmeiße keine Bomben, rief ihm sein Idol hinterher, dessen ausdauernde Wut ihn ständig begleitete.

Kunst oder Schlagstock, ging es Andreas durch den Kopf, als er die jetzt noch lauter skandierenden Studenten abfilmte, deren schrille Empörungsrufe über den Staatsempfang des persischen Schahs mehr und mehr in Hilfeschreie übergingen.

Die Gewalt des Black Panther, der Krieg in Vietnam, die sich ausweitenden Studentenunruhen, das vom Westen prophezeite Ende des Kommunismus – das alles waren für Andreas nur weitere Indizien, daß im Kampf um die Geschichte noch nichts, aber auch gar nichts entschieden war. Ihr alle, hatte er auf einer nächtlichen Party der Bildzeitung gebrüllt, bei der er bis vor wenigen Tagen noch ein Praktikum absolvierte, ihr alle lebt noch im Fegefeuer. Dabei hatte er vollkommen betrunken versucht, sich an einen Kronleuchter zu hängen, und Prophezeiungen über den Zeitungsmitarbeitern von der bevorstehenden letzten Schlacht ausgestoßen, bis sein Fuß ein überraschtes Redakteursgesicht traf und seine Karriere als Gehirn der schnellen Sprüche beendete.

Als die fünfhundert schwarzen Schlagstöcke der Polizisten in die knapp hundertköpfige Studentenschaft einschlugen, dachte Andreas, das einzig reine Gefühl sei der Schmerz.

Ihr fröhlichen Mädchen, streut hin eure Blumen für unsern adligen Meister und Herrn. Sein Herz voller Großmut erhält unberührt euch einer schöneren Blüte heiliges Weiß, sang der Chor der Bäuerinnen und Bauern, als unter den einsetzenden Streichern die von höchster Stelle befehligten Gummiknüppel der grau-schwarzen Polizeitrupps die Scharlatanrufe aus den Körpern der unentschiedenen Studenten prügelten.

Fassbinder sollte mit dem Wechsel von drei Tagen Wachen und drei Tagen Schlafen über fünfzig Filme durchhalten, bis er an seinem eigenen Tempo im Speedrausch zusammenbrach. Andreas hatte sich bisher als Werbetexter versucht, war an einer privaten Kunstschule zugelassen worden, konnte sich aber für keine bestimmte Kunst entscheiden. Er hatte in Künstlercafés gesessen, erzählt, ihn erwarte eine große Erbschaft, seine Mutter sei Staatsanwältin, und schon in der Schule habe er als Wunderkind gegolten und mehrere Klassen übersprungen. Nicht ohne Grund sei er ja schließlich ein Nachfahre des berühmten Mystikers Franz Xaver von Baader. Manchmal hatte er sich aber auch als Autoknacker vorgestellt und von seiner großen künstlerischen Zukunft fabuliert. Nur einmal hatte er öffentliches Aufsehen erregt, nämlich als er die Bilder junger Akademiker auf der Straße zerstörte und dabei die Parole ausgab, der Maler müsse den Pinsel wegschmeißen.
Andreas hatte Angst, in jener allgemeinen Grube unterzugehen, in der all die Mittellosen, die sich kein eigenes Grab leisten konnten, selbst der weltberühmte Mozart, ausgesogen und verarmt nach ihrem Tod verschwanden.

Friede, Friede, mein süßer Schatz, Friede, Friede, meine zärtliche Geliebte, Friede, Friede, mein zärtlicher Geliebter, ging Mozarts letzter Freudenakt im Klatschen der Hundertschaften von Frack-Uniformierten unter, als Andreas zu Boden gedrückt wurde. Die Suprema vox, die Stimme, die alles durchwebte, die über jeden noch so kleinen Moment ihren sirenischen Klang legte, die jeden Körper rührte, wenn er sich überhaupt noch rührte, die zärtlich blieb bis zu den ersten Abtransporten blutig geschlagener Körper, war die Stimme Susannas, die sehnsüchtig nach ihrem Geliebten suchte.

Ehe er sich versah, war Andreas den Bewegungen der in alle Richtungen Fliehenden ausgesetzt. Seine Handkamera nahm Beine auf, viele verwirrte Beine, die aus lauter Bewegungslust auf der Stelle traten und keinen, nicht einmal den kleinsten Platz ließen, wo Andreas seine Hände hätte aufstützen können, um sich wieder aufzurichten. Seinen Kopf und die Kamera, diese beiden mußte er schützen in diesem Augenblick der erzwungenen Horizontale. Wie zur Tarnung lugte das Objektiv unter der Lederjacke nur ein paar Zentimeter hervor, gerade genug, um zu filmen, aber die Bilder, die sich im Glas verkehrt herum spiegelten, gingen ohne Aufnahme verloren.

Sonst hätte man nachher ein merkwürdiges Monster betrachten können, das mit sich selbst stritt, einen übergroßen Tausendfüßler, der umgestürzt war und zappelnd am Boden lag. Einmal drängte sich alles links aus dem Bildfeld heraus, und ein Zuschauer hätte glauben können, es handele sich um den Aufmarsch einer Arbeiterfront, ungeordnet zwar, aber mit dem starken Willen zur Kampfhandlung, ein überzeugendes Subjekt der historischen Revolution. Doch dann kamen aus dem Off des Bildfeldes dieselben Lederschuhe mit den blauen Socken wieder zurück, und es wäre deutlich geworden, daß sich die Kamera im Zentrum einer Bewegungslosigkeit befand und Andreas nicht der einzige war, der dort keinen Platz hatte.

Obwohl er nur die Verwirrung dieses makabren Marsches sah, konnte er sich das, was oben geschah, als Szene eines Schlachtfeldes genau vorstellen. Jedesmal, wenn die Mannschaftswagen der Einsatzpolizei eine Ausweichbewegung der Studentenschaft abgedichtet hatten, versuchten ein paar schreiende Demonstranten, sich zu verständigen, an welcher Stelle sie den langsam sichtbar werdenden Kessel, wenn schon nicht mehr friedlich verlassen, so doch durchbrechen könnten. Aber je unentschiedener die Bewegungen der Menge, desto einfacher war es für die Polizei, die Umstellten zusammenzudrängen. Andreas stützte sich auf seine Ellenbogen. Es wurde still, die Stimmen stockten.

Alles hört auf mein Kommando, hätte er am liebsten in die zusammengedrückte Menge geschrien. Im gleichen Augenblick spürte er jedoch, daß der Platz des Anführers, nach dem ihn verlangte, nicht mehr zu haben war. Da den Eingekesselten die Flucht in die Breite versagt blieb, bildeten sie eine zweite Etage nach oben. Andreas mußte einsehen, daß er sich im Keller befand. Die Mädchen mit ihren dünnen Beinen sprangen ihren Freunden auf die Schultern, immer noch in der Hoffnung, daß man sie wahrnehmen würde, wenn sie da oben nur laut genug wüteten und brüllten. Aber es war niemand da, keine Fernsehkameras, keine Öffentlichkeit, die das Verhältnis von politischem Zweck und polizeilichen Mitteln zum kritischen Thema hätte machen können. Kein gutpositioniertes Kamerateam, das die hilflosen Augen der braven Revoluzzer hätte bündeln können. Die einzigen Beobachter waren die Opfer. Und die lagen, wie im Fall von Andreas Baader, von Anfang an auf dem Boden.

Regelmäßig stürzte die oberste Etage der Geschulterten in den Keller ab und blieb dort bis zum Schlachtende liegen. Das Zusammenbrechen der widerspenstigen Parolen kam den Polizisten sehr recht, denn das Ziel an diesem Einsatztag war, nicht nur alle wilden Redner zusammenzutreiben, sondern sie darüber hinaus auf einem einzigen Boden zu versammeln, in diesem Fall auf dem Straßenboden vor der Deutschen Oper.

O Susanna, Susanna, wie tust du mir weh, mit diesem reinen Gesicht, hallte Figaros Stimme noch in den Galerien, als eines dieser geschulterten Mädchen Andreas direkt vor die Augen fiel. Unverletzt und beinahe wie in Zeitlupe war ihr Körper durch die schwitzende Studentenmenge bis hinab zum Straßenboden gesunken. Aus der Stürzenden war eine Ertrinkende geworden.
»Wie sieht's aus?« fragte Andreas in das rotgeheulte Gesicht und gab sich Mühe, sich auf die Informationen von oben und nicht auf ihre Weiblichkeit zu konzentrieren.
Noch bevor das Mädchen mit den blonden, strähnigen Haaren antworten konnte, begriff er, daß es vergeblich war. Die panikerfüllten Studentenschreie und deren Echo aus den hektischen Polizeimegaphonen waren so laut, daß die beiden einander hätten anbrüllen müssen. Sprachlose Enttäuschung stand in dem schmalen Gesicht des Mädchens.
»Ich mache dir einen Vorschlag«, rief Andreas in dem schwachen Versuch, witzig zu sein, »ich bringe deine Mutter um, dafür bringst du meine um.«
Das Mädchen grinste, ohne es zu wollen. »Ilse«, rief sie, »Ilse Ensslin, ich heiße Gudrun.«
Andreas nannte seinen Namen, machte mit Zeige- und Mittelfinger ein gekrümmtes Victory-Zeichen, so als läge zwischen beiden eine Zigarette und er führe sie an seinen Mund. Gudrun nickte und begann, an ihrem Körper nach einem im Straßenkampf zerquetschten Päckchen HB zu suchen.
»Kommen wir heil hier raus?« fragte sie.
Andreas zuckte mit den Schultern und kroch, so weit es

ging, an ihr nasses Gesicht heran. »Das hängt davon ab, wie viele auf mein Kommando hören.«

Gudrun drehte eine leicht gebogene Zigarette zwischen ihren ein wenig knochigen Fingern.

»Und was bekomme ich dafür?«

Sie deutete mit dem Filter nach oben, als wollte sie anzeigen, daß Zigarettenrauch das einzige war, was noch in die Höhe steigen konnte, bis Andreas kapierte, daß er der Gefallenen helfen sollte, wieder auf die Beine, sprich auf seine Schultern zu kommen. Mit vollen Lippen schnappte er nach dem gelbbraunen Ende der Zigarette.

In diesem Moment zogen die Polizeitrupps neben den Mannschaftswagen und den breiten Krankentransportern mit ihrem blauen Licht einen dritten Gürtel aus leuchtendroten Feuerwehrwagen, ausgerüstet mit breiten Spritzen, die bei ihrer Einführung in Mittelafrika für riesige Kanülen gehalten und in Verbindung mit den vorrätigen Blutkonserven gesehen wurden. Feuerwehr, Prostituierte und Ärzte, so die Warnung aus den afrikanischen Kolonien zurück an das Mutterland, machen mit dem Blut der Menschen gemeinsame Sache. Obwohl aus den Spritzen kein Blut, sondern Wasser strömte, brachte dieses Wasser, auf die richtige Stelle gelenkt, einen Menschen zum Bluten.

Andreas verpaßte seine Zigarette. Ein Stockwerk höher stolperten zwei, drei stupide Hippies über ihre eigenen Füße und schlugen aus lauter Glück nicht auf den Asphalt, sondern auf Andreas' Beine. In seiner Wut traf er jedoch nicht die Richtigen, sondern seine Kamera, die von den hilflosen Befreiungstritten ein paar Meter weiter geschleudert wurde und das Schicksal der noch aufrecht stehenden Körper vorwegnahm. Der kostbare einzige Zeuge wurde direkt vor den Augen von Andreas und Gudrun zertreten.

Das schwarze Plastik zerbarst in Splitter, als sollte nichts mehr, nicht ein einziges Bauteil daran erinnern, daß die Welt auch anders hätte gestaltet sein können. Und je deutlicher es wurde, daß die vielen Schuhsohlen keines der Super-8-Bilder übriglassen würden, desto sicherer wußte Andreas, daß sein Gedächtnis nun an die Stelle des jetzt blinden und toten Kastens treten mußte.
Ein Schuh traf Gudruns Arm, die Galgenzigarette verwandelte sich fliegend in Straßendreck und Gudruns leere Hand in eine abgestürzte Geste der Segnung.
Andreas nahm die Gelegenheit wahr, auf die er hinter seinem Objektiv zwei Tage gewartet hatte, vergeblich, wie er jetzt glaubte. Er schnappte mit seinem Mund zwar nicht mehr die Zigarette, sondern den Zeigefinger seiner Mitdemonstrantin.

Lerne, lern es, du Treuloser, den Verführer zu spielen! Die Worte der Suprema vox waren schon verklungen und Susanna in die Arme ihres Geliebten gesunken, als Gudrun suchend in Andreas' Gesicht sah, um ihre Frage nach der Gegenleistung im Blickabtausch zu wiederholen.
Andreas mußte an Hamburg denken. Beim Warten in der Hohlgasse hatte er einen Kehlkopf dabei beobachtet, wie er sich unter einer ganz leicht faltigen Haut auf und ab bewegte. Dieser Kehlkopf gehörte zu einer Frau, vielleicht Ende Fünfzig, die gerade ihren Kaffee bezahlte. Er hörte ihre Stimme nicht, er betrachtete nur diesen knorpeligen Knochen, wie er ruhig und fast ein wenig rücksichtslos den Hals der Frau durchfuhr. Ihre Haut war tiefbraun, der Kehlkopf spannte sie für einen Augenblick an, schien die einzelnen Falten durchzuzählen, bis er sie wieder in sich zusammenfallen ließ.

Andreas hatte sich damals vorgestellt, wie es sich anfühlen mochte, diesen Kehlkopf zu berühren. Oder besser noch, von ihm berührt zu werden. Dann hatte er die Finger der Frau gesucht, die gerade unter mehreren Geldscheinen einen auswählten und ihn dem Kellner entgegenhielten. Andreas hatte nur diesen Bildausschnitt fokussiert: Geldschein und Frauenhand, die trotz der gespreizten Geste nicht ganz ausgestreckt war. Von dieser Frau wäre er gerne mitgenommen worden. Er hatte sich ihre ein wenig steinernen Berührungen, ja, ihre geradezu begriffsstutzigen Liebkosungen vorgestellt, hatte überlegt, wie er ihre gegerbten Handinnenflächen öffnen würde, deren Love- und Moneylines ganz andere Geschichten zu erzählen hätten als seine eigenen. Dann hatte ihn jemand angesprochen auf der Hohlgasse, und er mußte mitgehen.
Gudruns Finger in seinem Mund fühlte sich überraschend rauh an. Er tastete mit seiner Zunge die Rillen ihrer Haut ab, überlegte, ob vielleicht seine Zunge so rauh war, ob etwas selbst hart und rauh sein mußte, um einem Tonabnehmer gleich Höhen und Tiefen bei der Berührung erfühlen zu können. Andreas hatte Lust, sich von Gudrun mitnehmen zu lassen.
»Ein zweiter Vorschlag«, er ließ ihren Finger wieder aus seinem Mund gleiten, »ich hebe dich hoch und du heiratest mich dafür!«
Gudrun mußte erneut grinsen. »Romantiker!« Mit einem irritierten Zucken in ihren Mundwinkeln fragte sie sich, ob es in der Mitte dieses Tumultes wirklich kein besseres Thema gab, als über eine zukünftige Hochzeit zu reden. »Dich würde ich niemals heiraten!«

Friede, Friede, mein süßer Schatz. Er sei kein Romantiker, widersprach er, zog Gudrun langsam zu sich heran und stemmte sie mit aller Kraft in die Senkrechte. *Friede, Friede, meine zärtliche Geliebte, Friede, Friede, mein zärtlicher Geliebter.* Die letzten ausklingenden Worte legten sich auf die Stuhlreihen der Oper zwischen die aufstehenden Gäste.
Aus dem Einsatzwagen beobachtete die Polizeispitze den symphonischen Schlußakt der Nacht. Manche hilflosen Studenten stürmten los, trommelten auf die Phalanx von gutgeschulten Polizisten. Wer die Kette durchbrach, wurde gleich von drei bis vier Knüppeln in Empfang genommen und unter kräftigen Hieben bis zu den aufklaffenden Mündern der Krankenwagen begleitet. Ein Mannschaftswagen wurde von einer zehnköpfigen Studentengruppe umgekippt, gleich traf sie ein harter Wasserstrahl, der wirkte wie ein Insektenvertilgungsmittel. Alles wurde organisch verschmiert und zugleich wieder gesäubert. Die Zahl der Abtransporte erhöhte sich. Eine junge Hausfrau fiel noch vor der Bahre der Länge nach hin und rührte sich nicht mehr, ein Foto wurde geschossen und später mit der Überschrift versehen, daß die Schutzmänner sie aus dem Steinhagel der brutalen Demonstranten gerettet hätten. Auch sie kam in die allgemeine Grube.
Zu den Greiftrupps stießen die sogenannten Jubelperser, die sich nun nicht mehr an die Absprachen über Art der beizubringenden Wunden halten mußten. Mit größter Präzision zeigten sie der Polizei, wie das Kaiserreich mit Rädelsführern umzugehen wußte. Zivile Staatskörper zerrten einzelne Revoluzzer in einen Hinterhof und machten ihnen klar, wie einsam sie waren vor der Gewalt der besseren Argumente. Die Menge, sprachlos durch die ausgerenkten Kiefer, schutzlos durch die zertretenen Hände, die gebro-

chenen Rippen, hockte zusammengekauert in einem Gemisch aus blutigen Körpern. Der größte Teil war schon abtransportiert, als auf einen Befehl des Polizeipräsidenten die Jagd eröffnet wurde. Wer jetzt noch laufen konnte, war ein gutes Übungsbeispiel für die Schutzmaßnahmen.

Gudrun und Andreas hatten sich Hand in Hand mit einer kleinen Gruppe bis zur Straßensperre durchgeschlängelt. Die persische Nationalhymne erklang zum Abschluß des Staatsempfangs, während eine Gruppe aus Polizisten, Schah-Agenten und Verdeckten die Fliehenden als die letzten, versprengten Anstifter identifizierte. Sofort waren die fünf oder sechs um ihre Freiheit Rennenden von den Ordnungskräften umzingelt, die sie der Reihe nach abtasteten und zwangen, sich flach auf den Asphalt zu legen.

Andreas, der unter den befehlenden Schreien der Polizisten die Hände hinter dem Kopf verschränkt hatte, sah aus dem Augenwinkel Gudrun. Sie schüttelte ihre rückenlangen Haare, trat tobend um sich, was nur ein Festerwerden ihrer menschlichen Fesseln bewirkte. Ihre Handgelenke wurden von fremden Muskeln verdreht, falsche Sehnen gezogen und ihre Hände unter dem Druck der Zupacker zu bewegungslosen Klumpen verstümmelt.

»Andreas«, schrie sie, ihren Hals aus dem Würgegriff ringend, »die wollen mich kaputtmachen!«

In diesem Augenblick der Aufmerksamkeit auf Gudrun gelang es einem anderen vermeintlichen Rädelsführer, den Polizisten zu entkommen. Mit dünnem Schnurrbart und rotem Hemd, die Füße wie die meisten der Jungen in Sandalen ohne Socken gesteckt, krabbelte er aus der Verwirrung der kräftigen Polizeikörper und rannte so schnell, wie es sich mit Sandalen eben laufen ließ, als ein Polizist, der vorher noch mit seiner Waffe vor Gudruns Gesicht

herumgefuchtelt hatte, auf den Störenfried deutete und orgelte: »Die Sau hole ich mir.«
Noch bevor Benno sich vollständig zum Lauf aufrichten konnte, drang eine 7,65 Millimeter starke Kugel über seinem rechten Ohr ein, durchwühlte das Gehirn und öffnete die Schädeldecke, daß man tief hineinsehen konnte.

Eine weitere Meldung aus dem schwarzen und prügelreichen Afrika an das Mutterland. Seid vorsichtig, hieß es dort. Als Konservendosen mit Babynahrung in Zentralafrika importiert wurden, deutete der abgebildete kleine Kinderkopf darauf hin, daß es von nun ab Babyfleisch zu essen gab.

»Die ist mir losgegangen«, entrüstete sich der Bewaffnete gegenüber der plötzlichen Stille. Gudrun bibberte, Andreas' Mund blieb sperrangelweit offen.
Und die Polizisten sahen in der Nacht zum 3. Juni 1967, wie selbst ein Körper mit aufklaffendem Schädel noch einige Meter schleichen konnte, bis er in seiner eigenen blutigen Spur liegenblieb.
Stumm blieb Benno Ohnesorg noch wenige Minuten der Welt erhalten, die zunächst einen Schädelbasisbruch diagnostizieren wollte, an dem der sechsundzwanzigjährige Romanistikstudent im Krankenhaus Moabit mit zugenähter Wunde gestorben sein sollte.
Der zusammensackende Körper machte ein Geräusch, als würde ein gespanntes Tuch langsam zerrissen. Echo der platzenden Arterien. Lautes Gerinnsel, das unter den Schuhsohlen klumpt. Körperkrach. Die Polizisten lauschten ungläubig dem Ton des sterbenden Benno. Wie kann ein einzelner Körper so laut sein?

Baader, nicht Andreas Baader, sondern Franz Xaver von Baader, ein Mystiker und Denker des 18. Jahrhunderts, prophezeite die zweite Schöpfung. Ein weiblicher Christus, so Franz, eine Femme messie wird kommen.

Andreas spürte mindestens eine geprellte Rippe. Aber er hatte keine Zeit für Zahlen. Andreas und Gudrun rannten, ihre Flucht begann.

II.

»Faschisten!« Andreas hat Gudrun an der Hand genommen. Sie rennen in die Nacht, an der Krummen Straße vorbei, die ihnen zu folgen scheint, so langgestreckt wirkt sie in der Dunkelheit.
»Faschisten!« wiederholt Gudrun mit aufgelöstem Gesicht. Tränen fallen von ihrem Kinn. Andreas ermahnt sie lautlos, ihren Atem zur Flucht zu gebrauchen. Er drückt fest ihre Hand.
»Faschisten!« preßt sie noch einmal hervor und unterdrückt ihre Lust, stehenzubleiben und laut zu schluchzen. Herannahende Sirenen wecken noch einmal das Bild von Bennos lappigem Körper. Wie er sich über die hohe Asphaltkante auf das Pflaster hingegossen hatte. Es sah aus, als hätte sein Inneres unter der Wucht des Aufpralls den Kopf angefüllt und gesprengt. Weder Gudrun noch Andreas haben in ihrem Leben einen Toten gesehen.
»Faschisten« bricht es aus Gudrun wieder hervor. Jetzt ist es soweit, denkt Andreas.
»Faschisten« brüllt sie und hat Angst, ihre Beine könnten ihr nicht mehr gehorchen. Weder Gudrun noch Andreas haben in ihrem Leben gesehen, wie leicht eine Kugel in den menschlichen Körper eindringen kann, auf der Eintrittsseite eine kleine dunkle Wunde hinterläßt und Knochen und Haut beim Austritt großflächig zerfetzt.
Von allen Seiten fallen Schatten vor Gudruns und Andreas' hart aufsetzende Füße. Sie scheinen kein Geräusch mehr zu machen, als würden nicht sie gejagt, von einem Geist verfolgt, sondern selbst schon Gespenster sein. Hinter ihnen schließt sich der dritte Ring aus Feuerwehrwagen und verschlingt das Bild des toten Benno. Die Schatten gestikulieren wild, fallen auseinander und verdichten sich wieder an der nächsten Straßenkreuzung. Andreas und

Gudrun rennen, und schon spüren sie ein schlechtes Gewissen, das ihnen sagt, Benno geht auf unser Konto. Sie haben keine Ahnung, warum. Sie hasten geradeaus, ohne zu wissen, ob sie aus dieser Nacht auch wieder hinausrennen können.

»Faschisten« Gudrun will in die gaffenden Gesichter spucken. Das ist nicht unsere Schuld, nein, denkt Andreas. Von nun an tragt ihr die volle Verantwortung für alles, was jetzt geschieht, denkt Andreas, die volle Verantwortung.

Die Schatten verzahnen sich zu einer einzigen Kette. Sie verkünden die dunkle Botschaft vom 2. Juni. Sind schneller, als Gudrun oder Andreas laufen können. Sie machen Zeichen, die zügig zum Schein der nächsten Straßenlampe weitergegeben werden müssen, bevor sie unleserlich werden. Signale, die an jeder neuen Straßenecke verstärkt werden müssen, um nicht im Rauschen der Nacht zu versickern. Gudrun schluchzt. Sonst ist es still. Aus ihrem Mund kommen ab und zu laute Worte, die Andreas im Laufen nicht verstehen kann. Die abreißenden Schatten kümmern sich nicht um die beiden Fliehenden, die glauben, sich vom blutigen Bild des toten Benno zu entfernen.

Benno liegt schon im Krankenhaus Moabit. Über seinem stummen Schädelbruch ist weißes Licht.

Taubstumme, denkt Andreas. Die Welt ist voller Taubstummer, eine riesige Taubstummenversammlung, auf der wild durcheinander gestikuliert wird. Die Taubstummen verrenken ihre Hände, halten den anderen Taubstummen sogar manchmal die Arme fest und machen vor ihren Augen heftige, knappe Zeichen. Die vielen Taubstummen bilden zusammen eine Hieroglyphe. Ich bin der einzige, denkt Andreas, der hört, daß das Haus über den Taubstummen zusammenstürzt. Jetzt ist die Taubstummenversammlung

zu Ende, denkt Andreas. Er glänzt. Sein Gesicht ist mit kaltem Schweiß bedeckt.
»Faschisten!« Gudrun schreit immer noch, dann weint sie, sieht aus, als würde sie sich vorstellen, wie es ist, mit einem offenen Gehirn zu leben.

»Sei endlich still!«
»Was ist los?«
»Ich kann nicht mehr!«
»Diese verdammte Faschistenmaschine!«
»Halt verdammt noch mal deinen Mund!«
Gudruns Mund bleibt offen. Sie weiß nichts von ihrem Begleiter. Die beiden kennen sich erst seit wenigen Stunden, Stunden, die Gudrun jetzt vorkommen, als würden sie mit in die Haut tätowierten Zeichen ihren Lebenslauf neu schreiben. Sie atmet tief.
»Was ist los mit dir?«
»Dein dämliches Faschistengerede geht mir auf den Sack.«
»Diese Schweine haben Benno umgebracht. Er war zum ersten Mal auf einer Demo. Peng. Einfach so.«
»Ja und. Verrecken geht schnell. Und am besten dann, wenn niemand zusieht. Ihr redet dauernd von Revolution. Und was ist, wenn einer draufgeht? Dann schreit ihr M-a-m-a.«
Andreas richtet sich auf, drückt mit den Händen seinen Rücken durch, als wäre er schwanger und vom Schwangersein müde. Dann ahmt er einen Hahnenschrei nach.
»M-a-m-a!« Springt, was aussieht wie ein Flugversuch.
»Kikeriki, M-a-m-a, die haben meinen Freund erschossen, Kikeriki, bähhh, M-a-m-a, mach sie alle platt, die Faschisten, M-a-m-a!« Und springt wieder, was diesmal aussieht wie eine verunglückte Vogellandung.
»Och, Baby«, fährt er fort und nimmt Gudrun Strähnen aus

der fleckigen Stirn, zieht ihren Körper zu sich heran, drückt ihn und stößt ihn gleich wieder weg, drückt ihn, stößt ihn, schreit sie an, »wein doch nicht, mein kleines Baby, Mama hat immer einen Rat. Komm zu Mama, die weiß immer, wie du dich fühlst. Böse Faschisten!«
Gudrun hält für einen Moment inne. Sie sieht Andreas an, der dasteht mit aufgerissenen Augen, kurzen schwarzen Haaren, die die Ohren bedecken und anstatt nach oben nach unten zum Gesicht hin zu wachsen scheinen. Sie stellt sich einen Schimpansen vor, der ihr etwas zu erklären versucht.
»Ich wette«, fährt Andreas fort, »du hast geweint, als du zum ersten Mal ein KZ-Bilderbuch aus dem Regal gezogen hast.«
»Arschloch.«
»Bist zu Mama gelaufen und hast geflennt, daß es sooo was geben darf. Sag, Mama, hast du gesagt, sag, Mama, daß das nicht wahr ist. Mama hat dich in den Arm genommen, und Papa hat gesagt, das Leben ist ein Kampf.«
Andreas umkreist Gudrun und stellt den Demonstrationskessel nach. »Ist ein Kampf«, singt er, »ist ein Kampf, hat er gesagt, und Abmarsch ins Bett.«
»Du blödes Arschloch.«
»Ja, ich bin ein Arschloch. Los, zeig's dem Arschloch.«
»Mein Vater ist Pfarrer.«
»Uhhh. Ich hoffe katholisch, ich meine, das täte mir zwar leid für dich. Aber es hätte noch schlimmer kommen können.«
»Mein Vater hat wahrscheinlich schon mehr für andere getan, als du je tun wirst.«
»Also evangelisch. Für mich hat er noch nichts getan. Ich kann mich nicht an ihn erinnern. Nein, wirklich, Pfarrer Ensslin, den Namen hätte ich mir gemerkt.«

Andreas fängt an, Gudrun zu schubsen, die mit ihrem beigen Rock und der bleichrosa Bluse aussieht wie eine Kaufhausangestellte. Sie trägt dunkelbraune, hohe Stiefel aus korallenartig gemustertem Kunstleder. Andreas schnappt nach ihrem Rock und versucht, ihn hochzuschlagen. Darunter kommt ein weißes Höschen mit roten und grünen Blümchen zum Vorschein. Im Laternenlicht wirken die beiden wie Schauspieler, die ihr Publikum verloren haben.

»Na so was«, kreischt Andreas, »was hätte die Person wohl im Dritten Reich für Unterwäsche getragen?«

Gudrun streift ihren Rock glatt.

»Komm schon«, schreit Andreas sie an, »was wärst du gewesen? Pfarrerstochter! Was wärst du gewesen vor tausend Jahren? Kleines braunes Hakenkreuzmädchen! Ein braves Mädchen!«

Eine schallende Ohrfeige. Gudrun hat ihn mitten ins Gesicht geschlagen. Eine zweite Ohrfeige. Die zweite von Andreas. Er hebt den Arm, wartet, ob Gudrun ihre gerötete Wange schützt.

Von weitem erhebt sich ein leises Klatschen, ein Tausendfüßlerklatschen, das ganz sanft und naß klingt, wie nasses Schlagen auf der Haut. Auch Gudrun hebt den Arm. Sie wartet nicht.

Wenn verteidigen, dann jetzt, denkt sie. Keine Rache nehmen, nicht nachher heulen, heulen und schlagen, denkt sie, die Sache ist klar, denkt sie, Benno tot, ermordet, jetzt keine Zeit zur Diskussion lassen, heulen und schlagen, aber nur einmal, einmal richtig zuschlagen, und dann weg, laufen, so lange laufen, bis ich gleichzeitig rennen, richten und schlagen kann, nicht selbst getroffen werden. Klatsch.

Gudrun hat nicht gewartet. Ohne zu drohen, hat sie An-

dreas ein zweites Mal ins Gesicht geschlagen. Kühl und sachlich mit der Dummheit abgerechnet, mit der flachen Hand, deren schmale und lange Finger im Gesicht der Dummheit nur einen dünnen Abdruck hinterlassen, was aussieht wie Totenfinger, die abgerutscht sind, die sich festhalten wollten und jetzt ins Dunkel gleiten.
Gudruns Hand hängt an Gudruns Arm, der wie tot an Gudruns Schulter baumelt. Als hätte der Arm über zwanzig Jahre darauf gewartet, Kraft für diesen einen Schlag zu sammeln, der viel zu schwach war, als daß er den Getroffenen wirklich getroffen hätte.
Andreas lacht. »Das war alles?«

Das Klatschen wird lauter. Es wird breiter. Die beiden hören nicht, daß es schwere breite Wellen sind, die klingen, als würden Leiber gegeneinander geschlagen, Wellen, die sie wegspülen werden, wenn sie sich nicht beeilen. Wenn sie sich nicht verstecken. Es gibt nur den Eintritt in die Wellen, kein Vorbei. Dafür müßten sie sehen, woher sie kommen, die Wellen, wie sie sich aufbauen und wann ihr Kamm sich türmt. Damit der Eintritt im richtigen Moment erfolgen kann, müßten sie die Wellen lange beobachten.
Andreas wiederholt sich. »Sonst fällt dir nichts ein? Daß Hitler der Krieg aufgezwungen worden ist? Daß man die Zähne aus dem Safe der Deutschen Reichsbank nach Belsen gebracht hat? Daß die KZ-Bilder in deutschen Kriegsgefangenenlagern aufgenommen wurden? Daß es überhaupt höchstens hunderttausend Juden gab in Deutschland? Daß bei dem Überfall auf den Sender Gleiwitz Volksdeutsche ermordet wurden? Daß Hitler die Polen gewarnt hat? Daß die einzigen KZs die waren, in welche die Briten die Buren in Südafrika sperrten? Oder liebt dein Pfarrer-

vater Deutschland so sehr, daß er sich gleich zwei davon gewünscht hat?«
Andreas hält Gudrun fest am Nacken. Seine rechte Hand ist mit jeder Frage ein wenig gesunken, als wäre er geschlagen worden für jede Antwort, die er nicht auswendig wußte. Er versucht, Gudrun zu küssen.
»Laß das. Ich bin verlobt.«
»Deswegen die schwarze Armbinde?«
»Unsinn. Wir trauern um die persische Arbeiterbewegung.«
»Noch nie davon gehört.«
»Ebendeshalb!«

Andreas läßt Gudruns Nacken nicht los, glaubt einen Moment lang, die Hand seines Vaters an seinem eigenen Nacken zu spüren, die fest ist, aber nicht weh tut, die zupackt und doch keine Kraft hat, und die er plötzlich vermißt. Dann preßt er Gudrun, ohne ihre Gegenwehr zu beachten, einen Kuß auf die Lippen.
Für einen Augenblick befindet sich Andreas wieder in Hamburg, das er erst vor ein paar Wochen verlassen hat. Er sieht ein blinkendes Love-Zeichen. Nachtschwärmer schauen nach seinen Lippen, die er nicht öffnet. Er hat sich an die Hauswand gedrückt, mit den Händen in einer zu engen Jeans. Na, alles klar, Süßer? Ein Vogel platzt auf den Asphalt. Das denkt zumindest Andreas, als er die Augen nach unten schlägt. Also, zwanzig Mark brauche ich schon. Was? Sag's noch mal, Süßer. Schon gut. Andreas sieht eine Wand mit beklebten Palmen. Ich habe dich nicht verstanden. Ein Sonnenuntergang ist über die braune Rautentapete gerollt. Zieh dich schon mal aus, ich mach mal Cola-Rum. Aber eins sag ich dir gleich, Süßer, versau hier ja nichts. Es muß ja nicht gleich jeder wissen, daß ich ab und zu

Jungs mag. Dreh dich mal um. Andreas sieht einen weißen Küchentisch, der nach chemischem April riecht. Auf dem Küchentisch blinkt eine Würstchenreklame. Das tut weh, verdammt noch mal. Will er denn gar nicht aufhören?

»Die Bullen! Haut ab! Die sammeln alles ein!«
Die Welle aus flüchtenden Körpern schlägt über den beiden zusammen. Andreas' Lippen sind hart geworden. Irgendein Ellenbogen drückt sich tief in Gudruns Rücken. In die Seitenstraße, die sie entlanggelaufen sind, mündet von rechts eine breite Allee. Dort sucht die Polizei zwischen den Bäumen nach Anstiftern. Kein Student, keiner, der jetzt noch auf der Straße ist und aussieht wie ein Kommunistenkind, ein Kind, das Kaffee kocht und die halbe Küche braun verschmiert, keiner, der sein Maul aufmacht und gähnt, der aus Langweile beißt, keiner von denen, die in die Bäume geklettert sind, soll auch nur die kleinste Möglichkeit zur Flucht haben. Die Uniformierten knüppeln nur die Beine weg, damit den Haftrichter später kein blutverklebtes Gesicht beleidigt.
Dem Ellenbogen in Gudruns Rücken folgt eine schattenhafte große Schulter, versehentlich, die ihren Körper verdreht und zu Boden reißt. Aus der Allee wird ein wimmelnder Strom in die Seitenstraße gepreßt. Über den Kuß.

»Verdammt! So verteilt euch doch!«
Scheiße, denkt Andreas, wenn sie mich jetzt noch erwischen. Wenn sie mich erwischen und wegen diesem Mist wieder einlochen. Nicht zurück, nicht zurück ins Loch. Das mach ich nicht mit, entscheidet Andreas. Er bückt sich und sucht nach Gudruns Hand, während die Verfolgten über ihn hinwegspringen.

»Du blutest!«

Ein Profil hat sich abgedrückt. Ein Schuh ist im Sprung hängengeblieben, hat sich den umhersuchenden Kopf von Andreas zum Hindernis genommen und den Läufer hingestreckt. Der ist gleich wieder auf die Knie, gestolpert und geflüchtet.

»Gib mir deine Hand!«

»Mein Gott, du blutest wirklich!«

»Diese Idioten.« Andreas wischt sich über die Stirn. »Ihr Idioten!«

Plötzlich ist es still. Die Allee aber voller Augen. In ihrer Mitte patrouillieren vier Polizisten, die nach den Verantwortlichen Ausschau halten, den Grund für den Zwischenfall an der Oper suchen. Die vier Polizisten wollen ihrem Kollegen, der geschossen hat, aus der Schuld helfen. In den Hauseingängen und Toreinfahrten haben sich die letzten Fliehenden versteckt, die sich jetzt lieber still verhalten.

»Dahinten«, schreit einer der vier Polizisten. Sie stürmen los, stürzen sich in das Dunkel und zerren einen jungen Mann, schon in Handschellen, hervor. Sein Hemd ist zerrissen, er brüllt heisere Worte, als ihn die Polizisten in einen Streifenwagen hineinschieben. Wieder wagt sich einer aus seinem kaum sicheren Versteck auf den Gehsteig, um loszurennen. Er hat keine Chance, wird abgeführt in den blauen Bereich.

»Da sind noch mehr«, brüllt einer der vier Polizisten. Im Suchscheinwerfer des Polizeiwagens wirken die parkenden Fahrzeuge für einen Augenblick wie abgeworfene Schalen von unbekannten Großinsekten.

Gudrun will aufstehen. Sie will sich den Straßendreck aus den Kleidern schlagen und auf die Polizisten zugehen.

»Wir haben nichts getan.«
»Schschscht. Bleib unten.«
»Wenn sie uns wegen des Demonstrationsverbots hochnehmen wollen ...«
»Still. Wir bleiben hier.«
»... um so besser.«
»Du hast sie nicht alle. Das war ein Polizist, der geschossen hat.«
»Eben. Ein Prozeß wäre die beste Gelegenheit ...«
Das klatschende Geräusch ist verebbt, über die nasse Haut der Allee fährt nun ein stechender Blick, die Suchscheinwerfer geifern zwischen den verlassenen Schalentieren. Die Allee wartet. Wie auf kühle Luft, die der Geliebte sanft und mächtig über die nasse Haut bläst. Die Suchscheinwerfer kriechen herum, sie tasten die verwaiste Straße nach einem belebten Ort ab, in den sie einfallen könnten. Wenn sich im fast weißen Kegel ein Reklameblatt von einer Windschutzscheibe abhebt, hat man den Eindruck, das erwartete kühle Pusten könnte sich jederzeit in den beißenden Speichel einer Insektenmutter verwandeln. Die Allee ist wehrlos.

»Scheiße! Sie haben uns entdeckt.«
Andreas reißt Gudruns Handgelenk hinter sich her. Jetzt keine Zeit für ihr Gesicht, keine Zeit, ihren Blick unter dem grellen Licht der Scheinwerfer zu sehen. Nicht, wie ihre Augen vom Licht zugedeckt werden, wie der Strahl in ihren geöffneten Mund eindringt.
Die vier Polizisten teilen sich auf unter ihren Kommandos. Jeder versucht, dem Paar den Weg abzuschneiden, auf dem Gehsteig, zwischen den Bäumen, in den Parkplatzbuchten, neben den Rädern, auf der Straße.

Klug wägt Andreas ab, zwischen Rennen und Stehenbleiben, Ducken und Pirschen, wann die verlassenen Schalentiere ihm Schutz geben, wann die Insektenaugen mit ihrem stechenden Licht ihn beißen könnten.
Für einen Moment ist das Paar geblendet. Ein erstes Blitzlicht, kein Foto. Für einen Augenblick ist das Paar mitten im Weiß, gerändert, zur Momentaufnahme gezwungen. Andreas schlägt einen Haken. Man kann ihn kaum erkennen, die Belichtungszeit gibt nicht genug Profil für eine Fahndung. Geduckt wirft er sich vor die nächste Stoßstange. Aber was ist mit Gudrun? Verrät sie ihn in diesem Augenblick? Bleibt sie zu lange im Fokus des Suchscheinwerfers, der ihr Gesicht fixiert und von nun an den Polizisten den Weg weist? Gudrun ist geschmeidig. Sie folgt jeder Bewegung, die ihr die gehaltene Hand diktiert. Den Polizisten bleibt nur der verklebte Haarschweif, doch der gibt das Gesicht nicht preis, das sich schon längst wieder ganz nah bei Andreas versteckt hält.
Diese Stoßstange ist die letzte in der Allee. Die vier Polizisten haben Stellung bezogen, jede Fluchtlinie ausgerechnet, die das Paar aus der Parkplatzbucht herausführen könnte. Vor ihnen liegt wieder der obere Teil der Krummen Straße, schmal, schwach beleuchtet. Die vier Polizisten haben den Streifenwagen so dirigiert, daß er in wenigen Sekunden das steile Stück entlangrasen und das flüchtende Paar unter seinem Licht begraben kann. Alle Fluchtlinien sind visiert. Jeder Augenblick, in dem das Paar wiederauftauchen könnte, ist in den Köpfen der Polizisten schon verfilmt. Der gierige Blick der Scheinwerfer ist bereit, erneut in die Straße einzufallen.

»Wir müssen uns trennen.«

Andreas sieht Gudrun zum ersten Mal wieder an. Er kann ihre Augen kaum erkennen, aber er sieht, daß sie sich zusammenreißt, daß sie nicht mehr weint. Zum ersten Mal hält Gudrun seine Hand fester als Andreas ihre. Bisher hat er sie gepackt, gezogen, geschleppt, hinter sich hergewirbelt.

»Hör zu. Ich bin schneller. Sobald sie hinter mir her sind, haust du ab.«

»Das ist doch wirklich Unsinn. Wir haben nichts zu befürchten.«

Gudrun will jetzt nicht alleine sein.

»Du nicht.«

Gudrun löst ihre Hand, fährt mit den Fingerspitzen seine Wangenknochen nach, hält sich am Kinn fest, hält das Kinn fest vor ihren Mund und küßt ihn. Nur kurz, nur leicht, zum selbstverständlichen Abschied.

»Gut. Ich bleibe hier.«

»Wir sehen uns.«

Andreas geht vorsichtig in Hockstellung und späht nach den Polizisten. Er kann sie nicht sehen. Mit den Augen fixiert er die Stellen, wo er sie zuletzt erinnert, dann versucht er, ihre Bewegungen nachzuvollziehen. Nichts. Sie müssen sich verschanzt haben. Dann dreht er sich zu Gudrun um.

»Schön unten bleiben!«

Über zwei Autodächer hinweg ist eine Waffe auf das kauernde Paar gerichtet. Der Polizist hält sie starr mit beiden Händen und schiebt sich ganz langsam näher.

»Nicht bewegen«, befiehlt er mit zitternder Stimme, »sonst muß ich von der Schußwaffe Gebrauch machen!«

Flüstern. Man hört das Reiben von Körpern. Plötzlich stürmt das Paar hinter den parkenden Autos hervor, die vergeblichen Haltrufe des Polizisten im Rücken, und verläßt die Insektenallee. Man sieht, wie die fest ineinandergegriffenen Hände durch das Rennen hin und her geschlagen werden.

»Macht die Straße dicht!«
Wütend folgt ihnen der Polizist, seiner vorweggenommenen Anerkennung verlustig gegangen. Im gleichen Moment startet der Streifenwagen, klemmt sich direkt hinter Gudrun und Andreas, die verzweifelt den oberen Teil der Straße hinaufrennen, aber nicht überholt werden. Langsam verringern sich die Abstände ihrer Schritte. Blaulicht, Megaphon, Aufrufe zum Stehenbleiben, der Streifenwagen drosselt sein Tempo, dann hält er an. Türen schlagen.
Andreas versucht, über die Schulter zu blicken, er kann erkennen, wie die Polizisten in aller Ruhe ihre Waffen entsichern. Dann wird plötzlich an seinem Handgelenk gerissen. Ein heller Schrei. Es ist Gudrun, die schreit. Wenige Meter vor ihnen sind zwei Uniformierte aus einem Hauseingang hervorgeprescht und erwarten sie schon mit gezogenen Pistolen. Kaum hat Andreas sie gesehen, stößt er Gudrun in eine Toreinfahrt und brüllt, sie solle sich beeilen. Gudrun stolpert, fängt sich wieder, rennt, setzt die Füße ins Dunkel eines Hinterhofs, wedelt mit den Armen um Hilfe, die führungslos an ihrem Körper nach Halt suchen, in die Luft schlagen, bisweilen den Takt der Beine finden, dann aber wieder aufgeregt in die entgegengesetzte Richtung rudern. Im Rücken einen Hund, Andreas, der bellt, knurrt, bereit zum Biß, wenn sie ihm den Weg versperren sollte. Einen Moment lang vergißt Gudrun die Polizisten und ver-

sucht, sein Gesicht zu sehen. Sie kann ihren Begleiter nicht erkennen.
Eine Tür, Andreas scheint irgend etwas zu brüllen, das sie nicht versteht, er schubst sie, fast schlägt sie mit dem Gesicht gegen die Tür. Wie ein Tier treibt er sie die Treppe hoch, sie fällt, hat sich das Knie aufgeschlagen, will liegenbleiben, will sein Gesicht sehen, will sehen, ob er Schaum vor dem Mund hat, bildet sich ein, er sei derjenige, vor dem sie flüchtet, der sie zum Schreien bringt, der sie in den Abgrund stoßen, der sie töten will.

»Verdammt noch mal, reiß dich zusammen!«
Andreas gibt ihr eine Ohrfeige, zwei, drei, eine ganze Serie fegt durch ihr Gesicht.
Dieses Schwein, denkt Gudrun, sie wehrt sich, tritt um sich, das blutende Knie tut ihr nicht mehr weh. Nur jetzt nicht aufgeben, denkt sie, Benno, denkt sie, Benno, zum ersten Mal wird der Gedanke deutlich, Benno muß gerächt werden.
»Verdammt, du hysterische Kuh«, schreit Andreas auf sie ein, »entweder du kommst jetzt mit, oder ich laß dich hier liegen.«
In diesem Moment öffnet sich eine Tür oberhalb der Treppe. Endlich wieder Licht. Ein Hausbewohner, männlich, um die Vierzig, sieht die Szene: ein junger Mann prügelt auf ein Mädchen ein, das heult, dessen rotes Gesicht voller Angst ist, das unter den Schlägen die Treppe hinabgestürzt sein muß.
»Was ist denn hier los?«
Gudruns Schreie gehen in Wimmern über. In ihrem Kopf haben sich die Ereignisse kurzgeschlossen. Benno steht vor ihr. Er nimmt seinen Schädel ab und bietet ihr daraus einen

Schluck zu trinken an. Sie will nicht, sie wehrt sich dagegen, festgehalten zu werden. Du mußt trinken, sagt Benno, dann wird es dir bald bessergehen.

»Was machen Sie mit der Frau?«

In diesem Moment hört man unten die Tür einbrechen. Das Geräusch platzt in Gudruns Gesicht. Die vier Polizisten bahnen sich den Weg zur Treppe, hinauf zu den Schuldigen. Andreas reißt Gudrun an den Handgelenken hoch, sie ist still geworden, er richtet sie, deren Willen für einen kurzen Moment vollständig aussetzt, auf. Benno und mit ihm ihre gesamte Erinnerung hat ihren Kopf verlassen.

Andreas geht wortlos auf den Mann zu und schlägt ihm ins Gesicht. Einmal. Der Mann taumelt. Aus seiner Nase spritzt Blut. Er torkelt. Mit einem kurzen und kräftigen Schlag erwischt Andreas seine Nieren. Der Mann sinkt in die Knie und sieht nicht den Treppenabsatz. Andreas gibt ihm einen Tritt. Der Mann stürzt die Stufen hinunter.

»Hör zu, das sind höchstens zwei Meter. Es dauert nicht lange, dann haben sie das Schloß aufgebrochen.«

»Und du? Was ist mit dir?«

»Mir fällt schon noch was ein, wenn du erst mal fort bist.«

Andreas fährt flüchtig mit den Fingern durch ihre Haare.

»Nun mach schon. Kletter runter und hau endlich ab.«

»Ich habe Angst.«

»Hör mal, es gibt Menschen, die sind schön, ich meine, richtig schön, die brauchen keine Angst zu haben. Wenn du nicht schön bist, dann wenigstens intelligent. Ich meine, nicht solche Typen mit dicker Brille im Gesicht, die ständig an ihrer Nase rumfummeln, sondern richtig intelligente Typen. Weißt du, wenn du auch nicht intelligent bist, dann solltest du wenigstens lernen, grausam zu sein.«

Plötzlich öffnet sich die Terrassentür der Wohnung. Die vier Polizisten treten langsam nacheinander heraus, ihre Waffen im Anschlag. Andreas richtet sich auf, hebt seine Hände hoch, balanciert tänzelnd auf der schmalen Mauer vor dem Absatz zum Garagendach, den Polizisten den Rücken zugekehrt. In der hellerleuchteten Wohnung sieht Gudrun den Bewohner mit blutverschmiertem Gesicht wild gestikulieren.

»Knallt sie ab«, hört sie seine gurgelnden Worte, »knallt sie alle beide ab.« Die Polizisten schließen die Terrassentür hinter sich zu.

»Einen Schritt nur«, sagt Andreas beiläufig und setzt einen Fuß in Richtung Mauerende, wo nur noch der wenig helle Hinterhof ihn auffangen wird, »und ich springe runter.«

Er hüpft hoch und dreht sich im Sprung um. Gudrun hockt zwei Schritte von ihm mit geöffnetem Mund auf der Brüstung. Sie sieht aus wie eine zerzauste Hauskatze, die sich vor einem geräuschvollen Insekt fürchtet.

Andreas grinst die Polizisten an: »Einen zweiten Toten, glaube ich, könnt ihr euch nicht leisten.«

»Mach keinen Quatsch, Junge ...«

Die Polizisten senken ihre Waffen und zeigen zur Vorsicht ihre leeren Handflächen.

»Die wollen mich wirklich!« sagt Andreas zu Gudrun gewandt und sieht in ihre grauen Augen.

»Hau endlich ab, sonst mache ich Ernst«, zischt er ihr leise zu. Dann bückt er sich und löst ihre Hände. Einen Augenblick noch hält er sie fest, denkt, schön ist sie nicht.

Wieder in Hamburg. Was, Kleiner, du willst schon gehen? Brot ist noch da. Wenn du willst, mache ich dir ein Spiegelei. Sei doch nicht so störrisch! Komm, iß was. Es tut mir leid, wenn ich dich verletzt habe. Hier. Andreas wird ein Käsebrot durchs Gesicht gerieben. An seinen Lippen bleibt Senf hängen. Verdammt noch mal, wenn du dich so anstellst, dann war's das. Du machst mir Spaß! Die Worte werden ihm durch die Haare geschmiert. Eine Hand streicht sie ganz langsam glatt zum Nacken hin. Ja, wirklich, du machst mir Spaß. Erst sagst du, du stehst auf Männer, und dann stellst du dich an, als hätte dich noch nie jemand angefaßt. Ich mag dich, wirklich. Wenn ich dich nicht mögen würde, dann zack. Andreas fühlt, wie sein Hals zusammengedrückt wird. Wie dich gibt's hier Hunderte Jungs. Jeder von denen würde mir den Dreck von den Schuhen lutschen, um hier wohnen zu dürfen, weißt du, und du willst einfach gehen. Du kassierst deine Scheinchen, packst deine dreckigen Jeans ein und denkst, dieses Arschloch, das denkst du doch. Aber weißt du, was ein Arschloch ist? Ich könnte ein Arschloch sein, ja, wenn ich dich jetzt rauswerfen würde, ich müßte dir nicht mal was zahlen, so wie du dich angestellt hast. Aber ich bin kein Arschloch. Andreas' Gesicht schlägt auf den Teller. Er schmeckt den Schinken und das Blut aus seiner Nase. Iß endlich.

Dann läßt Andreas Gudruns Hände los. Sie stürzt ab. Die vier Polizisten werfen sich auf ihn, reißen ihn von der Mauer herunter, drücken ihn auf den Boden. Die Luft bleibt ihm weg. Ein Knie preßt sie aus seinem Körper hinaus.

»Ihr könnt mich mal!« schreit er und lacht, versucht zu lachen.

Ein Stiefel trifft ihn am Ohr. Rauschen platzt in seinem Kopf, füllt ihn ganz aus, drückt die Augen heraus, die Andreas schließen muß, damit sie nicht rausfallen. Das Rauschen schlingt sich den Hals hinab. Für einen Augenblick ist an Sprechen nicht zu denken. Dann fällt es in den Magen. Ihm wird schlecht, er schluckt, schluckt dreißigmal hintereinander trocken hinunter, um das Rauschen einzuspeicheln. Es strömt rasend durch die Gedärme, brennt sich in seinen Unterleib, der heiß wird. Andreas kotzt. Jetzt ist es im Blut. Er spuckt kleine Bröckchen auf die Terrasse, die aussehen wie gelbe Zähne. Jetzt ist das Rauschen im ganzen Körper.

»G-u-d-r-u-n«, brüllt er, »G-u-d-r-u-n, warum verläßt du mich?«

Dann lacht er wieder hysterisch und wehrt sich nicht mehr.

Handschellen.

Gudrun rennt. Keine Waffe ist auf sie gerichtet. Ihre Beine fühlen sich an wie Holz. Sie bewegen sich, aber wie Stöcke, die in ihren Gelenken knirschen. Sie rennt über das geteerte Garagendach. Sie fürchtet, mit ihren spitzen Stockbeinen einzubrechen. Die bohren und stochern in ihrem Unterleib herum. Hoffentlich ist nichts gebrochen, denkt sie. Sie hört Andreas schreien. Einen Augenblick erstarrt sie, wird Baum, kann sich nicht bewegen. Hoffentlich schlagen sie ihn nicht, denkt sie. Ihr rechtes Bein zittert vor Schmerzen. Sie spürt, daß das Kniegelenk angeschwollen ist. Aber je länger sie steht, desto weniger empfindet sie die Schmerzen als ihre eigenen. Das Pochen im Bein geht über in die Teerpappe, die sich sanft über den Garagen wellt. Mit jedem Schlag pulsieren die Metalltore und knirschen stumpf in das Innere der Garagen. Irgendwo fallen Kanister von den Regalen. Sie versucht, ihr Bein anzuwinkeln, den Befehl zum Schritt zu geben. Die Schläge ergreifen den Block. In ihrem Rücken, denkt sie, müßte das ganze Gebäude jetzt schwanken. Andreas ruft ihren Namen. Warum hat er das getan?

Aber das Gebäude schwankt nicht. Andreas ruft noch einmal ihren Namen. Sie dreht sich nicht um. Sie rennt weg.

III.

»... die Demonstranten haben sich nicht nur das traurige Verdienst erworben, einen Gast der Bundesrepublik Deutschland beschimpft zu haben, auf ihr Konto gehen auch ein Toter und zahlreiche Verletzte ...«

Gudrun sitzt am Radio, hört die statuarischen Worte des Regierenden Bürgermeisters von Berlin. Sie spielt am Lautstärkeregler, dreht ihn abrupt auf, dann wieder ganz zu, macht aus dem Text Musik:

»... das t-r-a-u-r-i-g-e Verdienst ... der Bundesrepublik D-e-u-t-s-c-h-l-a-n-d ... ihr K-o-n-t-o ... ein T-o-t-e-r ...«

Sie fummelt am Senderknopf, als wolle sie einen anderen Text herauspressen. Dreht den Empfang ganz aus dem Äther, bis die Transistoren nur noch fiepen. Dazwischen vereinzelte Stimmen von Amateurfunkern. Dann rauscht es, niemand spricht mehr in das Mikrophon. Georg gibt ihr einen Kuß auf die Stirn.

»Laß das.«

Gudrun schlägt gegen seine Hand auf ihrer Schulter. Georg versucht, seine Stimme so warm wie möglich klingen zu lassen.

»Am liebsten würde ich mit dir verreisen. Irgendwohin. Weg von dieser ganzen Scheiße. Wo es warm ist. In die Wüste, wo wir endlos fahren könnten und Zeit hätten für uns.«

»Laß das, habe ich gesagt.«

Gudrun dreht sich um und sieht ihn mit bösen Augen an.

»Du denkst an dich. Du denkst nur an dich.«

»Und du?«

»Ich denke an Benno.«

»Was denkst du?«

»Ich denke an Benno, wie er auf der Straße liegt.«

»Was siehst du?«

»Ich sehe den toten Benno, wie er mich sieht.«

»Und was sieht Benno?«

»Benno sieht nichts. Ich sehe seine Augen, die mich sehen. Sie sehen mich an.«

»Benno sieht nichts?«

»Nein, Benno sieht nichts. Er ist tot. Ich sehe.«

»Und was siehst du?«

»Mich. Ich sehe mich, wie ich auf der Straße hocke.«

»Was machst du?«

»Ich heule. Nein, ich heule nicht, mir ist kalt. Eigentlich mache ich gar nichts. Ich sehe den toten Benno.«

»Und was siehst du?«

»Nichts.«

»Nichts?«

»Doch. Ich sehe mich, wie ich den toten Benno anstarre.«

»Sonst nichts?«

»Sonst nichts. Doch, ich fühle mich beobachtet.«

»Wer beobachtet dich?«

»Ich weiß nicht.«

»Bist du allein?«

»Ich denke schon. Niemand ist um mich herum. Außer Benno.«

»Ist er es, der dich beobachtet?«

»Nein, er ist es nicht. Er ist auch verlassen.«

»Bin ich da?«

»Du bist nicht da.«

»Denkst du, ich warte auf dich? Denkst du, ich bereite das Abendessen, warte auf dich und nehme dich in den Arm, wenn du nach Hause kommst?«

»Nein, das denke ich nicht.«

»Ist sonst noch jemand da?«

»Nein, nur ich.«

»Was fühlst du?«
»Nichts. Ich bin es, die mich beobachtet. Ich sehe mich, wie ich den toten Benno anstarre.«
»Was siehst du?«
»Seine Augen.«
»Sonst nichts?«
»Ich sehe, daß sie nichts sehen.«
»Denkst du an mich?«
»Nein.«
»Denkst du daran, nach Hause zu kommen?«
»Nein.«
»Denkst du daran, wie es weitergehen soll?«
»Nein.«

Georg hat sich ihr gegenüber auf den Boden gehockt. Wo er nicht hinkommt mit seinen Fragen, versucht er zu fassen. Erst bemerkt Gudrun nicht, wie er mit seinen dicken Fingern ihre Schläfe befühlt. Ganz vorsichtig fährt er über die herausgetretenen Adern, wartet, ob er den Mut findet, anzuklopfen. Hallo, sagen seine Fingerkuppen, erst ganz leise, dann berühren sie die gleichen Stellen noch einmal, machen sich bemerkbar, drängen ein wenig, indem sie vorgeben, die gereizten Stellen zu massieren, kreisen, stecken den Bezirk ab, kreisen ihn ein, bis am Ende nur noch ein ganz leichtes Fingertippen auf die bearbeitete Stelle genügt, um Gudrun zu erschrecken. Die macht einen gestörten Sprung von ihm weg.

»Was willst du?«
»Ich will, daß du dich erinnerst.«
»An was?«
»An uns. Verdammt. Du kommst hier hereingestürzt und

tust so, als wäre ich nicht da. Gut, du beantwortest meine Fragen, aber du sprichst nicht mit mir.«

»Was willst du wissen?«

»Was ich wissen will? Was los ist, will ich wissen!«

»Was los ist? Nein. Das willst du nicht wissen. Du willst wissen, ob du in Zukunft noch damit rechnen kannst, daß wir miteinander bumsen.«

»Und? Bumsen wir noch zusammen?«

»Auch wenn dich das nicht glücklich machen wird, aber es ist mir egal, was mit uns wird. Es ist mir egal, ob du mich morgen früh weckst, damit ich Frühstück mache, oder ob du mir das Frühstück ans Bett bringst. Ob du meine Hand hältst oder mir erklärst, was die richtige politische Haltung sein muß, ist mir egal. Ob du mich verhörst oder mir Vorwürfe machst.«

»Also ist es aus?«

»Wenn du es so sehen willst.«

»Was heißt, wenn ich es so sehen will?«

»Wenn es für dich einen so großen Unterschied macht, ob wir bumsen oder nicht bumsen, dann ist es aus.«

»Das habe ich nicht gefragt!«

»Dann habe ich dir ja auch nicht geantwortet.«

»Ich frage mich, ob du mir überhaupt noch antworten kannst.«

Georg hat sich hingesetzt und dreht eine Zigarette zwischen seinen Fingern. Georg ist dick. Er sieht nicht gut aus. Aber er scheint den ersten Schock seines Wiedersehens mit Gudrun langsam abzubauen. Nachdenklich zündet er sich die unförmige Zigarette an. Drei Wochen haben sich die beiden nicht mehr gesehen, bis gestern.

Gudrun hatte sich Zeit auserbeten, eine Zeit, während der

Georg alle Trennungsschmerzen schon einmal durchspielen konnte. Gudrun brauchte die Wochen, um sich zu entscheiden, wie sie sagte, nicht für oder gegen Georg, sondern ob sie weiterstudieren, weiter Zeit vertun, wie sie sagte, oder endlich zu existieren anfangen sollte. *E-x-i-s-t-e-n-z*, sie hatte das Wort wiederholt buchstabiert, so langsam, daß selbst ihr nicht entgehen konnte, wie wenig sie ahnte, womit sie das Wort füllen sollte. *E-x-i-s-t-e-n-z im emphatischen Sinne*, hatte sie angestrengt betont, um ihren Anspruch auf die drei Wochen ganz für diese Existenz zu bekräftigen.

Georg beobachtet sich im orangen Lehnsessel, der mit Flecken übersät ist. Weil er dick ist, was immer schon so war, solange er denken kann, hat er sich auch die Frage gestellt, ob er jemals wieder eine Liebesbeziehung haben würde oder ob das seine erste und letzte gewesen ist. Gudrun gehört schließlich zu den wenigen Frauen, wie er sich selbst überzeugen konnte, die seine Intelligenz liebten. Weil er sich diese und andere Fragen in den letzten drei Wochen schon oft gestellt hat, kann er sich jetzt beobachten. Eigentlich fühlt er nichts außer einer heilsamen Betäubung. Oder besser, er versucht zu fühlen, welches Gefühl Gudruns Worte gerade ausgelöst haben. Ist er gut vorbereitet? Hat er recht gehabt mit der Vermutung, daß sie ihn sowieso verlassen würde? Hat sie ihn überhaupt verlassen? Und was ist der wirkliche Grund? Georg überlegt, mit welcher Frage er seinen eigenen Gefühlen näherkommen könnte. Sich und zugleich aber auch Gudrun, die er nicht verlieren will. Für einen Augenblick kann er sich selbst sehen, wie er seine klobige Brille in den Händen schwenkt, sich mit dieser Geste auf die Diskussion vorbereiten will, bis sein Blick sich in den Gläsern verfängt, in den apfelgroßen Blick, den die anderen immer schon auf der Außenseite der Brille gesehen haben müssen. Er sieht sich, wie er jetzt von Gudrun gesehen werden müßte, wenn sie ihn überhaupt anblicken würde. *E-x-i-s-t-e-n-z*, denkt er hohl wie in Zeitlupe, was bin ich denn überhaupt für eine Existenz? Und mit einem Mal kommt ihm seine ganze Intelligenz abhanden.

»Beantworte mir noch eine Frage.«
Georg ist aufgestanden, und Gudrun nickt.
»Hast du mich eigentlich je geliebt?«
Gudrun ist ebenfalls aufgestanden und nickt ein zweites Mal. Sie ist überrascht, daß ein intelligenter Mensch so einfache Fragen stellen kann. Doch im Grunde ist sie froh über diese Frage, die sie ebenso einfach beantworten kann. Sie bildet sich ein, daß das ihre Spur in einem anderen Menschen ist. Daß diese einfache Frage die Folge ihrer Liebe ist. Daß sie Georg so weit verändert und befähigt hat, ganz einfache Fragen zu stellen.
»Warum hast du mich geliebt?«
Schade, denkt Gudrun für den Bruchteil eines Augenblicks, schade, daß die guten Enden schlecht ausgehen. Dann denkt sie wieder an Benno.

IV.

Das Pochen muß den beiden sehr fern erscheinen. Gudrun sieht sich nicht mehr hocken. Sie muß steif geworden und weggegangen sein, zurückgeblättert haben, ein Bild vor das Bild des toten Benno. Sie sieht sich zu diesem Bild hinstürzen. Mit jedem Schlag gegen die Wohnungstür sieht sie Bennos Kopf auf der Bordsteinkante aufklatschen. Immer wieder schlägt er auf. Er scheint zu federn. Wieder wird er hochgeschleudert, bis er einen ruhigen Punkt erreicht hat, dann ist es still, atemstill, bis die Schwere in Bennos Kopf zurückkehrt und ihn erneut zu Boden reißt. Vor diesem fliegenden Kopf glaubt Gudrun sich schützen zu müssen. Sie schneidet ihr Gesichtsfeld mit den Händen durch, bettet ihre Augen in einer Grube aus Fingern.

Georg weint. Er will sie umarmen, aber seine Arme sind wurstig, denkt er. Gudruns Sätze haben sie schwer gemacht. Georgs Arme baumeln herab wie Werkzeuge, denen man erklärt hat, daß sie noch nie ordentlich gegriffen haben, daß sie immer am falschen Platz hängen, daß sie für diesen Zweck ganz schlecht gearbeitet sind, daß sie im Grunde für gar kein Material entworfen wurden. Er weint, ohne zu wissen, warum. War es Gudrun, die seine Arme so wurstig gemacht hat? Das Weinen geht in kurze Schluchzer über. Oder tut sie ihm leid, schämt er sich, hat gar er Gudrun verlassen, bevor sie ihn verlassen konnte?

Das Pochen hat den Tränenkanal geöffnet, sein Gesicht wird überströmt, seine Beine werden schwer, seine Arme unbeweglich, als würden sie sich gegen das Untergehen nicht mehr wehren wollen. Jetzt ist kein Halten mehr, denkt Georg hinter der Brille, wo sich das Wasser mit Fett mischt. Jetzt will er sich erst recht auslöschen, will seinen Körper ertränken, weil er noch nie begriffen hat, weil sie recht hatte, daß er bloß warten kann, beim Frühstück, beim Abendbrot, beim Zähneputzen, beim Aufstehen, beim Zubettgehen, daß sie kommt, er wartet, bis sie endlich da ist, bis sie nach Hause kommt. Und wenn sie da ist, nimmt er sie nicht in den Arm, sondern streitet mit ihr. Obwohl er sich freut. Das ist ein Schlag. Er freut sich, aber muß unbedingt etwas Kluges sagen, das falsch ist, das ganz und gar nach hinten losgeht, nur um Mann zu sein, nur um nicht wurstig, nicht dick, nicht einfach froh, sondern Mann zu sein. Dabei sieht er doch, daß sie weint, daß sie leidet, schon die letzten Jahre völlig uneins mit sich war, eine Vorzeigestudentin auf Staatskosten eben, viel zu intelligent, um sich abends kluge Sprüche anzuhören, etwa, sie solle erst einmal ihr Studium beenden, solche Sprüche, die ihr sagen, was sie, diese wirklich intelligente Frau, tun soll. Wieder ein Schlag. So laut, daß er glaubt, jemand hämmere eine Flasche zu, die Flasche, das bin ich, denkt Georg.

Er erinnert sich daran, wie leicht es Gudrun fällt, ihrem Studium nachzugehen, wie leicht sie sich aufregen kann über Dutschkes Verfolgung, die Behinderung seiner öffentlichen Reden, und gleichzeitig eine ausgezeichnete Arbeit über Augustins Gnadenlehre schreibt. Und jetzt steht sie vor ihm, auf die er gewartet hat, und zerbricht. Was sonst, denkt Georg, was sonst hätte ich ihr bieten können? Er verbietet sich, seine Brille anzufassen, bloß jetzt nicht diese Geste, denkt Georg und versteift sich darauf, daß sie doch genau das von ihm wollte. Rat geben, was sonst? Gute politische Analysen, was sonst sollte er für sie tun?

Letzter Schlag an der Tür. Ich muß sie beschützen, denkt Georg, sonst kann ich gar nichts für sie tun. *Na endlich*, hört er vom Flur rufen. Gudrun hat den Türöffner betätigt. Dann stehen Peter und Andreas im Raum.

»Wann brennt das Brandenburger Tor?« grölen sie laut. Und rufen im Chor: »Wann brennen die Berliner Kaufhäuser ...« Und spritzen aus einer Flasche Sekt: »Wann brennen die Hamburger Speicher ...« Und dann lachen sie die beiden an: »Wann fällt der Bamberger Reiter ...« Und fassen die beiden an: »Wann pfeifen die Ulmer Spatzen ...« Sie drehen sie um: »... auf dem letzten Loch ...« Und stampfen mit den Füßen auf den Boden: »Wann röten sich die Münchener Oktoberwiesen ...«

Gudrun ist ihnen entgegengegangen und hat dabei die Fäden, die Georg behutsam um sie gezogen hat, endgültig zerrissen. Mauersegler, denkt Georg, ist auch ein merkwürdiger Beruf.

»Wie bist du rausgekommen?«

Andreas hat es einfach. Er erzählt.

»Kein Problem. Was sollten die schon machen? Entweder, ihr laßt mich frei, sag ich, oder ich geh zur Presse. Zack. Da ging's dann ganz schnell. Und draußen saß euer Kumpel.«

Andreas zeigt auf Peter. Gudrun zündet sich nervös eine Zigarette an. »Und was ist mit Benno?«

»Tot.«

Peter stößt Andreas in die Rippen.

»Du Idiot. Sag's schon. Was haben sie gesagt?«

»Ein Unfall. Ein bedauerlicher Unfall. Knallt mich ab, habe ich gesagt, ich werde hier kein Sterbenswörtchen mit euch quatschen, nicht mal meinen Fingerabdruck habe ich denen gegeben, knallt mich doch ab, aber reden oder irgendwie betroffen tun, nie, dann los, macht's doch, habe ich gesagt, wenn ihr euch noch einen Toten leisten könnt ... Wenn Sie auf den Tod von Benno Ohnesorg anspielen, labert mich dieser Bulle an, den haben Sie und Ihre Freunde sich selbst zuzuschreiben. Aha, sage ich, da bin ich aber gespannt. Und ich dachte, man könnte heutzutage feststellen, aus welcher Waffe eine Kugel stammt. Man ist ja höflich. Erklären Sie mir das bitte, sage ich. Darauf der Bulle, Benno Ohnesorg ist von Ihren eigenen Leuten totgetrampelt worden. Das haben Sie sich selbst zuzuschreiben. Ich nicke, zeige denen einen Vogel und fang an zu lachen. Darauf der Bulle zu mir, was gibt es denn da zu lachen. Einen guten Pressesprecher, sage ich völlig ruhig, ich glaube, Sie brauchen einen guten Pressesprecher.«

Konzentriert atmet Gudrun den Zigarettenrauch aus.

»Und die haben dich einfach laufenlassen?«

Peter deutet zwei, drei Boxschläge in Andreas' Magengegend an, der wehrt sie mit der bloßen Handfläche ab. Dann fangen beide an, blöd zu kichern. Andreas macht zwei Schritte auf Gudrun zu, die sich mit jeder Frage ein weiteres kleines Stück aus Georgs gedanklichem Spinnwebennetz herausschält. Und Georg findet selbst kein Nest in der Mauer, die Gudrun jetzt hinter sich hochziehen will.

Während Andreas spricht, rückt Georg Zentimeter für Zentimeter näher an Gudrun heran, nicht nur mit den Füßen, nicht nur mit den fuchtelnden Händen, sondern mit seinem ganzen Körper. Georg hat das Gefühl, er könnte sie jederzeit unvermittelt in seine Arme nehmen und zurück über die Schwelle tragen, welche die Mauer in diesem Augenblick noch ist.

»Hast du schon mal in einen Kastanienbaum geschaut?« beantwortet Andreas Gudruns Frage. »Ich meine, wenn der Wind durchgeht. Das ist kein sanftes Blätterwiegen. Nichts da, die Blüten zeigen alle in eine andere Richtung, und in dem Moment, wo du sagen willst, wie herrlich sie leuchten, machen sie mit deinem Blick, was sie wollen. Kracks. Man muß seine Gegner immer nur schön verwirren.«

Andreas nimmt zwei, drei blonde Gudrunsträhnen und wirft sie ihr über das Gesicht.

»Was hast *du* eigentlich auf der Wache gemacht, Peter?«

Für einen kurzen Moment hat sich Georg an den freien Sturzflug gewöhnt und findet seine Frage intelligent. Endlich, denkt er, habe ich wenigstens meinen Schnabel wieder. Andreas gibt ihm die Hand.

»Übrigens, ich heiße Andreas, Andreas Baader. Wir kennen uns ja noch gar nicht.«

Georg läßt sich seine weichen Finger drücken, da fällt er nur noch, ohne Flug, und muß sich an Andreas festhalten. Peter hält seine Arme verschränkt und antwortet:

»Ich war genau wie ihr im Kessel. Du weißt doch, daß die meisten von uns verhaftet worden sind. Oder?«

Peter schlägt Andreas schwer auf die Schulter.

»Es kann ja nicht jeder ein Held sein! Nicht wahr?«

Er zieht Andreas langsam zu sich heran, drückt ihn wie einen alten Kumpel und spielt das eifrige Bandenmitglied.

»Nicht wahr, Georg?« wiederholt er.

»Ich war in der Zentrale«, Georgs Beichte klingt niedergedrückt, still, wie vor einer erwarteten Strafe.

»In der Zentrale, was gab's denn heute für eine Debatte in der Zentrale?«

Peter holt aus, aber Andreas reicht Georg ein zweites Mal die Hand.

»Das war klug von dir. Wenn ich nicht zur falschen Zeit im Kessel gewesen wäre, hätte ich auch effektiver agieren können.«

Jetzt sitzt Georg in der Falle. Mauersegler, denkt er, ist kein einfacher Beruf. Peter ist still. Das ist Andreas' Verdienst.

Die drei stehen betroffen und ratlos um den, der zuletzt gesprochen hat. Andreas tastet wie zur Orientierung den ein wenig verwahrlosten Raum ab.
An den Wänden der Wohnküche hängen Plakate mit Che Guevaras Sprüchen zum revolutionären Befreiungskampf. Seine weltberühmte Guerillamütze, die er gegen den Chefsessel der kubanischen Nationalbank eingetauscht hat, hängt im Raum, als wollte der Revolutionär sagen, seht her, dafür gehe ich bis in den Tod. Und er wird bis in den Tod gehen, denkt Andreas über den, der seine Karriere vom Guerillaführer zum Industrieminister in die Mütze gepackt hat und stolz aufgebrochen ist zu einer bolivianischen Reise, von der er tatsächlich nicht mehr zurückkehren sollte.
Aber zu der Zeit, als sich Andreas und Gudrun kennenlernen, lächelt er noch, nein, er lächelt nicht, er schwenkt seine Mütze, nein, man hat ihn nie gesehen ohne Mütze auf dem Kopf, bis zum Tag seiner Hinrichtung, die kein Gericht anordnete, aber die man sich vorstellt wie eine militärische Ehrung. Auch wenn es wahrscheinlich ganz anders war, auch wenn man ihn zuerst geprügelt, gefoltert, ihm die Eier zerschlagen und den seelenlosen Körper dann mehr aus Gnade und der Ordnung halber ganz zum Schweigen gebracht hat. Die Umstände sind ungeklärt. Aber vermutlich hat Che, der lächelnde Che, nicht mehr alleine aufrecht stehen können, so daß er die grüßende Hand nicht mehr forsch an seine Stirn legen konnte, so daß sein Tod eben nicht bedeutet, Che, so wie er vom Poster herab grüßt, plus Kugel im Kopf, sondern Che als Wurm, wie er sich in einem zerquetschten Körper windet, addiert mit der Kugel. Die Kugel kommt also viel später, erst wird der Blick zerstoßen, dann die Zunge zersiebt, bis sich ein Flehen durch die Poren preßt, das sich schämt, das nur noch nach Hause will.

Und zu Hause, das sagen dann zuletzt die bolivianischen Militärs, zu Hause ist dein Tod.
Aber jetzt winkt Che Guevara mit seiner steifen Mütze. Er winkt den entlaubten Vietcong zu, den Rabenschwarzen am südafrikanischen Soldatengewehr, er winkt den Geknechteten, den Gefesselten und dem SDS zu. Das ist nicht die Heilsarmee, die Gesellschaft vom göttlichen Heiland, die lateinisch die gleiche Abkürzung trägt, Societas Divini Salvatoris, nein, das ist der Sozialistische Deutsche Studentenbund, der nicht verwechselt werden will mit dem SHB, dem Sozialistischen Hochschulbund. Es ist der SDS, die neue Linke in Mitteleuropa, das Herz der Rechte auf Freiheit und Gleichheit, dem Guevara jetzt winkt. Aber Andreas winkt nicht zurück.
In der Ecke der Wohnküche steht ein Transparent, auf dem in breiten Pinselstreifen, abwechselnd schwarz und rot, der Name des Berliner Bürgermeisters steht, Albertz, dahinter, gesperrt, abtreten. ALBERTZ, A-B-T-R-E-T-E-N.
Georg denkt daran, wie er gestern zusammen mit Gudrun eines seiner Bettlaken geopfert hat, es in die abgewetzte Schultasche gestopft hat, die er seit seiner Schulzeit auf den Rücken geschnallt trägt. Wie er das Bettlaken zu einer harten Wulst geformt hat, in dem Gefühl, ein Gewehr vorzubereiten, ja, fast sogar richtige Munition einzupacken. Aber zuletzt ist das Laken nicht zum Einsatz gekommen. Georg erinnert sich, wie Gudrun mitten im Farbeauftragen plötzlich davon sprach, daß sie es nicht mehr aushalten könne, wie jämmerlich sie sich vorkäme, unbeholfen wie Schulkinder gegen den Krieg anzumalen, wie sie den Pinsel mit der roten Farbe auf den weißen Stoff geknallt hatte, einen dicken zeichenlosen Klecks hinterließ, den Georg später zu einem Ausrufezeichen umformen mußte. Zu heu-

len hat sie angefangen, wieder einmal, hat Georg gedacht, hat sie in den Arm genommen, wo er doch so gute Laune hatte, irgend etwas tun wollte mit seiner Liebsten, aber sie, sie mußte alles ohne richtigen Grund zerstören. So hat Georg gestern gedacht. Geh schon mal vor, hat er gesagt, ich komme später nach, und ist doch in der Zentrale des SDS geblieben, wo es an diesem Abend keine Diskussion gab, keinen Streit, keine Auseinandersetzung, kein Flügelschlagen zwischen Linken und ganz Linken, wo er an diesem Abend allein blieb.

Jetzt ist es fünf Uhr morgens, und Georg denkt nicht mehr wie am gestrigen Abend. Vom Krach der Revoluzzer aufgeweckt, kommt Peggy in die Wohnküche geschlichen. Mauersegler, überlegt Georg, ist ein sehr einsamer Beruf.

Peggy, die von allen wie eine Katze behandelt wird, hat sich im Männerhemd auf den Küchentisch gesetzt. Das Männerhemd ist nachlässig geknöpft und voller Fleckenränder, die schon braun sind, was an diesem Abend niemanden interessiert. In der Stille der Küche läßt Peggy ihre nackten Beine hängen, von ihrer Zigarette fällt Asche ab. Sie, die sich bisher um keine Politik verdient gemacht hat, zwinkert ihrem Bruder zu, dem sie leicht ansehen kann, daß er weiterdenken will, nur um nicht an gestern abend erinnert zu werden, als er im Büro des SDS aus einem Klecks ein Ausrufezeichen machen mußte, als Gudrun von der Polizei gejagt wurde und vielleicht auf ihn gewartet hatte. Vorwärtsdenken will er, zu etwas anderem hindenken, um bloß nicht mehr ständig daran erinnert zu werden, daß er nicht da war, als direkt neben Gudrun die erste Leiche gefordert wurde, als Gudrun für einen Moment ihre Gedanken mit einem Schädelknochen verwechselt hat. *Da* war ein anderer. Und Peggy, die wieder einmal Kopfschmerzen hat, weil sie gestern, als alle aufgeregt durch die Straßen rannten, hinter ihrer runden und tiefschwarzen Sonnenbrille nur Formen und Rauschfarben gesehen hat, sieht auch, daß Georg nicht weiterdenken kann. Er hat sich gefangen, ist hängengeblieben an Andreas' ausgestrecktem Arm, noch immer froh darüber, daß er nicht mehr fallen muß, froh, daß er seine schlechte Erinnerung wenigstens für sich behalten kann. Nur Gudrun, das sieht Peggy auch, denkt weiter:

»Was heißt effektiv agieren?«
Gudrun will jetzt endlich die Antwort auf die Frage, die sie Andreas vor zwanzig Stunden schon einmal gestellt hat. Mit dem SDS hat er nichts zu tun. Peggy kapiert das sofort. Abkürzungen sind was für Blöde, sie hat sich immer über die anderen lustig gemacht. Sie springt vom Tisch, verschafft sich Raum und ahmt mit geballten Händen und einem Lauf aus Zigarettenqualm Pistolenschüsse nach.
»Zurückschießen, was sonst?«
»Du hältst dich da raus, Peggy!«
Andreas spricht nicht. Mit einem einfachen Griff packt er Peggy an der Schulter, verdreht ihr den linken Arm und schlägt kurz auf die Hand mit der brennenden Zigarette, die wie eine Rauchbombe Gudrun vor die Füße fällt.
»Du Scheißkerl«, keucht Peggy, während ihr Körper wieder hochgerissen wird und Andreas ihr ein Küßchen auf die Wange drückt.
»So einfach geht das nicht mit dem Schießen, mein Schätzchen.«
Peggy tritt um sich. Sie hat diese Fanatiker noch nie leiden können. Schlägt gegen die Arme um ihre Schulter, versucht ein Schienbein zu treffen, windet ihren lockigen Kopf, als

müßte sie etwas abschütteln, das sich insektenartig in ihren Körper fressen will. Sie hat diese angestrengten Politikmenschen, die sich unbedingt für etwas engagieren müssen, noch nie verstehen können.
Ihr traurigen Protestanten, hat sie Gudrun einmal ins Gesicht gesagt, die ihr daraufhin eine Ohrfeige gegeben hat. Peggy, die Gudruns schmale Lippen bedrohlich findet, hat sich umgedreht und ihr den Arsch rausgestreckt. Da hört für sie der Spaß auf. Wenn du schon keinen Spaß an dir hast, hatte sie Gudrun hingeworfen, wer soll dann an dir Spaß haben. Was ihr Bruder an dieser Ziege fand, war ihr eigentlich egal. Aber daß die Ziege ein großes Talent zum Unglücklichsein besaß und mit der Ausübung dieser Anlage nicht sparte, machte sie wütend. Laß endlich meinen Bruder damit in Ruhe, hatte sie Gudrun dann doch angeschrien, die völlig verstört den Gedanken zu fassen versuchte, daß die Politik tief in die menschlichen Körper eingegraben sein mußte. Sonst wäre ihr Gegenüber sicherlich nicht so aggressiv, würde nicht so tun, als hätte jemand ihren Besitzstand angegriffen. Das ist es eben, hatte sie Peggy ein wenig bedrückt erklären wollen, das ist der Unterschied zwischen uns beiden, daß mir nichts gehört, überhaupt nichts, während du immer noch an die alten Werte glaubst und unfähig bist, von diesem Urvertrauen auch nur einen Millimeter abzurücken.
In diesem Moment trifft Peggy unglücklich zwischen die Beine von Andreas, der hochspringt wie ein junger Hund, kurz aufheult, aber gleich wieder sauber im Stand auf die Füße kommt. »Fotze, blöde Fotze!«
Ihr werdet die Politik nicht aus den Körpern herausgraben, denkt Peggy und befühlt still ihre blauen Flecken.
»Was heißt effektiv agieren?«

Gudrun tritt die Zigarette aus, ohne Peggy zu beachten.

»Was soll es schon heißen?« Die hat sich hinter Andreas versteckt und zielt mit ihren zu einer Pistole geformten Händen in seinen Rücken. »Er meint, ihr sollt euch endlich wehren.«

»Sie hat recht.« Peter tastet mit soldatischem Blick die Wirkung des Neulings auf die Gruppe ab. Wenn das derjenige ist, der hier demnächst den Ton angibt, denkt Peter, will ich derjenige sein, der als erster von ihm anerkannt wird. »Sie hat recht«, sagt er, »gestern abend, das war eine Kriegserklärung.«

»Du meinst, Andreas hat recht.« Gudrun wüßte gern mehr von dem, was Andreas nicht gesagt hat. Aber ihr ist nicht danach, dieses Bedürfnis mit Peter zu teilen.

»Ich weiß, wo Waffen versteckt sind. Pistolen und zwei Handgranaten aus dem Zweiten Weltkrieg. Ich habe sie selbst dort vergraben.«

Für einen Moment erscheint den anderen Peter wie ein Streber, dessen Finger hochgeschnellt ist, um Antwort auf eine Frage zu geben, die noch gar nicht gestellt worden ist.

Georg öffnet den Mund, kurzzeitig fühlt er sich wie ein Lehrer, der den übereifrigen Schüler zurechtweisen will. Doch bevor sich seine Zunge wölben kann, um einen Laut aus dem Hohlraum zu pressen, gerade als die Luft ihm durch den Kehlkopf in den Mund gestiegen ist, zwinkert seine Schwester ihm zu, macht ein Handzeichen, daß er nicht gähnen soll, ohne seinen Mund zu verdecken, legt ihre Hand mit gleichsam telekinetischer Wirkung auf Georgs Mund. Der schluckt. Die vielen noch zu sprechenden Silben in seinem Kopf stauen sich auf ohne Ton, ihm wird heiß im Gesicht. Was hat sie vor? Georg sieht beleidigt seine zierliche Schwester an, die er immer noch innig liebt, deren

Augen größer scheinen als ihr Mund, der nur ganz selten so entschieden groß wird wie ihre Augen.
Peggy sieht Andreas an, dann sieht sie Gudrun an, dann drückt sie Georg beide Augen zu. Andreas grinst: »Ihr seid Studenten, vergeßt das nicht, für so etwas fehlt euch der Mumm.«

V.

Daß das labberige Transparent dann doch noch zum Einsatz kommen würde, hat Georg nicht gedacht. Während er mit Gudrun sonst nur über die Haltestangen der Bettlakenparolen verbunden gewesen ist, hält er heute ihre Hand. Er, der die Buchstaben so geschnitten und verteilt hat, daß alles paßt, daß er neben Gudrun gehen kann, hat seinen bösen Traum wieder vergessen. A, das steht für Gudrun, breit ist es auf ihrem T-Shirt zu lesen, auf das Georg ab und zu einen verstohlenen Blick wirft. Ob sich ihre Brustspitzen auch durch den in roter Farbe getünchten Stoff abzeichnen? Er bildet sich ein, daß er ihre flachen Brusthöfe unter unzähligen T-Shirt-Trägerinnen herauslesen könnte. Gleich schämt er sich entsetzlich für diesen Gedanken. Er schämt sich so sehr, daß er, rot und schwitzend, den Hals geknickt, auf seinen eigenen breiten Oberkörper hinabstarrt, wo ein viel zu kleines L zappelt. Ein L, denkt Georg, so ein körperloser Buchstabe, der nicht einmal senkrecht stehen kann, sondern auf seinem Bauch hin und her wippt, manchmal sogar wegsackt, daß man den Eindruck eines untergehenden Victory-V nicht vermeiden kann. Das zugehörige B steht auf Peggys fröhlichem Oberkörper. Sie ist gleich begeistert gewesen, ihren Body, wie sie es immer wieder und wieder laut vor sich her sagt, als Waffe einzusetzen. Ich bin die Bombe, flüstert sie Georg ins Ohr, wo ich hinküsse, wächst kein Bart mehr. Georg denkt nicht an Bomben, sondern an Nester. Mauersegler, redet er sich ein, haben es immer schwerer, ein Nest zu finden. Es gehört verboten, die Ritzen unter den Häuserdecken zuzumörteln. Denn Mauersegler, er sieht wieder traurig auf sein dürres L, können sich kein eigenes Nest bauen. Georg vergleicht das A auf Gudruns Brust mit dem B auf Peggys. Den Busen seiner Schwester darf er streicheln, nicht direkt, aber unauffällig, darf das B so fest an sich drücken, daß ein wenig davon an seinem eigenen Körper haftenbleibt. In jedem Fall hat Peggy nichts dagegen, wenn er seine Haut ab und zu an ihrer auflädt, versucht, ihre Schlankheit auf sein eigenes Gewebe zu übertragen. Sie freut sich sogar, wenn ihr Bruder manchmal etwas derbe in ihre quirligen Schenkel greift, weil sie hofft, er werde sich daran gewöhnen, dies auch bei anderen Frauen zu tun. Während Gudrun jetzt mit Berührungen sparsam ist, sie möglichst beiläufig wirken läßt und darauf achtet, daß Georg keine zärtlichen Gesten zurückgeben kann.

Georg ist diese verkehrte Aufmerksamkeit peinlich. Aber er ist froh, daß er es gewesen ist, der die Idee gehabt hatte, das Transparent zu zerschneiden und auf diese Weise das verhängte Demonstrationsverbot zu umgehen. Damit hat er den idiotischen Spinnereien von Peter eine intelligente Alternative entgegensetzen können. Der wollte die Gedächtniskirche sprengen oder aber wenigstens, als alle mitleidig schmunzelten, sie mit Rauchbomben einnebeln, um nach dem Abzug der Wolken ganz oben das Transparent mit der Rücktrittsforderung an den Bürgermeister aufzuhängen. Aufsehen erregen, hat Peter, selbst hoch erregt, mehrfach geschrien, sonst haben Demos doch überhaupt keinen Sinn.

Georg ist stolz auf sich. Er ist froh, daß sie sich jetzt alle fest an den Händen halten müssen, damit die Buchstaben nicht zu weit auseinanderstehen und unleserlich werden. Wie ein kleines Ballett muß die Studentengruppe sogar ein paar Schritte einstudieren, um sich gleichzeitig umzudrehen und sofort die Hand des Buchstabennachbarn wiederfinden zu können.

Eins, zwei, drei und los, gibt Georg mit fester Stimme das

Signal, und die Passanten auf dem Kurfürstendamm können nach dem Namen des Regierenden Bürgermeisters nun auch auf dem Rücken der Protestler das Wort A-B-T-R-E-T-E-N entziffern.
Das ist es wieder: das A. Georg schielt auf Gudruns Rücken und freut sich heimlich und kindisch, daß wenigstens von hinten er das B zum A ist. Erneut mustert er Gudruns Oberkörper, bemerkt, wie sich zwischen ihren Brustwölbungen die Farbe der A-Spitze löst und bei jeder schwungvollen Hüftdrehung ein wenig abbröckelt. Gleich fällt es ab, malt Georg sich aus, das ganze A liegt in seinen Pigmenten auf dem Asphalt, und ich kann Gudrun in meine Augen nehmen, wie ich will. Wie ich es will, denkt Georg, wenn ich A zu B sein soll, impft er sich fortwährend, dann muß ich hinsehen, so lange auf ihre Brust starren, bis sie nackt ist, bis sie ohne Farbe und ohne T-Shirt hier auf dem Kurfürstendamm nur für mich sichtbar ist, bis ich sie ausgezogen habe und ganz weiß gemacht habe mit meinem Blick, bis Gudrun mir ihre Brust von selbst gibt, ihre Form in meine Hand legt. Georg zwingt sich weiterzusehen, durch Gudruns dünnen Stoff hindurchzusehen, bevor es zu spät sein könnte, bevor ein anderer kommt und nicht so zimperlich ist und einfach seine Hand benutzt, um den Stoff lustlos und geil herunterzureißen. Seine Hand dorthin legt, worauf er, Georg, doch schon so lange ein Auge geworfen, so lange selbst auf eine Berührung verzichtet hat, um einmal heilig zurückkehren und vergessen zu können, daß seine Hand ganz und gar nicht für diese Brust gemacht ist, ganz und gar formlos sich an der aderlosen Haut nur vergreifen, nur tolpatschen und kneten kann, wo er Zartheit und stummes Glück vermutet.
Eins, zwei, drei und, in diesem Moment blickt Gudrun zurück. Mit einem Mal ist Georg heiser, ertappt fühlt er sich,

blickt Gudrun doch völlig angezogen, fast warm in seine Augen, so als wolle sie sagen, ich kenne deinen Blick, und es tut mir leid, daß er schwach ist. Aber es macht nichts, liegt in ihrem Blick, ich habe dich auch so lieb, wenn du nicht nach meinem Körper greifst. Gerade deshalb habe ich dich lieb, hört Georg sie sagen, weil du nicht so bist wie die anderen, weil du nachdenken kannst und nicht zugreifen, weil du wissen willst, wie es mir geht, und nicht ewig glaubst, du wärst das Beste, was mir geschehen kann. Wie ein guter Freund, nein besser, wie ein Bruder, er sieht Gudruns Mund das verhaßte Wort formen, ein Bruder, wie ein Bruder, und er glaubt, Gudrun hätte ihn immer nur aus dem gleichen Grund angefaßt wie seine Schwester, also im Grunde nur, um ihn loszuwerden.

Brust A und Brust B sind gleich. Für ihn machen sie, wollen sie keinen Unterschied machen. Er liegt irgendwo ganz weit hinten im Alphabet, an einer Stelle, wo die Reihenfolge schon gleichgültig wird. Er erinnert sich daran, wie er im Sportunterricht, egal, ob nach Namen oder Größe Aufstellung genommen wurde, immer den letzten Platz bekam. Wie er lernte, warum es besser ist, den letzten als den vorletzten Platz einzunehmen. Und er entscheidet, es auch dieses Mal auf diese Weise zu versuchen.

Aber Gudrun spricht gar nicht mit ihm, sie schreit. Sie hat seine Hand losgelassen, die jetzt wie nach einem fehlenden Treppengeländer greift, das er vorher noch dort vermutet hat, während Gudrun schon einem anderen zuwinkt. Sie ist einen Schritt nach vorne gegangen, um sich bemerkbar zu machen. Sie trägt heute hohe weiße Schnürstiefel, einen kurzen blauen Minirock und ein kurzärmeliges T-Shirt in der gleichen Farbe. Sieht aus wie ein prüdes Schulmädchen, das die ganze Energie ihres Körpers auf den kleinen nackten Schenkelausschnitt zwischen Stiefelrand und Rocksaum konzentriert. Aber so weit will Georg gar nicht denken. Los, ruft er, los, umdrehen, macht schon, ruft er, dreht euch um. Aber Gudrun hat die Buchstabenkette durcheinandergebracht. Ihre gemeinsame Parole bricht auseinander, wird unleserlich. Andreas, schreit sie, hüpft hoch und wedelt heftig mit dem Arm, den Georg vergeblich zu fassen versucht. Andreas nähert sich sehr langsam, so daß Georg Zeit bleibt, vom vorletzten auf den letzten Platz zu rutschen.

»Stell dich doch mal ordentlich hin. Ich kann ja nichts lesen.«

Andreas küßt Gudrun zur Begrüßung auf beide Wangen, tut so, als hätte er zufällig in der Stadt, in der er tatsächlich erst seit wenigen Wochen weilt, ein paar alte Bekannte getroffen. Der Reihe nach gibt er den Studenten die Hand und spricht sie mit dem Buchstaben an, der auf ihre Brust gemalt ist. Jedem, der ihn nicht kennt, stellt sich Andreas stolz mit Nachnamen vor.

»Tag, B«, bleibt er eine Weile bei Peggy stehen.

»Hallo, Brezel«, grinst Peggy ihn an.

»Wieso Brezel?«

»Weil du so große Zähne hast.« Peggy macht ihren Mund auf, so weit es geht. Aber das sieht eher aus wie ein Piranha, der gähnt. Andreas lacht.

»Es scheint, als wärst du die Brezel.«

»Nein«, antwortet Peggy, »die Brezel wird erst ganz zum Schluß gegessen.«

VI.

Burn, ware-house, burn! steht auf dem kleinen grauen Blatt, von dem mindestens hundert Stück um die Gruppe herum verstreut auf dem Gehsteig liegen.
»Was soll das heißen?« schnauzt einer der beiden Beamten in die Runde. »Neue Demonstrationsformen? Wenn es nach mir ginge, würde es überhaupt keine Demonstrationen mehr geben!«
Auf dem Kurfürstendamm hat sich eine Traube von Menschen gebildet. Sie sind stehengeblieben, als eine vorbeifahrende Polizeistreife hastig gebremst hat. Schnell wird die kleine Studentengruppe von zwei Polizisten gesichtet und gemustert, die spontane Demonstration ist zu einem Ereignis in der geschäftigen Einkaufsmeile geworden.
»Meine Güte«, Andreas bückt sich und hebt eins der Flugblätter auf, die Gudrun bei dem Geräusch der quietschenden Bremsen aus der Hand geglitten sind, »können Sie denn nicht lesen? Wir finden es toll, was die in Brüssel gemacht haben.«
»Augenblick mal!« Der Beamte gibt seinem Kollegen eins der Flugblätter und ein Handzeichen, der geht zurück zum Streifenwagen und greift nach dem Funkgerät.
»Eben«, redet Peter weiter auf den verwirrten Polizisten ein, »das muß man doch mal anerkennen, wenn sich dreihundert Konsumenten in einem Kaufhaus freiwillig anzünden.«
Der Polizist versucht aufmerksam, das unübersichtliche Flugblatt durchzulesen, aber seine Augen bleiben stets auf die letzte Zeile geheftet: *Wann brennen die Berliner Kaufhäuser?* steht dort in fetten Lettern. Heute morgen um 6.30 Uhr hat er noch die Anweisung erhalten, alle verdächtigen Subjekte unverzüglich festzunehmen. Jetzt muß er überlegen, wie sich ein Subjekt verdächtig macht.

Immerhin sehen diese jungen Leute ganz manierlich aus.
»Wir hätten ja gerne ein Glückwunschtelegramm nach Brüssel geschickt«, fährt Peter grinsend fort, »aber wir wußten nicht, an wen.«
Der Polizist sieht wiederholt über seine Schulter nach dem Kollegen, wo er wohl bleibt, warum er so lange braucht, um die Zentrale zu informieren, dann entscheidet er sich, selbst zu entscheiden. »*Unsere belgischen Freunde haben den Dreh raus*«, liest er laut die letzten Zeilen auf dem Blatt in seiner Hand vor, »*die Bevölkerung am lustigen Treiben in Vietnam wirklich zu beteiligen: sie zünden ein Kaufhaus an, dreihundert saturierte Bürger beenden ihr aufregendes Leben, und Brüssel wird zu Hanoi.*«
»Das habe ich formuliert«, ruft Peter wieder dazwischen, »gut, nicht?«
Dann fährt der Polizist fort. »*Wenn es irgendwo brennt in der nächsten Zeit, wenn irgendwo eine Kaserne in die Luft geht, wenn irgendwo in einem Stadion die Tribüne einstürzt, seid bitte nicht überrascht. Genauso wenig wie bei der Bombardierung des Stadtzentrums von Hanoi.*« Er stockt, als würde er über die Schlüssigkeit der schlechtgedruckten Sätze nachdenken. »*Brüssel*«, liest er fast buchstabierend wie ein Schulanfänger weiter, »*hat uns die Antwort darauf gegeben: burn, ware-house, burn!*« Bei den englischen Satzteilen mit Ausrufezeichen stockt er, sieht in die Runde, als könnte er die Bedeutung des Textes den Gesichtern der T-Shirt-Träger ablesen. Aber jetzt haben sich die Oberkörper mit den Buchstaben der Abtrittsforderung so unleserlich durcheinandergemischt, daß der Beamte anstelle des Bürgermeisternamens das Wort T-R-E-Z-B-A-L identifiziert, was er für Französisch hält und als Hinweis auf eine

mögliche Brandstiftung in Brüssel versteht. Beim zweiten Hinsehen haben sich die Buchstaben schon wieder gemischt. Jetzt liest er anstelle von A-L-B-E-R-T-Z das weitaus verständlichere Wort E-R-B-L-A-Z-T und wundert sich noch über das schlechtgemalte S. Ihm bleibt keine Wahl. Um zu beurteilen, ob er es mit einem versteckten Bekennerhinweis zu tun hat, muß er nachfragen.

»Was ich nicht verstehe«, er nimmt all seinen polizeilichen Mut zusammen, »das in Brüssel war doch keine Brandstiftung, sondern ein Betriebsunfall.«

Peter, mit breitem, zum Lachen geöffneten Mund, sieht Andreas an, der schaut mit geschlossenem Mund auf Gudrun. Ihr ist völlig egal, was der Polizist über sie denkt, sogar egal, was mit ihr geschieht, wenn sie nur einmal allein sein könnte mit Andreas, um ihn zu fragen, warum er gestern nacht nach ihr gerufen hat, um überhaupt einmal Ruhe zu finden, wo sie doch noch nicht einmal ihre drei Wochen aufgebraucht hat, sich noch nicht einmal ernsthaft Zeit genommen hat, über ihre *E-x-i-s-t-e-n-z* nachzudenken, eigentlich, denkt sie, will sie nur weg. Bei dem Gedanken daran, daß sie genau das will, was Georg will, nur nicht mit Georg, muß sie lächeln, ein wenig, sie lächelt zum ersten Mal Andreas an, der zurücklächelt und weiß, daß auch ihr der Polizist scheißegal ist, das Lächeln sieht Peter, der sich bestätigt fühlt und laut lacht. Dann lachen alle.

»Das ist doch nur ein Witz«, versucht Georg, dem sichtlich beschämten Beamten aus seiner Verlegenheit zu helfen, »nur eine Provokation, ein Bild eben, um die Menschen daran zu erinnern, was so ein abstraktes Wort wie Krieg in Wirklichkeit bedeutet. Damit sie sich einmal einen verbrennenden Menschen wie in Vietnam vorstellen können.«

»Heißt das, Sie bekennen sich zu gewalttätigen Aktionen?«

Plötzlich hat Georg ein langstieliges Mikrophon im Gesicht. Darauf ist er nicht vorbereitet. Um die protestierenden Studenten, die ihre T-Shirt-Idee inzwischen nicht mehr witzig finden und fast ganz vergessen haben, stehen jetzt nicht nur gelangweilte Einkäufer und erboste Privatmenschen, die bei solchen Gelegenheiten gerne über die Wiedereinführung der Todesstrafe diskutieren, sondern auch eine Handvoll von Journalisten, die ebenfalls auf der Suche nach weiteren verdächtigen Subjekten sind, um den publizistischen Dauerbrenner über die gewalttätigen Studentenproteste nicht erlöschen zu lassen.
»Sympathisieren Sie mit den Bombenlegern der Kommune I?«
Georg reißt seinen Kopf nach hinten. Wer hat diese Frage gestellt? Noch bevor er antworten kann, sieht er die Journalisten um ihn etwas in ihre Notizbücher kritzeln, ein Blitzlicht unterbricht seinen vergeblichen Versuch, sich zu orientieren, und erleuchtet in seinem Inneren die Schlagzeile, die er schon über sich hereinbrechen sieht. Warum hast du nichts gesagt, hört er seine Kommilitonen vom SDS ihn anbrüllen, warum hast du dich nicht distanziert von diesen Chaoten, die immer bloß auffallen wollen. Nein, will Georg sagen, das war doch keine Bombe, das war nur Pudding, mit dem das Attentat ausgeführt werden sollte. Aber das Gerücht, daß die Studenten tatsächlich Ernst machen wollten mit ihrem Gerede vom Attentat auf den amerikanischen Vizepräsidenten, hatte die Bildzeitung schon zu einem festen Bestandteil der Berichterstattung gemacht. Im Namen des SDS, will Georg sagen, auch wenn er wohl der einzige der studentischen Protestler ist, der jetzt in diesem Namen spricht, in diesem Namen, denkt er, werde ich mich sofort von jeglicher Gewalt distanzieren.

»Bitte folgen Sie mir zum Streifenwagen. Ich muß Ihre Personalien aufnehmen.«
Noch bevor Georg antworten kann, hat ihn der Polizist mehr zögerlich als bestimmt am Arm ergriffen und sucht nach den Augen seines Kollegen, der weniger zimperlich ist und gegen einen möglichen Widerstand sofort mit einer gewaltsamen Festnahme droht.
»Warum? Dazu haben Sie doch gar kein Recht!«
Heimlich zählt Georg durch, was an diesem Morgen schon alles schiefgegangen ist: daß er Gudrun bisher keineswegs beschützen konnte, daß er aber jetzt, wo es um die Klärung eines Strafdeliktes geht, doch endlich Mut fassen könnte, Selbstvertrauen gewinnen, argumentieren könnte, brillant sein, ein Kopf sein könnte, den alle wegen seiner klugen Schärfe fürchten.
In diesem Moment hält ein zweiter Streifenwagen, ein kleiner Bus mit Gittern in der Fahrgastzelle, diesmal steigen gleich drei Beamte aus, einer in Zivil, den der immer noch unentschiedene Polizist erleichtert begrüßt, der ihm kurz eine Anweisung zuzischt, worauf er, endlich lakonisch, wieder zu Georg gewandt, antwortet: »Am besten ist, Sie kommen gleich alle einmal mit zur Wache. Wegen Aufforderung zur Brandstiftung.«

Georg, Peter, Andreas, Gudrun, Peggy und die hinzugeeilten Studenten, die zu spät gekommen waren zu der verabredeten T-Shirt-Aktion, die nichts von den Flugblättern wußten, welche Andreas und Peter noch in der Nacht ausgetüftelt hatten, die sich aber gleich aus Solidarität gegenüber ihren Kommilitonen angeschlossen haben, sich gleich ein Flugblatt vom Gehsteig genommen und wenigstens als solidarische Geste an die Passanten verteilt haben, sie alle

werden der Reihe nach überprüft und in den Innenraum des blauen Bulli geführt. Alles geht ganz friedlich vonstatten. Gudrun ist still geworden, sie will nur neben Andreas sitzen, wartet darauf, was er tun wird, wie er sich verhält in dieser Situation, ob er ruhig bleibt, souverän ist, Mann bleibt, wie er das, sie denkt, das *P-r-o-b-l-e-m*, lösen wird.
»Wir müssen raus aus Berlin«, flüstert Andreas ihr ins Ohr.
Hinten im Polizistenbus durchgeschüttelt, auf der Fahrt zum Polizeirevier Berlin-Charlottenburg, wo gegen sie alle Anzeige wegen Aufruf zur Brandstiftung erhoben werden soll, überlegt Gudrun, ob sie die Flucht antreten sollen. Sollen sie jetzt, wo es an der Zeit ist, endlich etwas gegen das Vertuschen von Bennos Erschießung zu unternehmen, sich aus bequemen Gründen einem möglichen Prozeß entziehen?
Dann sieht sie in die Runde ihrer Mitstreiter, die sie schon als ehemalige Mitstreiter betrachtet. Wie still sie geworden sind, nicht mehr aufgeregt durcheinandergestikulieren wegen der vermeintlichen Ungerechtigkeit, sondern sich fast ein wenig erleichtert in das gefederte Schaukeln des Polizeiwagens über den Pflastersteinen ergeben. Was für ein Schafsvolk, denkt Gudrun. Ob sie froh sind, jetzt endlich sagen zu können, sie hätten alles getan, wären sogar verhaftet worden, nur um sich endlich wieder in ihr Privatleben zurückziehen zu dürfen. Allein Georg sieht nachdenklich aus, im Gesicht zerknittert, aber Gudrun glaubt, genau sehen zu können, daß er nicht mit der Welt abrechnet, sondern mit sich selbst. Dann ist sie froh, daß Andreas weiter eindringlich in ihr Ohr flüstert.
»Berlin macht einen kaputt«, sagt er. Und: »Die Stadt löscht uns aus.« Dann wendet er sich ihrem müden Gesicht zu, hält zum ersten Mal vor allen anderen ihr Kinn fest.

»Wenn wir hierbleiben«, für Georg hört es sich fast wie ein Ultimatum an, »haben wir keine Chance. Diese Stadt kann man nicht beherrschen. Nicht weil sie zu groß ist, sondern weil man die Lust daran verloren hat, bevor man sein Ziel erreicht.«
Die anderen hören seinen diktierenden Sätzen gespannt zu, warten, ob da noch etwas kommt, vielleicht die Lösung für ihre anstehenden Probleme, doch Andreas macht eine gut überlegte Pause. Manche von ihnen denken, was für ein Spinner, manche, ein interessanter Spinner, nur Georg sieht immer noch bedrückt aus. Und jetzt kommt zu seinen Sorgen auch noch die hinzu, daß sein Konkurrent nicht nur besser aussieht, sondern auch noch besser reden kann.
»Außerdem«, fährt Andreas fort, nun wieder alle im hinteren Wagenteil leise ansprechend, »läuft gegen mich schon ein anderes Strafverfahren in Hamburg. Allein deshalb habe ich etwas gegen Berlin.«
Das finden schließlich alle sympathisch, schmunzeln, und selbst Gudrun, die schon begonnen hat, sich über Andreas zu ärgern, entspannt ihr Gesicht und überlegt, ob sie sich ihm nicht doch anschließen soll.

VII.

»Das brauchst du nicht!«
»Wie lange bleiben wir denn weg?«
»Das spielt doch keine Rolle!«
»Ich muß doch wissen, wo wir hinwollen, wenn ich vernünftig packen soll.«
»Erst mal nach Frankfurt. Da leben Freunde von mir. Die sind nicht kleinlich mit Besuch.«
»Eine meiner liebsten Studienkolleginnen wohnt auch in Frankfurt. Soll ich sie anrufen? Nur für den Notfall.«
»Auf keinen Fall. Es sollten nicht zu viele wissen, daß wir abhauen.«
»Keine Sorge, die ist auf unserer Seite. Marie würde uns niemals verraten.«
»Das meine ich nicht. Es ist einfach nicht gut, wenn zu viele wissen, wann und wohin man abreist.«

Gudrun nickt, ohne genau zu verstehen, was Andreas meint. Aber sie nimmt ihm ab, daß er weiß, wovon er spricht, daß er einer ist, der in seinem Leben schon einiges hinter sich hat, hinter sich lassen mußte, oft schon vor irgend etwas abhauen mußte, daß er etwas vom Abhauen versteht. Sie weiß weder, woher Andreas kommt, noch was er vorher gemacht hat, ob er ausgestiegen ist aus einem bürgerlichen Beruf, aus einem begonnenen Studium vielleicht, das zu beenden er nicht mehr die Kraft hatte.
Nein, studiert hat er nicht, auch wenn er gebildet ist, zumindest belesen, das weiß sie, das hat er oft genug betont. Daß er sich auskennt im Leben, auch das hat er mehrfach gesagt, im gemeinen Leben, wo es Regeln gibt, die man in keinem Studium lernen kann. Dafür, das hat sie schon einmal verdrießlich gemacht, müsse man in die Gosse gehen, müsse man die Universität verlassen, sich der Gewalt

des gemeinen Lebens ausliefern, sonst habe alle Theorie keinen Sinn. Nur jemand, der von unten kommt, kann wirklich etwas ändern, hat er ihr vorgehalten, denn nur der würde sich mit der Hebelwirkung der einfachsten menschlichen Reflexe auskennen. Und dazu würde es nicht ausreichen, wie diese saturierten Studenten ein paar Wochen in die Fabrik zu gehen, ein wenig schnuppern, Gast sein in der Welt der allereinfachsten Reflexe, da würde man nichts lernen, überhaupt nichts, sondern lediglich, wie man sich schnellstens vom übelriechenden Einfachen anschließend wieder fein abwaschen kann. Um das zu lernen, was er wirkliches Wissen nennen würde, hat er ihr zu erklären versucht, muß man sich durchschlagen, naß werden bis auf die Knochen, Hunger haben, richtigen Brothunger, daß einem die Magenwand sauer wird, bis man sich nicht mehr wiedererkennt und zuschlägt, um etwas Fraß zu ergattern. Das sind die Momente, auf die es ankommt, in denen man überrascht ist, in denen man nicht glaubt, daß man selber so handeln könnte. Zustechen oder erstochen werden. Alles andere ist Gewäsch.

Gudrun hat aber dann doch protestiert, zaghaft zwar, aber mit einer geduldigen Unnachgiebigkeit, als Andreas sie triumphierend darauf aufmerksam machte, es könnte ja auch kein Zufall sein, daß der erste erfolgreiche Führer der Arbeiter, Hitler nämlich, der einzige aller Volksrevolutionäre gewesen sei, der selber aus der Arbeiterschaft stamme. Nein, hat Gudrun gegen diese Ansicht opponiert, wenn man so denke, dann sei man ja mit aller Wahrheit am Ende. Aber Andreas hat sich in seinem Element gefühlt: Unsinn, das würde lediglich bedeuten, daß man die Leute nur dann verändern könne, wenn man sie dort anspricht, wo ihre brutalsten Reflexe sitzen, mit denen sie leben und sterben und sich gegenseitig massakrieren.

»Was willst du denn damit?«
»Das sind Sandalen. Es ist Sommer. Es könnte heiß werden.«
»Ich hasse Sandalen. Die bleiben hier.«
»Warum haßt du Sandalen? Wenn ich schwitze, bin ich froh, daß wenigstens meine Füße Luft bekommen.«
»Sandalen riechen nach Freizeit. Wir machen keinen Urlaub. Freizeit hat man nur, wenn man keine eigene Zeit hat.«
»Gut. Keine Sandalen. Was ist mit Sommerkleidern?«
»Können mit. Die nehmen wenig Platz weg. Außerdem sehen sie nach Unschuld aus.«
»Wie wäre es mit einem Bikini? *Ich* habe Freunde in Italien, die wir besuchen könnten.«
»Von mir aus. Aber eine Tasche muß reichen. *Ich* werde dein Gepäck nicht tragen. Und *du* schaffst nicht mehr als eine Tasche.«
»Dann muß ich wieder was rausnehmen.«
»Wichtig ist, daß du ordentliche Schuhe zum Laufen mitnimmst und deine Handtasche nicht vergißt. Außerdem solltest du irgend etwas Graues mitnehmen.«

Auf die Frage, wovon er eigentlich lebe, ob er eine Arbeit habe oder gehabt habe, hat Andreas ihr geantwortet, er sei Künstler. Kein Künstler von der Akademie, der nur in den Meisterklassen rumfurzen würde, nein, er hätte mit den echten Künstlern auf der Straße und in den Salons gelebt, in München, wo er zusammen mit Rainer, sagt er, mit dem Fassbinder, du weißt schon, an mehreren Projekten gear-

beitet habe. Wir haben nie etwas gespart, hat er ihr geschworen, die ganze Tagesgage hätten sie noch am gleichen Abend versoffen und verkokst oder im Puff verplempert. Bis Rainer dann was von ihm wollte, da wäre ihm dieses ganze schwule Filmemachen auf den Keks gegangen. Das hätte er dann nicht mehr ertragen, wie diese Filmlinge alle auf eine große Familie gemacht und sich hintenherum doch beschissen hätten. Da sei er ausgestiegen, als es hieß, entweder du liebst Rainer auf die eine oder andere Weise, oder du gehörst nicht mehr zur Familie.
Bist du Regisseur? hat Gudrun darauf mit künstlich geweiteten Augen gefragt, weil sie keine Lust gehabt hat, sich von Andreas große Geschichten erzählen zu lassen, Lügengeschichten, die sie wirklich nicht vertragen kann. Nein, hat Andreas zur Antwort gegeben, nicht Regisseur, nicht direkt, und ihm ist nichts eingefallen, was besser als Regisseur wäre und Gudrun trotzdem nicht weiter in ihren Zweifeln ließ. Ich war Scout, Fassbinders Scout, hat er dann nach kurzem Zögern geantwortet. Ohne mich wäre überhaupt kein Film zustande gekommen, ist er stolz fortgefahren, ich war dafür zuständig, auszuloten, wie und wo eine Filmidee überhaupt realisierbar war. So bin ich nach Hamburg gekommen, für eine Matrosengeschichte, ein Film, der wirklich im Milieu spielen sollte, dafür habe ich mich in die Hamburger Szene eingearbeitet, bin auf den Kiez gegangen, rückhaltlos, um zu sehen, wie das ist, wenn man dort sein Geld verdienen muß. Und, hat Gudrun gleich nachgesetzt, wie war das? Andreas hat ihre Frage überhört. Dann ist Rainer das Geld ausgegangen, und dieser Arsch hat den Film einfach im Studio abgedreht.

»Und dann?«
»Und dann, und dann, und dann. Dann bin ich nach Berlin gegangen.«
»Warum gerade Berlin?«
»Um mir ein Bild zu machen. Zu sehen, was hier los ist. Ob man hier was anfangen kann.«
»Und? Kann man?«

Gudrun zieht den Reißverschluß ihrer karierten Reisetasche ein wenig gewollt laut zu, wartet, ob Andreas ihre Frage beantwortet, was sie nicht wirklich erhofft, aber doch freuen würde. Andreas ergreift wortlos die Träger der Tasche und hebt das Gepäckstück prüfend hoch, als dürfte es wie für einen Flug ein bestimmtes Gewicht nicht überschreiten. Dann läßt er es wieder sanft auf dem Teppich landen und brummt, ohne Gudrun anzusehen, ein *Ich-weiß-noch-nicht* in den Raum.
Als Gudrun endlich seine Augen findet, glaubt sie, ein wenig Verlegenheit in seinem Gesicht wahrzunehmen, so als würde er ahnen, daß Gudrun noch viele Fragen hätte, aber sie nicht stellen wird, weil sie weiß, daß er gelogen oder zumindest furchtbar übertrieben hat. Komm, sagt sie statt dessen, als meine sie, es macht nichts, von mir aus darfst du lügen, und sie berührt ihn nur mit den Fingerspitzen an der freien Schulter, über der nicht die Lederjacke baumelt. Laß uns gehen.

»Seid ihr endlich fertig?«
Peter steht in der offenen Zimmertür, die eigentlich immer offensteht, weil es nichts zu verbergen gibt, wie Gudrun stets sagt, und sieht möglichst gelangweilt an ihnen vorbei, als wisse er schon, daß die beiden ein Paar

sind, und wolle deswegen peinlich berührt oder höflich wegsehen.

Andreas wirft einen prüfenden Blick auf Gudrun, die sich gleich ärgert über ihre Großzügigkeit von vorhin, gleich am liebsten alles hinwerfen und Andreas mit *du Lügner* anschreien würde.

»Peter fährt mit. Er bringt uns nach Frankfurt. Ich meine, er hat ein Auto, oder willst du durch die Zone trampen? Und Geld für den Zug habe ich nicht.«

Mit einem Mal hat Gudrun Mitleid mit dem, der sie gerettet hat vor dem Anblick des toten Benno, der gesagt hat, wo es langgeht, der sie durch das nächtliche Berlin gescheucht hat, der sich jetzt vor ihrem anklagenden Blick versteckt, und denkt, gut, auch egal.

»Wohin soll's denn gehen?«

Nun steht die ganze Wohngemeinschaft in der Tür, Georg, der immer noch glaubt, Gudrun beschützen zu müssen, und dahinter Peggy, die ihren Spitznamen bekommen hat, weil sie so zierlich, irgendwie amerikanisch oder babypuppenhaft aussieht, die ihren Bruder auf keinen Fall mit dieser Hyäne, wie sie Gudrun seit der Trennung von Georg nennt, allein reisen lassen würde.

»Nach Frankfurt. Andreas fürchtet, die könnten ihm etwas anhängen, wenn er in Berlin bleibt.«

Gudrun sieht langsam an Andreas hinunter, wie er wohl entscheiden wird in dieser Situation, ob er mit ihr allein sein will, wie sie annahm, oder ob er sich jetzt ihrer kleinen, eingespielten Gruppe doch nicht entziehen kann. Der wendet aber den Fragenden weiter den Rücken zu und sieht statt dessen Peter an, der eine zweite Tasche, einen braunen Fellaffen, neben die Gudruns abgestellt hat und

plötzlich wie auf ein Signal hin sagt: »Kommt doch einfach mit!«
Jetzt läßt er schon seinen ersten Sekretär sprechen, denkt Gudrun, dreht sich, von Peter angeekelt, wieder ihrem Kleiderschrank zu, um versunken nach ein paar vergessenen Söckchen zu suchen.
»Ja, kommt mit«, spricht Andreas, nachdem Peter ihm den Weg gebahnt hat, »dann könnt ihr sehen, was die in Frankfurt vorhaben. Vielleicht macht es ja Sinn, daß denen mal jemand erzählt, was hier in Berlin wirklich los ist.«
»Das ist eine sehr gute Idee«, antwortet Georg, wissend, daß ihm jetzt auch seine Schwester folgen wird, die sich die Fahrt auf keinen Fall entgehen lassen wird, »es ist auch an der Zeit, daß wir unsere Aktionen endlich koordinieren.«
Er fühlt sich beruhigt, zugleich betrübt, daß Gudrun ihn offensichtlich nicht dabeihaben wollte, obwohl er jetzt so etwas wie eine Stelle als Verbindungsoffizier innehat, für die Nachrichtenübermittlung zuständig ist. Auch wenn er selbst gerne der leitende Kopf dieser kleinen Einheit, wie er sie immer wieder heimlich nennt, geworden wäre.
»Du brauchst keine Söckchen.«
Gerade hat Gudrun sich umgedreht, tatsächlich ein kleines ineinandergestopftes Paar gelber Söckchen in der Hand, als Andreas sie wieder unvermittelt anspricht, mit seiner angenehm selbstsicheren Vertrautheit, und fast im Übermut hinzufügt: »Du hast ja auch keine Sandalen.«
Na warte, denkt Gudrun, du hast ja recht, ich brauche dich, aber warte nur, du brauchst mich auch. Hat sie ihn schon gefragt, woher er denn sicher sein kann, daß er das Richtige tut, auch wenn er weiß, wo man ansetzen muß, um Erfolg zu haben, auch wenn er weiß, wie man Täter wird, wie man die allereinfachsten Reflexe trifft? Das hat sie

nicht. Das hat sie ihm erlassen, weil sie glaubt, daß er dazu *sie* nötig hat. Daß das ihre Aufgabe ist, ihm ein Ziel vorzugeben, das weiß sie einfach. Denn sonst wäre er schon auf dem richtigen Weg, wäre nicht bloß dieser Spinner, der anderen irgend etwas befiehlt, sich großmacht, wo es doch ganz unwichtig ist, sich großzumachen, wo es sich nicht lohnt. Dann wäre er nicht hier bei ihr, denn dann bräuchte er sie gar nicht, sondern wäre schon dort, wo er hinwill mit seinem Ehrgeiz, der in Wirklichkeit noch kindisch ist. Aber dafür braucht er sie. Da ist sie sich ganz sicher. Ohne sie findet er den Weg nicht für seine allereinfachsten Gesetze. Denn die wirken nur, wenn man eine Idee hat, in deren Dienst man sie stellen kann. Das hat sie ihm nicht gesagt. Sonst hätte sie ihm auch sagen müssen, daß er ohne sie ein Gauner bleibt, ein einfacher ideenloser Gauner, der sich genauso wie die übrigen Menschen austricksen läßt. Aber sie wird verhindern, daß er seine Energie weiter so verschleudert, daß er weiter ohne nachzudenken handelt.
In diesem Moment schließt Gudrun mit Andreas einen Pakt, den sie nicht einmal aussprechen muß, den Andreas nicht kennt, nicht einmal kennen muß, weil sie verstanden hat, warum er nach ihr gerufen hat, in dem Moment, wo er den allereinfachsten Reflexen ausgeliefert war, nämlich seinen eigenen.
»Doch«, sagt sie, nicht besonders laut, aber so, daß es alle hören können, »ich brauche Söckchen, falls ich morgens mal ganz schnell aufstehen und zur Toilette rennen muß, damit ich nicht in dein Bett pinkle.«

VIII.

Am Steuer sitzt Andreas. Neben ihm auf dem ockerfarbenen Kunstleder Gudrun, tief in die aufgehitzten Falten des Sportsitzes gesunken, schwitzend, eine Zigarette nach der anderen rauchend, die sie in den überquellenden Aschenbecher neben der Gangschaltung ausdrückt. Dabei fällt jedesmal ein wenig Asche aus dem kleinen silbernen Klappkasten, die manchmal auf der Hand oder dem Hemdsärmel von Andreas landet, wenn er gerade schaltet, und das tut er oft auf dieser Fahrt.

Das Rot des Außenbleches fällt fiebrig in das Wageninnere, das von der Sonne aufgeheizt wird. Alle Fenster sind geschlossen. Von Zeit zu Zeit fingert Gudrun am Belüftungsregler und versucht, die warme Luft, die aus den Windkanälen strömt, abzustellen. Aber dadurch wird es nur noch stickiger im Innenraum. Dann dreht sie wieder am Schalter, stellt alle möglichen Positionen ein, so daß die Luft von oben einströmt, unter der Scheibe hervor, auf Brusthöhe bläst, seitlich fließt, an den Füßen wirbelt, aber überall erzeugt der Luftstrom nur neue Hitze, die sich lediglich gerecht im Wagen verteilen läßt. Von Zeit zu Zeit fährt Gudrun mit ihrer Hand schüchtern über Andreas' Handrücken, über den blauen, glatten Hemdstoff an seinem Unterarm, um die verstreute Asche wegzuwischen.

Auf der Rückbank sitzt Georg, der aus dem Seitenfenster sieht, manchmal den Blick nach vorne sucht, ihn dort ausrichtet, wo sich einmal ein Mercedes-Stern befunden haben muß, den entweder Peter selbst oder andere Chaoten abgebrochen haben. Der Wagen hat die Transitautobahn und den Osten längst verlassen, wo es ein wenig holprig war, wo das regelmäßige Schlagen der Betonplattenfurchen gegen die Autoreifen die Insassen schläfrig gemacht hat. Jetzt rasen sie mit gut hundertsechzig Stundenkilo-

metern über die westdeutsche Autobahn, auf deren blauen Schildern als nächster Zielort Hannover angegeben ist. Neben Georg sitzt Peggy, die wie ein lebloser Körper gegen die Innenwand des Fahrzeugs gerutscht ist, seit der unfreundlichen letzten Paßkontrolle schläft sie. Georg sieht sie behutsam an, betrachtet den leeren Platz zwischen ihr und ihm und fragt sich, warum sie sich nicht an seine Schulter gelehnt hat, ob sie jetzt auch auf körperliche Distanz geht, wo er sich so unmännlich verhalten und im Grunde um die Mitfahrt sogar gebettelt hat. Aber wahrscheinlich ist Peggy einfach die Hitze zuviel, die gerade sein dicker Körper besonders speichert und ausstrahlt.
Der tote Platz zwischen den Körpern erinnert ihn an Peter, an seine Abwesenheit. Mit einer merkwürdigen Ausrede hatte er ihnen zu verstehen gegeben, daß er nun doch nicht mitkommen würde. Er wollte nachkommen, sobald er diese blöde Arbeit erledigt hätte, wie er sich ausdrückte, bestand aber darauf, daß sie auf jeden Fall sein Auto nahmen. Vielleicht zwei, drei Tage, hat er ihnen bei der Abfahrt durchs offene Fenster zugerufen, dann bin auch ich in Frankfurt.
Peter arbeitet bei einem Adressenverlag, das weiß Georg, aber was er dort genau macht, das hat Georg nie erfahren. Manchmal bleibt Peter das ganze Wochenende weg, wahrscheinlich übernachtet er sogar in diesem Verlag, was Georg wundert. Die haben mal wieder alles durcheinandergebracht, es paßt kein Name zu keiner Nummer mehr, hat Peter flapsig erklärt, und mich haben sie dafür verantwortlich gemacht und dabehalten. Manchmal war Georg nah daran, Peter zu sagen, daß er sich nicht gern für blöd halten läßt, aber dann ist er einem Streit doch lieber aus dem Weg gegangen und hat geschwiegen.
Hannover Stadtmitte, zweitausend Meter, liest Georg auf

den leuchtendblauen Schildern, die er recht gerne wiedersieht. Solange sie da sind, denkt er, sind sie auf der Fahrt, ist noch alles drin, und nichts hat sich endgültig entschieden. Er träumt sich in den starken Autobahnhimmel, sieht auf den Schildern *Barcelona* stehen oder *Porto*, wo er einmal mit Gudrun einen Kurzurlaub gemacht hat, wohin er ihr nachgefolgt ist mit dem Heimreisebus für Gastarbeiter, während Gudrun das erste Mal in ihrem Leben allein von Nordfrankreich bis in den Süden Europas getrampt ist. Jetzt steht in fetten Lettern *Ausfahrt* auf dem blauen Schild.

»Wir sind zu weit gefahren!« Er merkt, daß er vor Schreck unvermittelt laut gesprochen hat.

»Georg hat recht«, bestätigt Gudrun und raschelt mit einer unhandlich gefalteten Deutschlandkarte, »wir hätten schon längst runterfahren sollen Richtung Kassel, sonst machen wir einen riesigen Umweg durch das Ruhrgebiet.«

»Verdammt! Warum hast du denn nichts gesagt!« bellt Andreas, und es sind seit fast zwei Stunden seine ersten Worte. Mit einer riskanten Lenkung bringt er das Fahrzeug auf die rechte Spur. Durch den plötzlichen Fahrbahnwechsel wird er wieder munter und bemerkt, wie das Tempo ihn bisher bei Laune gehalten, ihn zu einer bloß technischen Aufmerksamkeit gezwungen hat und daß er den Mercedes nicht mehr vollständig kontrollieren kann. Er drosselt die Geschwindigkeit, damit die Räder nicht ganz ihre Spur verlieren, lenkt weiter nach außen, bremst mal kräftig, mal leichter, korrigiert die Richtung, bis er auf dem Randstreifen vollständig zum Stehen kommt.

»Tut mir leid«, räumt Gudrun gleich ein, »ich glaube, ich habe geträumt.«

Ohne auf die Verwunderung zu achten, mit der Gudrun diesen Satz gesagt hat, wendet er seinen Oberkörper ruckartig nach hinten, blickt durch die Rückscheibe und legt seinen Arm auf die Lehne des Beifahrersitzes. Dabei klemmt er Gudruns Haare ein, die, um zu sehen, was Andreas sehen will, sich kurz nach vorne beugt und hell aufschreit. Kommentarlos legt Andreas routiniert den Rückwärtsgang ein und gibt Gas.

Jetzt dreht er durch, denkt Georg, das sind doch mindestens zwei Kilometer. Er rutscht tiefer in die klebrige Rückbank, hofft, Gudrun werde ihn schon bremsen. Gut, denkt die, wenn er nicht reden will, und kurbelt die Fensterscheibe herunter, streckt den Kopf hinaus, als wollte sie ihre Haare im Wind waschen. Weil Andreas den Motor immer noch im Rückwärtsgang aufheulen läßt, legt Gudrun ihre Hand auf das Lenkrad, fest entschlossen, den Wagen mit einem einzigen Ruck gegen die Leitplanke zu steuern.

Andreas, der alle ihre Bewegungen genau registriert hat, bremst genauso plötzlich, wie er angefahren ist. Durch das unvermittelte Rucken springt Gudruns Tür auf, durch ihre Finger, die schon die ganze Zeit im angezogenen Türgriff lagen.

»Ich muß mal pinkeln«, seufzt Peggy, als sei sie gerade erst aufgewacht und freue sich über den Stop.

»Gut, machen wir eine Pause«, sagt Andreas erschöpft, selbst überrascht und gleichzeitig gereizt von Gudruns stummem Gesichtsausdruck. Offenbar denkt sie jetzt nur noch, daß die Reise schon im Beginn gescheitert ist.

Peggy springt über die Autobahnplanken auf die angrenzende Wiese, deren Gras von der Hitze noch nicht ausgedörrt ist, sondern grün und gesprenkelt mit gelbem Löwenzahn. Sie trägt rotbraune Sandaletten, einen dunklen Minirock, blau, fast schwarz, auf den grüngiftige Tulpen mit violettem Kelch gedruckt sind. Ihr schmaler Oberkörper mit den flachen Brüsten ist korsettartig eingezwängt in ein enges T-Shirt, das zwischen mehreren verwaschenen Blautönen changiert. Sie wirft die Arme hoch, als sei sie auf einem Musikfestival, dann schlägt sie ein schiefes Rad, das aus Verlegenheit in einen Purzelbaum übergeht. Ganz langsam, schlechtgelaunt und ungelenkig, überklettern die drei anderen die Leitplanken, glauben, sie sollten Peggy applaudieren, und reagieren daher mit keinem Wort. Georg ist seine Schwester in solchen Momenten peinlich.

Aber Peggy sieht nicht nach, ob sie in diesem Augenblick Zuschauer hat, sie ist froh, nicht mehr so tun zu müssen, als würde sie schlafen, um alleine, für sich zu sein. Sie drückt ihre Sandaletten in das halbhohe Gras, das dünne Striemen in ihre hellen Beine ritzt, wenn sie mit Schwung die vereinzelten Disteln umtritt.

Für einen Moment wirkt die Szene wie Vater, Mutter und tobendes Kind: Die Eltern, ärgerlich wegen der erzwungenen Pause, wollen nicht zugeben, daß auch sie es nötig hätten, sich für zehn Minuten gehenzulassen. Nur Georg fühlt sich überflüssig und kann sich als Onkel nicht recht in das Bild einpassen. Die Bewegungen des jetzt vollkommen aufgedrehten Peggy-Kindes bleiben ohne Ordnungsrufe seitens der Eltern, die sich in diesem Anblick selbst erkennen und Fragen an die eigene Vernünftigkeit beantworten müssen. Warum laufen sie nicht ebenfalls einfach los, statt am Rand der Wiese herumzustehen?

Aber Gudrun und Andreas rennen nicht einfach so, breiten ihre Arme nicht aus, strecken sie nicht ganz weit vom Körper, um Flugzeug und Fliegen zu spielen und abzustürzen in die frische Luft. Statt dessen zündet sich Gudrun eine neue Zigarette an, die vorletzte in der Packung, die sie knickt, einschlägt und umständlich in ihre Hosentasche schiebt. Andreas, erwartend, daß Gudrun die schlechte Stimmung unterbricht, ihm da heraushilft, was sie nicht tut, geht laut ausatmend weg. Nur Georg weiß überhaupt nicht, was er mit seinen Händen machen soll. Er stopft sie in seine Hosentaschen, zieht sie mit roten Streifen wieder heraus, um dann einmal in die Hocke zu gehen, sein schwerfälliges Blut fließen zu spüren, das kribbelt, und sich wie in Zeitlupe Zentimeter für Zentimeter wieder aufzurichten, damit ihm nicht plötzlich schwarz vor den Augen wird. Es könnte aussehen, als würde er versuchen, aus Verlegenheit Sport zu treiben, und diesen Eindruck will er auf jeden Fall vermeiden. Deshalb tut er, als müsse er dringend nachdenken, müsse irgend etwas Wichtiges, viel Wichtigeres als diese unbedeutenden Querelen in seinem Kopf hin und her wälzen.

Peggy hat sich breitbeinig in das Feld gestellt, die Hände hinter dem Nacken verschränkt, und ruft, in die unveränderte Sonne starrend, daß sie gleich wieder da ist, was zur Zeit niemanden interessiert. Gudrun inhaliert, Georg spielt Detektiv, und Andreas geht wortlos an Peggy vorbei in die Richtung eines kleinen Waldhains, den sie sich eigentlich zum Pinkeln ausgesucht hat.

»Das gefällt dir wohl?«

»Kommt darauf an, manchmal sehe ich es gerne.«

Peggy schiebt einen Fuß über die umgeknickte Graswand ein wenig weiter nach außen, damit die Urinspritzer nicht ihre Füße erreichen. Doch manchmal muß sie aus der Hocke hoch, da die aufspringenden Grashalme ihr in den rausgestreckten Po stechen.

»Kommt auf was an?«

»Eben darauf, zu welcher Frau der Strahl gehört.«

»Dafür glotzt du aber schon ganz schön lange.«
»Dafür passe ich auch auf, daß keiner kommt.«
»Ich habe nichts dagegen, wenn mich jemand sieht.«
Andreas schnippt sein Feuerzeug auf, hält es vor die Zigarette in seinem Mund, tut, als würde er warten, schützend auf Peggy achtgeben oder als vermeintlicher Vormund selber auf seine Kosten kommen wollen. Peggys prasselnder Urin strömt kurzzeitig noch einmal stärker, bevor er nur noch in kleinen Salven das Gras benetzt.
»Ich sehe es ja bei anderen auch gerne. Die meisten Männer können leider nicht, wenn man sie dabei beobachten will.«
»Das liegt an der Erregung. Beides zusammen geht nun mal nicht.«
»Und, bist du erregt? Oder mußt du nicht?«
Peggy steht auf, sucht nach einem Taschentuch, reibt dann mit der flachen Hand ein paarmal über ihr Geschlecht. Sie macht einen Schritt zurück, tritt dabei versehentlich auf ihre fliederfarbene Unterhose, die sie mit einem Schwung aufliest und in der Luft herumwirbelt, um dadurch die Grasflocken herauszuschütteln.
»Also bist du erregt, oder?«
Peggy hat ihren kurzen Rock nicht glattgestrichen, der sich an ihrer Hüfte zu zwei großen Falten gestaucht hat und den Blick auf ihre dunkelblonden Schamhaare preisgibt. Andreas schnippt seine Zigarette weg, Peggy wartet, ob er gleich die Nase hochziehen wird, was aber nicht geschieht. Wortlos bleibt er kurz vor ihr stehen, so daß sie den Kopf heben muß, um ihm in die Augen zu blicken. Was sie in ihnen sieht, kann sie nicht deuten. Das Tier, hat sie gedacht, macht doch gleich mit, gewonnen, hat sie gedacht, dann ist er auch nicht anders, und ich habe es einfach mit ihm. Aber

ein ungezogener Rest in seinem leeren Gesicht bleibt, mit dem sie nichts anzufangen weiß. Mit einer fast unbeteiligten Bewegung der Finger zieht Andreas den Saum ihres Rockes so weit hoch, daß der kordartige Stoff sich nicht mehr wehrt und umgestülpt wird.
»Du frisierst dich auch unten, nicht wahr?«
»Das mache ich nur für solche Typen wie dich.«
Peggy weiß nicht, wie weit sie gehen soll, wie sehr sie ihn reizen muß, damit er endlich aus seinem zusammengebastelten Versteck herauskommt und sie ihn ansehen kann, wie er ist, wenn er sich nicht mehr beobachtet fühlt. Männer, denkt sie, sind am einfachsten zu durchschauen, wenn man ihren schlichtesten Regungen Raum gibt.
»Dann magst du solche Typen wie mich?«
»Kommt darauf an, zu welchem Schwanz der Typ gehört.«
Mit einem Schubs gegen ihre Brust hat Andreas sie zum Torkeln gebracht. Zwei Schritte hält sie noch das Gleichgewicht, dann fällt sie nach hinten in das hochgewachsene Gras. Sie will sich mit den Händen aufrichten, dreht sich nach vorne, überlegt noch, ob ihr das jetzt etwas gebracht oder ob sie alles nur verschlimmert hat, da sitzt Andreas schon rücklings auf ihren Beinen, hat einen Arm gepackt, den er gleich zur Bewegungslosigkeit verdreht. Sie will Luft holen zu einem Schrei, stellt sich die Hörer dieses Schreis vor und atmet ganz langsam wieder aus. Mit der anderen Hand schlägt Andreas ihr die Schenkel auseinander. Sie wehrt sich nicht und wird weich. Dann spürt sie eine angenehme Kühle am Puls des geknickten Armes. Sie bewegt ihn vorsichtig, streckt ihn unter leichten Schmerzen. Er ist frei. Die Beine auch. Zur Seite dreht sie ihren Kopf, sieht das dichte Gras, in das sie eine Kuhle gelegen hat, die Halme, die sie vor neugierigen Blicken schützen, und da-

hinter das dünne Waldstück, die wenigen aneinandergereihten Bäume und krüppeligen Hecken, die nie eine Pflege erfahren haben. Durch die vielen Lücken des Hains kann sie spähen, sie denkt, wie durchlässig eigentlich. Dahinter kann sie Georg und Gudrun erkennen, sie reden miteinander, sitzend auf der Leitplanke in gutem Abstand, aber sie reden.

Sie überlegt noch, wie durchsichtig diese Baumansammlung für Blicke ist, das hätte sie nicht gedacht, erinnert sich, wie sie als Kind mit ihrem ersten Freund immer ganz nah am Elternhaus, nah am Feldweg, den nur Bauern und Radfahrer benutzten, nur zwei Meter von diesem Feldweg entfernt hinter einem Baum und einer Hecke *Liebemachen* gespielt hat. Wie sie sich ausgezogen haben, versteckt hinter dem gar nicht breiten Baumstamm und ein paar belaubten Ästen, und sich gegenseitig die Geschlechter streichelten. Wie sie leise gesagt haben, jetzt bist du dran, wie sie ihrem ersten kleinen Freund das Glied mit Gras umbunden, mit ihm das Spiel *Abgehauen-und-Ausgeliefert* erträumt hat, wobei die begehrtere Rolle die des Gefesselten war, der sich unfreiwillig nackt ausziehen mußte. Nie hat jemand angehalten, ist vom Fahrrad oder Traktor abgestiegen, hat genau hingeschaut und gerufen, was sie dort für Schweinereien trieben, oder gedroht, ihrer Mutter Bescheid zu sagen. Ganz nahe waren sie am Elternhaus, wo ihre Mutter vielleicht Spiegeleier für das Abendbrot oder Kartoffeln für den arbeitenden und bald heimkehrenden Vater gebraten hat. So nah, daß diese Nähe wahrscheinlich das Schlimmste für ihre Mutter gewesen wäre, hätte sie Nachricht von dem verbotenen Treiben ihrer Tochter erhalten.

Georg und Gudrun, vergewissert sie sich noch einmal, scheinen nichts zu bemerken. Und jetzt, da sie im halb-

hohen Gras liegt, können sie auch nichts mehr sehen. Dann dreht sie sich um, beläßt ihre Schenkel, wie sie sind.
»Na komm, hab doch keine Angst.«
Vor ihr steht Andreas – ganz aufrecht, auffällig rot im Gesicht –, der seine Lederjacke abgestreift und fallen gelassen hat.
»Na komm runter, sonst werden wir noch gesehen.«
Andreas geht auf die Knie. Ohne ein Wort, fast als sei es ihm befohlen worden. Widerspenstig, aber mit ein wenig Lust an dieser Widerspenstigkeit, nähert er sich langsam dem Mädchenkörper.
»Na los, streichele mich, wenn ich es sage, darfst du es tun.«
Peggy grinst, aber nur heimlich, weil ihr einfällt, daß sich nichts geändert hat seit ihrer Kindheit. Mit kalten Händen fühlt er ihre vom Gras gekitzelten Beine, fährt über die feinen Einschnitte in ihren Schenkeln, betastet die rauhe Kuppel über dem Knie, bildet mit zwei Fingern ein kleines Männchen, das die Venen auf den Innenseiten der Schenkel abschreitet, geht ein wenig zurück, läßt sich Zeit, bevor es hochschießt, in die Pofalte einsinkt, am Schritt vorbeimarschiert unter das T-Shirt und sich dort in der Kuhle des Bauchnabels versteckt. Dann purzelt das kleine Männchen runter, fällt durch die Schamhaare und wird einbeinig.
Peggy öffnet seinen Hosenknopf, zerrt am Reißverschluß, der es nicht gewöhnt ist, aus diesem Winkel geöffnet zu werden, zieht seine Hose herunter, strampelt sie ganz mit den Füßen nach unten. Andreas legt sich in sie hinein, legt sein Gesicht neben Peggys, Wange an Wange, daß beide fühlen können, wie heiß sie geworden sind, wie kräftig sie ihre Hüften aneinanderreiben und -stoßen wollen. Andreas schiebt sich mit stummem Rucken in sie hinein, zwischen

ihre Schenkel, die sich schließen. Wie leise, denkt Peggy, wie leise ist er, wenn es darauf ankommt.

In Hamburg. Wie lange machst du das schon? Andreas steht an eine Häuserwand gelehnt, ein Bein angewinkelt. Er hält seine Hand schützend um ein Feuerzeug, das sich nicht zünden läßt. Sag doch mal! Die hingehaltene Flamme kommt zuerst warm, dann viel zu nah an sein Gesicht, fast droht sie ihm die Augenbrauen zu versengen. Na los, sag schon! Der Junge, der sich neben ihn gestellt hat, wirkt nicht größer, nicht stärker, aber entschlossener. Andreas fährt sich mit der Hand durch die Haare, die fast unverändert wieder in seine Stirn zurückfallen. Vorbeigehende starren die beiden Jungen unverhohlen an. Plötzlich reißt die Hand des anderen Jungen unsanft an Andreas' Lederjacke, zerrt an ihr, als solle er sie ausziehen. Wie lange schon? Seine Stimme bohrt sich durch die Motorengeräusche der langsam vorbeifahrenden Autos, ist lauter als die Schnulze aus der Hurenkneipe nebenan, verdrängt noch den Zuruf eines Freiers, der gerade wieder seine Fensterscheibe hochkurbelt. Die Blicke der Passanten drehen sich genauso zielstrebig von den beiden weg, wie sie vorher neugierig nach ihnen gesucht haben. Vor allem: wie lange willst du das noch machen? Da hat sich der Junge schon wieder von Andreas abgewandt und stolziert affig den Bürgersteig entlang. Das nächste Mal sage ich dir meinen Namen, ruft er Andreas zu und verschwindet im Flimmern des Neonlichts.

»Jetzt aber schnell, sonst kommen die noch auf die Idee, uns zu suchen.«

»Geh schon mal vor, ich muß noch pinkeln.«

»Ach, und du denkst, ich schaue nicht zu.«

Zögernd und zugleich rennend bewegt Peggy sich auf das

rote Auto zu, das von der Mittagssonne jetzt glühendheiß geworden sein muß, ruft, daß die Pause vorbei ist, freut sich, daß Gudrun ihre Hand auf Georgs Schulter gelegt hat, und glaubt, mit ihrem Schwung allen Fragen die Kraft zu nehmen.

»Was habt ihr so lange gemacht?«

Aber Gudruns Frage ist schwach, so ohne Ehrgeiz gestellt, daß ihr selbst auffällt, wie wenig sie eine Antwort erwartet. Sie hat ein stockendes Gespräch mit Georg hinter sich gebracht, der versprochen hat, jetzt einzusehen, warum es besser ist, daß sie nicht mehr zusammen sind. Die Gegenfrage, warum es eigentlich besser sein soll, hat sich aber gleich auf seinem Gesicht abgezeichnet. Und Gudrun ist irgendwann mit der Bemerkung dazwischengegangen, egal, ob es besser oder nicht besser sei, in jedem Fall sei es nun mal so. Aber sie müsse doch nachvollziehen können, hat Georg ihr sofort beleidigt geantwortet, wie wichtig es für ihn sei, auch jetzt noch, sie wenigstens zu verstehen. *V-e-r-s-t-e-h-e-n*, hat Gudrun geseufzt, bedeute eben nicht, eine Entscheidung genauso treffen zu können, sondern sie zu akzeptieren. Deswegen sei die Frage nach *besser* oder *nicht besser* ganz falsch, denn der Weg von der Vergangenheit zur Zukunft, der Geschichte, sei eben nicht unbedingt rational nachzugehen. Im Gegenteil, manchmal müsse man sich selbst gegen den eigenen Wunsch einer ganz uneinsichtigen Maßnahme unterziehen.

Andreas geht, ohne ihre Frage nach seiner Abwesenheit ernst zu nehmen, auf Gudrun zu, küßt sie, daß Georg sich abwenden muß, legt seine Lippen auf ihre, öffnet ihr den Mund und fährt mit der Zunge über ihre Zähne. Das, denkt Andreas, wenn man das liebt, ist Nähe. Und er ertastet sogar eine Zahnplombe und eine wunde Stelle im Mundraum.

IX.

»In the t-o-o-o-w-n ... where I was b-o-o-o-r-n ... there lived a m-a-a-a-n ... who sailed to sea ...«, singen alle vier mit krächzenden Stimmen.
Sie haben an einer Autobahnraststätte angehalten, Kaffee in Bechern getrunken, Kakao und Limonade gekauft, sich mit Zigaretten versorgt und eine Bildzeitung mitgehen lassen. Die aktuelle Schlagzeile, die von einem studentischen Angriff auf die Zentrale des Springer-Konzerns in Berlin berichtet, der sich im Innenteil als harmloser Eierwurfangriff herausstellt, hat alle zum Lachen gebracht. Peggy, die den Artikel über die vermeintlichen Bombenleger vorgelesen hat, hat die Überschrift wie eine Drohung zitiert: »Mit dieser Anarchistenbande werden wir schon fertig!«
Dann hat sie die bauchige Sprudelflasche geschüttelt und den Inhalt von hinten in das Wageninnere gespritzt. Die Fensterscheiben sind alle weit heruntergekurbelt. Keiner hat sich beschwert, als das klebrige Gelb der Limonade durch die Luft nieselte, ihre Haare filzig gemacht hat. Sie haben geschrien und sich geduckt.
»We all live in a yellow submarine«, grölen sie ohne Rhythmus in den Fahrtwind, sicher, daß ihnen sowieso niemand zuhören kann.
Andreas hat den Wagen wie ein Schiff geführt und mit schunkelnden Lenkbewegungen Wellen in die Fahrt gebracht. Als die Limonade innen an der Frontscheibe herunterrinnt, hat Andreas die Scheibenwischer angestellt und laut mit dem Refrain »yellow submarine« den Chor nachgeahmt.
Peggy, die sich inzwischen richtig wohl fühlt in dieser Chaotentruppe, wie sie ihre Begleiter nun nennt, hat ein wenig Kakao auf ein Tempotaschentuch gegossen und es Gudrun zum Scheibenputzen nach vorne gereicht. Die Scheibe,

jetzt braun und gelb verschmiert, verdunkelt das einfallende gleißende Licht, worauf Andreas einen Okay-Daumen in den Rückspiegel hält. Das ist, denkt Georg, wirkliches Reisen. Jetzt, freut er sich, beginnt etwas Neues.

»There lived a m-a-a-a-n ... who sailed to sea ...«, Andreas streckt seinen Zeigefinger aus dem geöffneten Dachfenster, »... and he t-o-o-o-l-d us from his life ...«, dann singen alle, »... in a y-e-e-e-l-l-o-w submarine!«

Gudrun nimmt Andreas' Hand aus der Luft und drückt sie fest und lang. »Sub-marine!« schreit Georg von hinten. Er gehört dazu. So fahren sie in Frankfurt ein.

»Und was ist, wenn du dich in der Straße geirrt hast?«

»Das kann nicht sein. Ich war doch schon mal hier! Ich erinnere mich sogar an das verranzte Klingelschild.«

»Haben sie uns denn erwartet?«

»Natürlich. Ich habe heute früh angerufen. Wir sollten noch etwas warten. Normalerweise sind die beiden sehr zuverlässig.«

»Was soll dieses durchgestrichene A auf dem Schild?« fragt Peggy.

»Das gibt's nur in Frankfurt«, erklärt Georg ihr, »das soll wohl heißen, daß Anarchisten hier keinen Zutritt haben.«

»Ich dachte, *wir* wären die Anarchisten?«

»Peggy!« Georg ist seine Schwester wieder peinlich. »Das erkläre ich dir jetzt nicht.«

»Ich hätte doch Marie anrufen sollen.«

Gudrun setzt sich auf den Treppenabsatz der heruntergekommenen Gründerzeitvilla. Die Ankunft in der überhitzten Stadt hat den vieren ihre Reisestimmung genommen. Daß sie nun noch nach einem Quartier Ausschau halten sollen, läßt ihren ausgelassenen Schwung in Wut umschlagen.

»Sie jetzt anzurufen hat natürlich keinen Sinn mehr. Die sind längst alle auf dem Kongreß.«

»Das ist es«, fährt Georg aus seiner zunehmenden Erschöpfung plötzlich hoch, »wir fahren einfach zum SDS-Kongreß. Dort finde ich bestimmt jemand, der uns aufnimmt.«

Daß er *ich* gesagt hat, macht ihn stolz. So stolz, daß er glaubt, er hätte nicht nur diesen späten Nachmittag, sondern den ganzen Ausflug gerettet. Zum ersten Mal hat er den Eindruck, daß sie vielleicht doch zusammenbleiben könnten, er und Gudrun, vielleicht nicht so, wie er sich das vorgestellt hat, aber so, wie er das aus der französischen Literatur kennt, wie er das von Sartre und Beauvoir gelesen hat. Daß Sartre häßlich ist, freut ihn jetzt, denn dieser häßliche Sartre hat es immerhin geschafft, die Beauvoir aus den rauhen Händen ihres amerikanischen Liebhabers zurückzuholen. Wie er das wohl gemacht hat, überlegt Georg, obwohl die Beauvoir doch offen zugegeben hat, daß diese Chicagoer Affäre ihr den ersten Orgasmus gebracht hat. Dieser Sartre, muß Georg über sich lächeln, hat ihren Orgasmus wahrscheinlich bis dahin jedesmal neu entworfen, ohne daß sie es gemerkt hat. Und als sie ihren ersten Liebhaber kennengelernt hat, konnte sie sich wohl erstmals selbst entwerfen, bis sie feststellen mußte, daß sie von Sartre doch schon weitgehend entworfen worden war. Diese Franzosen, Georg grinst so breit, daß es die anderen sehen können, haben soviel von der Liebe verstanden wie von einer einfachen Aussage. Und er überlegt, ob es nicht sogar möglich ist, sie beide zu lieben, das neue Paar zu lieben.

Der breite Mercedes biegt von der Homburger Landstraße in den Berkersheimer Weg, wo die meisten Verkehrsschil-

der schief stehen von unfreiwillig gebremsten Autos, von dort nach links in die breitere, baumlose Eschersheimer Landstraße, kurz in die Eckenheimer Landstraße, um dann von der Bockenheimer Landstraße weiter Richtung Universität zu fahren.
Die Straßennamen, die an Georgs Augen vorbeiziehen wie eine belanglose öffentliche Wandzeitung, die er fast zwanghaft lesen muß, weil es überhaupt wieder etwas zu lesen gibt, Landstraßen, nur Landstraßen, denkt er, und hier soll Adorno gesagt haben, daß es kein richtiges Leben im falschen gibt?
Er hat dieses Zitat gesucht und nie gefunden, bis ihm ein Freund zugesteckt hat, er solle es lieber lassen, danach zu suchen, wenn er nicht enttäuscht werden wolle, denn dieser Satz stünde in einem Zusammenhang mit Obdachlosenasylen und möblierten Apartments, einer Rede Heideggers zum modernen Hausen ganz ähnlich, und dort sei er wirklich rätselhaft behaglich im Verhältnis zu dem, was aus dem Satz inzwischen geworden ist.
»Geht's dir gut?« Peggy drückt ihrem Bruder einen breiten Kuß auf die Wange.
»Ich habe darüber nachgedacht, wie es kommen konnte, daß alle so schnell vergessen haben, was passiert ist.«
»Das war doch nichts. Sei nicht so spießig.«
»Ich meine den Zweiten Weltkrieg. Ich stelle mir vor, wie das ist. Man erlebt den Bombenhagel, lebt monatelang unter Todesangst, und dann erfährt man, was alle eigentlich schon längst wußten, nämlich daß man selbst viel abscheulichere Dinge getan hat. Trotzdem bauen alle die zersprengten Häuser wieder auf, mit jedem Stein kann man ein Stück mehr von dem vergessen, wovor man schreckliche Angst gehabt hat. Und mit dem Richtfest und dem Zu-

schließen der eigenen Wunden läßt sich auch das vergessen, was man anderen angetan hat.«

Der Hörsaal ist fast so stickig wie das Wageninnere, das die vier gerade verlassen haben. Auf den Schreibpulten sitzen Studenten, rauchen, unterhalten sich, während vorne auf dem Podium eine aufgeregte Diskussion die andere ablöst. Manchmal schreien sie auch etwas dazwischen wie »Unsinn!«, »Hör doch auf!« oder einfach »Sitz!«, wobei sie ihre Daumen nach unten drehen. Das Schlimmste, was einem Redner widerfahren kann, ist, daß er aufgefordert wird, die historische Verantwortung seines Beitrags darzulegen. Dann beginnen die meisten Vortragenden zu stottern, sprechen von einer geschichtlichen Notwendigkeit, die man beachten müsse, von dem Potential der Randgruppen, die man politisieren müsse, und schließlich davon, daß man auf keinen Fall in irgendeinen blinden Aktionismus wie die Kommunarden in Berlin verfallen solle, daß sie nicht nachvollziehen könnten, warum manche unter ihnen ernsthaft zu der Ansicht neigten, man könne seiner Opposition gegen die gesellschaftlichen Zustände durch Steinewerfen oder Terror Ausdruck geben, ohne damit zugleich genau das zu tun, was das System doch von einer Revolte erwarten würde.
Der Geräuschpegel im Saal ist gleichmäßig hoch, egal, von welchem Flügel der Redner stammt. Den Zuhörern ist eine zunehmende Nervosität anzumerken, die sich in kurzen und aufgeregten Wortstreitereien oder auch vorübergehend in depressiven Anfällen entlädt. Manche Studenten pressen ihre Hände ins Gesicht, streichen sich die ungekämmten Haare platt oder halten sich sichtbar die Ohren zu. Sie können einfach nicht mehr zuhören. An den

getäfelten Wänden des schlecht ausgeleuchteten Saales hängen empörte Transparente:
»Die Bonner Parteien unterstützen Mord. Mord durch Napalmbomben. Mord durch Giftgas. Wie lange lassen wir zu, daß in unserem Namen gemordet wird?«
Enttäuschung hat sich auch über die Partei ausgebreitet, für die viele von den Anwesenden noch vor zwei Jahren Wahlkampf gemacht haben, die dann aber ihr Programm zugunsten einer Politik der großen Koalition aufgegeben hat:
»Die Führer der SPD sind selbst Gefangene des Systems.«
Dieses Verdikt hängt über der studentischen Diskussion. Es sieht so aus, als würden sie schon Tage hier sitzen und ihre Münder öffnen und schließen und doch nichts zu kauen haben.
»Es geht nicht mehr um die Geschichte«, hebt eine dünne Stimme an, die man zunächst nicht mit einem neuen Redner identifiziert, sondern mit einem speckigen und etwas zerschlissenen Jackett, das viel zu groß über einem schmächtigen Körper hängt. Die Stimme ist flach, und es scheint ihr egal zu sein, ob jemand ihr zuhört.
»Es geht nicht mehr darum, die Vergangenheit zu beurteilen, enttäuscht festzustellen, in die wievielte Generation sich die Nationalsozialisten fortpflanzen konnten.«
»Wer ist das?« Peggy findet diesen Redner unheimlich. Sie versucht, sein fahles Gesicht zu erkennen, das aber bleibt die ganze Zeit zum Pult geneigt, als würde der Vortragende ablesen. Auf dem Pult jedoch liegt kein Blatt.
»Ich weiß nicht«, antwortet Georg ihr, »ich glaube nicht, daß er zum Marxistisch-Leninistischen Kollektiv gehört. Vielleicht zur Sponti-Gruppe.«
»Er sieht aber nicht nach einer spontanen Aktion aus. Eher

wie ein Partisan oder ein Hofdichter eines fetten Mafiabosses.«

»Vielleicht gehört er ja zur Humanistischen Union. In Frankfurt wäre das sogar möglich. Warte, ich frag mich mal durch.«

Dann verebbt die Stimme vorne am Pult und macht lange Pausen, so daß man Angst hat, die Studenten könnten anfangen, den Redner vor Ungeduld mit ihren leergegessenen Freßpaketen zu bewerfen.

»Es geht«, filtert Peggy die unmelodiöse Stimme aus dem vielfältigen Wortrauschen um sie herum heraus, »es geht um den Hitler in uns. Geschichte kann man erzählen. Geschichte ist das, was gemacht, was erst im Rückblick zur Prophezeiung wird. Aber jeder von uns hat John F. Kennedy erschossen, hat Benno Ohnesorg auf dem Asphalt niedergestreckt. Jeder von uns.«

Peggy zuckt. Sie sieht Gudrun an, die zu den wenigen gehört, die konzentriert dem Redner folgen. Obwohl ihr Gesicht starr nach vorne gerichtet ist, scheint ihr Blick jedoch zugleich merkwürdig abwesend zu sein, so als würde sie in Gedanken ein Gespräch mit jemand ganz anderem führen. Wenn Peggy diese Vorstellung nicht absurd vorkäme, würde sie denken, daß Gudrun eine Haltung eingenommen hätte, als würde sie beten.

»Das ist keine Kleinigkeit, was ich jetzt sage. Alles, was wir tun, tun wir aufgrund dessen, was wir als Geschichte betrachten oder was uns als Geschichte zu betrachten beigebracht wurde.« Da sieht der junge Mann zum ersten Mal in sein Publikum, und Peggy amüsiert sich noch, was der für einen Silberblick hat.

»Ein Auto anzuzünden oder einen Politiker anzugreifen und womöglich auszuschalten ist konterrevolutionär. Jeder Sachschaden, den wir anrichten, dient dem Warenkreislauf. Jede Person, die wir von der politischen Bühne holen, dient der Auswechselbarkeit der Menschen und der Erhaltung der Strukturen. Aber worauf es ankommt, ist der Rechtsbruch, der in dem Moment, wo er bewußt vollzogen wird, aus dem Verbrecher, dem eigenen Falschen des Rechtssystems, einen Irrläufer macht, in den Augen des Systems ein Irrer, auf den die Gesellschaft nur mit den Mitteln der Psychiatrisierung reagieren kann. Aber diese Mittel sind begrenzt. Und wer irr ist und wer nicht, das kann jeden Augenblick umkippen. Es kommt alles darauf an, das, was wir normal finden, was wir in uns für normal halten, ins Absurde zu führen.«

In diesem Moment ist Andreas von dem Treppenabsatz aufgestanden, auf dem er sehr geduldig gehockt hat, hebt seine Hand wie zu einer Schülermeldung, zieht diese Hand dann gleich wieder zurück und ruft laut und militärisch in den Raum:

»Um das zu tun, müssen wir Banden bilden!«

Für einen Moment ist es still im Saal. Manchen Gesichtern sieht man ihr Entsetzen noch nicht einmal an, das gleich in heftigen Widerspruch übergehen wird. Andere sind froh, einen Befehl erhalten zu haben, auch wenn sie ihn nicht ausführen werden.

Als Peggy wieder nach vorne schaut, um zu sehen, wie der Redner mit dem strubbeligen Haar und dem furchtbaren Silberblick reagieren wird, ist dieser verschwunden. Keiner scheint sich darüber wirklich zu wundern. Auch scheint keiner in die entstandene Lücke einspringen zu wollen. Die Versammlung löst sich auf.

X.

Es ist 18.20 Uhr. Gudrun und Andreas haben die anderen abgeschüttelt. Sie gehen durch die Frankfurter Innenstadt, die Zeil. Andreas trägt den Fellaffen. Gudrun ist froh, daß sie es Georg überlassen haben, eine Bleibe zu finden. Sie ist froh, daß sie zusammen mit Andreas, Hand in Hand, durch die Frankfurter Innenstadt schlendern kann. Sie fühlt sich wohl.

Gleich schließen die Einkaufsläden, die Menschen bezahlen die letzten Artikel, die sie meinen besitzen zu müssen. Gleich wird durch die Lautsprecher der Kaufhäuser bekanntgegeben, daß geschlossen wird. Es wird gebeten, sich zu den Kassen und dann zu den Ausgängen zu begeben. Gudrun ist froh, daß sie nichts kaufen müssen, daß sie einfach so schlendern und die herumwuselnden Menschen in ihrer täglichen Einkaufswut betrachten können.

Schon wirkt die Einkaufszeile ein wenig leerer, zeugt davon, wie bald sie ausgestorben sein wird, wenn sich vor die Schaufenster die Gitter gesenkt haben, wenn nur noch ein paar Obdachlose leer vor sich hin und auf die zurückbleibende Reklame starren. Das Leben fällt wie durch einen Trichter in zwei, drei Cafés, die Schutz geben vor dem Aussterben. Dorthin torkeln auch die, die noch um Geld betteln wollen. Gudrun ist froh, daß sie diesem Rhythmus nicht folgen muß, der das Leben von einem Knotenpunkt zum nächsten befördert, ohne den Knoten je aufzuknüpfen, zu entspannen.

Gleich tauchen die Musiker auf, welche die Heimgehenden ein kleines Stück begleiten wollen, um dafür entlohnt zu werden, daß sie ihnen die Übergänge so angenehm wie möglich machen. Ein Waffelverkäufer ruft noch einmal zum Genuß auf, der die Heimeilenden nicht behindert, weil er schnell ist, der Genuß, und nicht langsam, sondern nur

Kraft zum Vorwärtskommen geben soll. Gudrun ist froh, daß sie kein Zuhause mehr hat, für das sie sorgen muß. Sie fühlt sich beinahe so, als hätte sie bereits alles aufgegeben, zurückgelassen, ausgelöscht. Eine Rückkehr scheint ihr unmöglich.

»Wenn ich *L-o-s!* sage, rennst du mir hinterher und fragst nicht, wo wir hinrennen, bis wir dort sind, wo ich hinwill. – *L-o-s!*«

Andreas reißt Gudruns Hand hinter sich her, hechtet auf eines der Warenhäuser zu, sie folgt ihm, läßt ihre Beine schnell werden, deren Anstrengung sie kaum spürt, weil, sie weiß nicht woher, eine wunderbare Energie sie durchspült. Ein Wind erfaßt Gudrun, wirbelt ihre Haare wie in einer markigen Reklame für Bier durcheinander, so daß sie für einen Augenblick richtig schön wird, auf einem Polaroidfoto die allerglücklichste Gudrun abgeben würde, kernig schön, zum Anfassen, nicht so zerbrechlich, wie sie sich die letzten Jahre gefühlt hat.

Die Haare, zu dicken Flechten verwebt, verdecken ihr die Sicht, das macht nichts. Jetzt geht es hastig durch die kühlen Schleusen eines Kaufhauses, Schneider heißt es, als ob hier noch ein zünftiges Handwerksmännchen im Keller werkeln würde. Die Rolltreppen sind schon abgestellt, schon zum Ausruhen aus dem Strom genommen, ächzen ein wenig, als die beiden mit großen Schritten wahllos in das erste Stockwerk stürmen. Keine Zeit, Gudrun kommt nicht auf die Idee, zu fragen, warum, keine Zeit, nicht einmal Passanten mehr, die ihnen aus dem Weg gehen müßten. Müde Augen von Verkäuferinnen, die ihren Feierabend erwarten, starren sie mit kleinen geplatzten Äderchen an, werden noch einmal wach, als müßten sie sich davon überzeugen, daß sie nicht träumen, daß eine der lebensgroßen Plakatwände mit jungen Leuten in amerikanischen Jeans umgefallen ist und die jungen Menschen, ihres langen Herumstehens überdrüssig, herausgetreten sind und weglaufen. Gudrun fragt nicht, was das soll, kurz vor Ladenschluß in ein Kaufhaus zu jagen, das gespenstisch wirkt und nur noch mit Abschlußmusik gefüllt ist.

Aber die Verkäuferinnen denken sich nichts dabei, daß vielleicht etwas Merkwürdiges geschieht kurz vor Ladenschluß, vielleicht ihr Kaufhaus geplündert wird, das ist ihnen egal, vielleicht die Waren sich selbständig machen, das interessiert sie nicht, und diese Kunden gar keine Kunden sind, egal, wenn nur um halb sieben Ruhe einkehrt und sie ihre Schlüssel in die großen Glastüren des Eingangs stecken können. Ein Verkaufsleiter sieht das ausgelassene Paar, denkt, die brauchen noch dringend etwas für das Wochenende, für eine Reise vielleicht, die Verliebten, ist zunächst ärgerlich und dann sentimental. Er sieht auf seine Uhr, beeilen Sie sich bitte, sagt er zu den beiden, die das Ende der Rolltreppe erreicht haben, Gudrun nickt freundlich im Vorbeirauschen, ist ganz ohne politische Gedanken, und plötzlich hat sie gemerkt, was endlich auch andere an ihr feststellen können: Sie ist glücklich.

»Halt das mal.«

Andreas hat ihr den Rucksack in die Arme gedrückt, sieht sich vorsichtig um, niemand da, der die Kunden von einem Diebstahl zurückhält oder zu einem unnützen Kauf überredet. Andreas zerrt an den ledernen Riemen. Das dauert.

»Was hast du vor?«

»Abwarten.«

Endlich kann er in das Innere des felligen Affen greifen. Gudrun kommt sich vor, als wäre sie an der Front, hätte ge-

heime Gegenstände ins feindliche Lager geschmuggelt und müßte erst jetzt feststellen, daß sie nicht gewußt hat, was sie da transportiert.
Andreas sieht sich erneut um. Noch ist nichts geschehen. Noch könnte er sich interessiert zeigen an dem imitierten Biedermeierschrank, vor dem sie herumstehen, den sie sich vielleicht anschauen, um endlich ihr gemeinsames Schlafzimmer einzurichten. Aber das Pärchen, das da im Gang mit den aufgereihten Möbelstücken steht, denkt nicht daran, sich in ein glückliches Leben einzukaufen. Und dennoch planen sie in diesem Moment ihre Zukunft, ihre Schlafräume, die vielen Betten, in denen sie sich wälzen werden.
Andreas öffnet die schweren Schranktüren. Jetzt geht alles sehr schnell. Der Biedermeierschrank mit seinem leeren, oberen Wäscheregal starrt die beiden an, die Flügeltüren werden zu Armen, der Kopf neigt sich ein wenig, und für einen Moment sieht es so aus, als würde er sie einladen, einzutreten in sein bauchiges Inneres. Die schnörkellosen, floralen Motive an seinen Schläfen sagen, hier ist es gemütlich, habt keine Angst, hier seid ihr sicher, wenn ihr mich kauft, habt ihr Ruhe. Der Schrank ist sauber, ihm fehlt noch die wohlriechende, gebügelte Wäsche, die man morgens herausnehmen kann, um sich sicher und aufgeräumt und geschützt für den kommenden Tag zu fühlen. Fast könnte man in den Schrank hineingreifen und ein ganz neues Leben herausnehmen, das einem immer vorrätig bleibt und selbst bei den schlimmsten Rückschlägen beisteht. Hier ist kein doppelter Boden, keine zweite Tür, keine lose Rückwand, sagt der Schrank, durch die man steigen muß wie in ein Drogenparadies, nein, sagt der Schrank, hier sind nur zwei Eingangstüren, keine Falle, sagt er, und jetzt stehen sie offen.

Andreas zieht einen kleinen Pappkarton aus dem Rucksack, eine Schachtel, für Schuhe zu niedrig, auf die oben eine Uhr ohne Gehäuse geklebt ist, und wirft sie in das Schrankmaul.

»Was machst du?« schreit Gudrun in Furcht über das, was sie gerade erlebt und erleben will.

»Das siehst du doch!«

Jetzt wird Andreas hektisch. Er war zu hastig, war unvorsichtig und hat geworfen, was man nur ganz behutsam anfassen sollte. Ein Draht hat sich gelöst, der von dem abstehenden Zeiger in das Schachtelinnere führt, und der Zusammenstoß von Schrankgaumen und Beuteschachtel ist so laut gewesen, daß der Verkaufsleiter plötzlich Ohren bekommen hat für die Bedürfnisse seiner Kunden. Mit zittrigen Händen hat Andreas den grauen Pappkarton vorsichtig wie eine große, böse Bakterie wieder aus dem Schrankmaul herausgenommen und fummelt nun, ohne genau zu wissen, was zu tun ist, daran herum.

»Gib her, du Idiot!« zischt Gudrun. Sie ist sauer. Zugleich enttäuscht. Sie ärgert sich maßlos darüber, daß Andreas sie nicht eingeweiht hat. Daß er es vielleicht nicht für nötig hielt, ihr etwas zu sagen, deprimiert sie. Daß er sich nicht getraut haben könnte, das macht sie wütend. Für einen Augenblick ist sie wieder mutlos, weiß nicht, ob sie sich aufregen oder gekränkt sein soll. Schließlich entscheidet sie sich. »Wenn du mir noch einmal etwas verschweigst, bringe ich dich um«, flüstert sie. Dann ist es still.

Mit langen, konzentrierten Fingern dreht Gudrun die beiden Drähte wieder ineinander, wobei sie sich über die Farben der Kabel wundert, aber es ist ja nur einer der kleinen Stromführer abgerissen. Ob gelb oder schwarz, das spielt jetzt keine Rolle, denn sie weiß sowieso nicht, was sie einmal bedeutet haben. Andreas, ganz aus der Ruhe gekommen, ohne den Plan, den er schon auf der Autofahrt Bild für Bild versucht hat durchzugehen, dreht sich um, lauscht auf Schritte, die jederzeit näher kommen können, während seine Freundin, ja, meine Freundin, denkt er und ist stolz, das zu Ende führt, was er begonnen hat.

»Kommen Sie zurecht?«

Der Verkaufsleiter lächelt. Da hat Gudrun den Schrank schon geschlossen, sorgfältig und leise, hat am Preisschild gedreht, das um den Schlüssel hängt.

»Ja, danke. Ist leider zu teuer für uns«, hat sie blitzschnell reagiert und sich mit süßem Blick abgewendet.

»Kommen Sie in zwei Wochen noch einmal«, sagt der Verkaufsleiter, der ganz bestimmt kein Unmensch ist, »dann bekommen wir eine neue Kollektion, und diesen Schrank da, wenn er Ihnen wirklich gefällt, kann ich Ihnen als Ausstellungsstück billiger geben. Ich werde sehen, was sich machen läßt.«

Da ertönt der letzte Aufruf zum Einkaufsschluß mit der dringlichen Bitte, das Kaufhaus Schneider zu verlassen und unbedingt morgen wiederzukommen.

»Machen wir«, sagt Gudrun und greift nach der Hand ihres Freundes, die schwitzig ist und sich schlecht halten läßt, drückt diese schwitzige Hand ganz fest und strahlt ihren Freund an.

»Machen wir ganz bestimmt«, sagt sie, »vielen Dank für das Angebot.« Ein schönes Wochenende wünscht sie dem Verkaufsleiter, der ihnen etwas blöde hinterherwinkt und noch lange den verschämten Augenaufschlag der hübschen Kundin in seinem Kopf tragen wird, der sich jetzt Gedanken macht, daß der Freund dieser wirklich lieben Kundin, der so düster dreinsah, wahrscheinlich ganz gegen den

Kauf war, aus vernünftigen Gründen sicher, daß er aber doch etwas glücklicher sein könnte mit seiner jungen Frau, der jungen Mutter vielleicht. Im Winken wird der Verkaufsleiter ganz kitschig, kurz vor dem Feierabend, der Rückkehr zu seiner Familie, die auch einmal jung vor einem Schlafzimmerschrank gestanden hat, und glaubt, er könne dem jungen Paar sicher bald zu seinem Glück verhelfen.

»Ein politischer Racheakt«, spricht Gudrun ruhig in die Sprechermuschel. Die polizeiliche Stimme, die auf der anderen Seite nach dem Anrufer fragt, ist nur noch leise, ganz nah an der Gabel zu hören, in die Gudrun den Telefonhörer einhängt.

Zwei Stunden nachdem sie das Kaufhaus verlassen haben, herausgerannt sind, im Rennen ihre Erinnerung überholt haben, jetzt kein Leben mehr haben, kein Gedächtnis, das immer neu sortiert werden muß, sondern nur noch ein neues Leben, eines, das anfängt, das seinen Kredit ganz aus der Zukunft bekommt, das ganz aus sich selbst zu sich selbst ja sagt, ja schreit, ja, ja, ja – zwei Stunden danach ist im Kaufhaus Schneider ein Sprengsatz explodiert.

Dem nachgemachten Biedermeierschrank sind die Türen herausgefallen, er sieht hölzern aus, wie da sein Kopf in Flammen aufgeht. Sogleich ist die Sprinkleranlage im Kaufhaus angesprungen, hat wilden Rauch gerochen, Rauchentwicklung an falscher Stelle, und Feuer, das sofort gelöscht werden muß. Und im gleichen Augenblick, als dünnes Wasser über die Schlafzimmermöbelstraße gesprüht wird, ist der Schrank zusammengebrochen, mit dem Mund auf den Boden gefallen, wo fliederfarbene Stoffe ausgebreitet lagen, vom Biedermeierbett gegenüber. Die

Stoffe, günstig und bunt, haben sich gleich dem Feuer hingegeben, in der Hoffnung, noch stärker zu leuchten, was ihnen nur für einen Augenblick Aufmerksamkeit verschafft hat. Da steht die ganze gestellte Nachkriegsfamilie schon in Flammen.

Andreas und Gudrun sitzen im Café, nur zwei Straßen vom Kaufhaus Schneider entfernt, hören die aufheulenden Feuerwehrsirenen, schauen sich in die Augen und phantasieren, wie die Etage, in der sie sich eben noch die Hände gehalten haben, brennt.
Das Feuer frißt sich durch eine ganze Epoche der bundesdeutschen Schlafzimmergeschichte, durch die kleinen dunklen Eichenräume, die gesteppten Bettüberwürfe, die weichen Matratzen, die Kuhlen in den Matratzen, die in diese brennenden nie hineingelegen werden, in die sich kein Kind zwischen Mama und Papa kuscheln wird, hier wird sich keine Angst anlagern, anwachsen und die Schlafenden ein Leben lang heimsuchen. Das Feuer sagt, nein, hier entsteht keine Generation von neuen kleinen Monstern, die die alten Monster ablösen, hier erben keine Kinder die Neurosen und die Mißgunst ihrer Eltern, die sie in die Nieten und die Nägel gegossen, durchs Holz gejagt haben, damit jede wackelige Ritze ausgefüllt ist. Egal, ob du fest oder gerade mal auf zwei Jahre furniert bist, Holz, sagt das Feuer, ich fresse dich, ohne darüber nachzudenken, was dann kommt, ob ich noch Zeit und Magen haben werde, weiterzufressen. In der Textilabteilung, die die Kunden durchqueren müssen, wenn sie die Schlafzimmerabteilung verlassen und schnell zum Ausgang eilen, holt sich das Feuer die Körper, die in die Blusen, Röcke, Jacketts, Stützstrümpfe und Büstenhalter passen sollen, und vernichtet

alle Maße. Mir egal, sagt das Feuer, wenn nachher nichts mehr da ist, solange nur nach mir nichts mehr kommt.

»Woher hattest du die Sprengladung?«
»Von Peter.«
»Peter ist ein Arschloch.«
»Warum?«
»Weil er es immer so macht.«
»Was macht?«
»Nicht mitkommt.«
»Aber er hat trotzdem Mumm.«
»Er bastelt gerne. Sonst nichts.«
»Immerhin hat er Wort gehalten.«
»Was hast du von seinem Wort? Kennst du ihn?«
»Ich glaube, er ist Autoschlosser. Er ist getürmt aus der DDR.«
»Und?«
»Er ist unzufrieden. Engagiert sich. Wie alle.«
»Wie alle ist er nicht. Er ist ein Maulheld.«
»Wie alle.«
»Ich kann ihn nicht leiden.«
»Jedenfalls hat er getan, worum ich ihn gebeten habe.«
»War es deine Idee?«
»Ja, es war meine Idee.«
»Bist du dir sicher?«
»Es war unsere Idee. Er hat das Flugblatt gemacht.«
»Und du hast es ernst genommen.«
»Das war seine Idee, das Flugblatt. Zunächst war es ein Witz.«
»Wie immer. Er hat dich darauf gebracht, stimmt's?«
»Wir haben uns gegenseitig angestachelt. Alleine traut man sich sowieso nie einen konsequenten Gedanken zu.«

»Dann ist es um so entscheidender, wen man sich dazu aussucht. Wem man vertrauen will.«

»Darum geht es nicht.«

»Genau darum geht es. Dir steckt irgend jemand ein Päckchen zu, und du drückst auf den Auslöser.«

»Unsinn. Die Entscheidung mußte ich sowieso alleine fällen.«

»Sei vorsichtig, sonst bleibst du mit deinen Gedanken alleine.«

»Warum hast du mir dann geholfen?«

»Hatte ja wohl keine Wahl.«

»Du hättest gehen können. Ich hätte es auch ohne dich gemacht.«

»Eben, das weiß ich.«

»Bist du sauer?«

»Natürlich bin ich sauer. Oder denkst du, es ist mir egal, was in dir vorgeht?«

»Ich meine, bist du sauer wegen der Aktion?«

»Bin ich weggegangen?«

»Nein.«

»Versprichst du mir was?«

»Das ist nicht nötig.«

»Gut.«

»Ich bin froh, daß du dabei warst.«

»Wir müssen los. Die anderen warten bestimmt schon.«

»Aber vorher rufen wir noch die Polizei an.«

XI.

Es klopft. Es klingelt nicht, es klopft. Zaghaft, aber hörbar. Mit einem Mal sitzt Andreas kerzengerade im Bett, sieht nach der angelehnten Tür. Ob sich durch das milchige Glas in ihrer Mitte schon ein menschlicher Körper abzeichnet, der bis in den Flur vorgedrungen sein könnte? Blickt um sich. Alle schlafen, Gudrun liegt bäuchlings neben ihm auf der blanken Matratze, halb ausgezogen nur, in Jeans und BH. Nachdem sie sich lange gewälzt hat in der Nacht, schläft sie nun tief und traumlos. Ihr Gesicht ist unter den Haaren kindlich zugedeckt. Der Raum ist kahl.

Andreas sucht irgend etwas zur Verteidigung. Fünfter Stock, denkt er, keine Chance zur Flucht. Die Tapeten sind teilweise schon heruntergekratzt. In der hinteren Ecke steht ein braunes, klappriges Nachttischschränkchen. Selbst die Küche besteht nur aus ein paar zugestopften Abflußrohren, aus toten Wasserleitungen. Gestern hatten sie nicht einmal einen Korkenzieher, um den Wein zu öffnen, mit dem sie ihren ersten Reisetag begießen wollten. Andreas hat dann die Flasche mit einem herumliegenden Hammer, den unbezahlte Handwerker vergessen haben mußten, einfach aufgeschlagen. Mit dem Hals zerbarst die ganze Flasche, und der Wein strömte über die grauen Teppichfliesen. Die vier sind erschöpft zu Bett gegangen. *Der Hammer, wo ist der Hammer, nicht im Zimmer.* Auf der hinteren Matratze, notdürftig mit einem Bundeswehrschlafsack zugedeckt, liegt Peggy, zusammengerollt, womöglich die einzige, die träumt. Quer zu ihr schläft Georg. Wie konnte er nur so weit von seiner Schlafstelle abrutschen? Als hätte er langsam und schlafwandlerisch in den Raum vordringen wollen, sich nur nicht ganz getraut, so liegt sein breiter Körper zwischen den Tapetenresten auf dem Boden, während sein

Kopf nah bei Peggy Schlaf gesucht hat und eine patschige Hand in ihre Richtung weist und sie gezwungen hat, sich ganz nah an die Wand zu kuscheln. Seine Füße sind in den Raum gestreckt, die Beine merkwürdig fest geschlossen, daß Andreas denken muß, ein Christus. Es klopft erneut.

Andreas schnappt sich seine Lederjacke, krabbelt auf allen vieren zur Zimmertür, lugt durch den Spalt. Georgs Schlaf ist nervtötend, fast noch lauter und ekeliger als seine morgendlichen Entschleimungsversuche. Hör endlich auf zu rauchen, denkt Andreas, dann späht er in den leeren Flur, an der verklebten Stehleiter vorbei, aber dort scheint niemand zu sein. Gut, daß die Wohnung noch nicht neu eingerichtet ist, überlegt er erleichtert, dann kommt man nicht auf die peinliche Idee, sich zu verstecken. Er fährt mit seinen nackten Armen in die steife Lederjacke. Das kalte Innenfutter ruft wieder den Gedanken an den Hammer hervor. Andreas robbt in die Küche.

Es klopft wieder, lauter, ein paarmal hintereinander. Scheiße, sie haben mich gehört, denkt Andreas. *Wo ist der verdammte Hammer?* Dann steht er barfuß, in labberigen Unterhosen und seiner abgewetzten Lederjacke, im Wohnungsflur, den schwieligen und knüppeligen Hammerstiel in der Hand, auf dem das breitgeklopfte Eisen ein wenig wackelt. Wer da, will er rufen, dann nimmt er den Hammer herunter, stellt sich schräg hinter die Türangeln und flüstert: »Wer ...?«

Die Stimme versagt ihm. Daß er so früh aufgestanden ist, das haben seine Stimmbänder ihm noch nicht verziehen. Er räuspert sich, hält inne, schluckt, verschluckt sich an seiner eigenen Spucke, schließlich muß er husten, läßt den Hammer fallen, dessen eiserner Kopf laut gegen die Flurleiste schlägt. Es klopft, pocht, jetzt in ganz kurzen Abständen.

»Wer da?« stößt Andreas hervor, in verschiedenen Tonlagen, die die belegten Stimmbänder zulassen. Stille. Zwei kurze Klopfzeichen, die nicht verabredet sind, die Andreas nichts sagen, weil er überhaupt niemanden erwartet. Dann wieder der klopfende Takt eines verrückten Kryptographen, dem die Verabredung fehlt.
»Was machst du denn da?«
Gudrun muß aufgewacht sein von dem Lärm, hält ihm gähnend mit hochgestreckten Armen ihre Achselbehaarung entgegen, die Andreas einen Moment zu lange fixiert, die er anstarrt, als würde sie ihm gleich in das Gesicht wachsen. Wir sind doch nicht verheiratet, steht in diesem Gesicht, das liest zumindest Gudrun, als sie merkt, daß sie sich wohl fühlt, daß sie jetzt, nachdem sie im Schlaf nicht geträumt hat, erwacht ist in den Traum eines gemeinsamen Morgens, eines Frühstücks miteinander, in der gemeinsam herzurichtenden Wohnung. Aber das ist nicht ihre Wohnung, und ob sie je fertig renoviert wird, das kann den beiden egal sein. Vor ihr steht Andreas in seiner Lederjacke, aus denen seine dünnen Beine hilflos herausragen, und zu seinen Füßen liegt ein auseinandergefallener Hammer, den er nicht zum Putzabklopfen benutzt hat. Gudrun verschwindet wieder hinter der Schlafzimmertür und kommt mit seinem T-Shirt übergezogen wieder heraus.
»Was ist denn los?« fragt sie leise, zurückgenommen, um nicht gleich loszulachen. Andreas' Miene ist finster. Aber dieses Bild mit dem entzweigegangenen Hammer, der Unterhose, der Lederjacke und mittendrin Andreas läßt Gudrun nur auf alberne Gedanken kommen.
In diesem Augenblick öffnet sich der Briefschlitz im unteren Drittel der Tür, und ein Stück Zeitung wird hindurchgeschoben. Als werde er verfolgt, springt Andreas aus dem

Flur Richtung Küche und wirft sich hinter den Mauervorsprung. Wenn schon nicht die Polizei, dann stehen in seinen Gedanken jetzt draußen Agenten. Mit einem Lächeln, das ihr selbst unheimlich ist, greift Gudrun vorsichtig nach dem Papierstück, das eine Zeitung ist, ein Blatt nur. Das Lächeln, das Andreas und seinen hampeligen Bewegungen gegolten hat, wird ein übermütiges Lächeln. Als sie sich erinnert, was gestern, so weit weg wie gestern, geschehen ist, fällt das Lächeln in sich zusammen und zeigt seine Zähne.

»T-e-r-r-o-r-i-s-t-i-s-c-h-e-r B-r-a-n-d-a-n-s-c-h-l-a-g auf Kaufhaus – mindestens e-i-n T-o-t-e-r«.
Gudrun streicht das zerknitterte Zeitungspapier glatt, als könnte sie die fetten Buchstaben nicht auch aus fünf Meter Entfernung lesen. Andreas schielt über ihre Schulter. Unter der roten Schlagzeile sind zwei Fotos abgedruckt. Darunter stehen ihre Namen. Gudrun Ensslin und Andreas Baader. Aber das auf dem Foto über Gudruns Name ist nicht ihr Gesicht. Es ist ein junges Gesicht, vielleicht in ihrem Alter, es trägt blonde, lange Haare, aber es ist nicht ihr Gesicht. Es ist nicht so schmal wie ihr Gesicht, hat nicht so tiefe Augen, nein, das ist nicht mal ein ähnliches Gesicht. Und auf dem Foto über dem Namen von Andreas ist eigentlich überhaupt nichts zu erkennen. In jedem Fall sieht der abgebildete Mann häßlich aus, verdorben, häßlich und gemein. Es ist doch ein Mann?
»Wir müssen weg!«
Andreas fühlt seine Reflexe, auf die er sich schon immer verlassen konnte. Während Gudrun den Artikel überfliegt, darüber nachdenkt, ob sie wegen der unterstellten Motive eine Gegendarstellung schreiben sollen, plant Andreas schon, wie sie aus Frankfurt herauskommen können. Jetzt

klopft es schon wieder. Gudrun läßt den Zeitungsausschnitt fallen, rennt in die Küche ans Küchenfenster, von dem man nur bis zur nächsten Häuserwand sieht, jetzt sogar nur ins diffuse Halbdunkel. Sie braucht einen Blick, einen Ausblick und eine Zigarette, aber nicht diesen Blick. Sie zündet sich trotzdem eine Zigarette an, eine, die sonst im Mülleimer gelandet wäre oder plattgetreten auf dem Fußboden. Sie zieht nicht. Hastig atmet Gudrun den luftdurchsetzten Zigarettenrauch ein, aber diese, wohl gestern abend aussortierte Zigarette bietet kein Ausruhen. Ein Toter! Davon war nichts in den Abendnachrichten. Im Gegenteil, gestern hatte sie noch Sorge, daß es nur als ein Streich wahrgenommen werden könnte, ein Provinzbrand, den die Feuerwehr in einer halben Stunde gelöscht hatte. Die Untersuchung der Brandursache, das konnte man gestern schon im Radio hören, war schnell abgeschlossen. Experten schüttelten auf die Frage nach internationalen Terroristen schnell den Kopf und gaben ein wenig amüsiert Auskunft über den stümperhaften Bombenbausatz. Ja, Bausatz, das Wort war ihr bis tief in der Nacht in den Ohren haftengeblieben, als hätte sie ein neues Hobby und die Welt würde nur mitleidig darüber lächeln. Sie inhaliert ein weiteres Mal etwas Nikotin mit viel Luft.
»Jetzt reicht es mir aber!« hört Gudrun ihren Freund im Flur brüllen, ein Freund, denkt sie, der mich nicht einmal in den Arm nehmen kann. Statt dessen schließt Andreas wütend die Wohnungstür auf, das hört sie, wie er am liebsten das ganze Schloß aus der Halterung brechen würde oder sprengen. Dann reißt er, als sei er selbst die Explosion, am Türgriff.

»Äh, Sie sind, ich meine, ihr seid verraten worden.«
Diese Stimme kennt sie, die hat sie irgendwo schon einmal gehört. Gudrun wagt sich aus ihrem Versteck in der Küche hervor, will jetzt sehen, selbst gesehen werden. Inzwischen steht auch Georg im Flur, ungewaschen, kreidebleich, mit dem Zeitungsstück in der Hand, das er gerade an Peggy weiterreicht, die lieber noch etwas geschlafen hätte und weiß, daß sie jetzt ganz still sein muß.
»Woher wissen Sie ...?« Dann zieht Andreas den jungen Mann an seiner Jacke ins Wohnungsinnere. »Verdammt«, schreit er, »woher weißt du, daß wir hier sind?«
Der sieht auf Georg, der auf Andreas sauer ist, auf seinen beschissenen Aktionismus, fast will er ihn, nein eigentlich will er lieber Gudrun schlagen. Will sie festhalten, aufrütteln, ihr ins Gesicht brüllen, *das hast du davon, du blöde*, jetzt hätte er fast das Wort gebraucht, *du blöde F-o-t-z-e*, wenn Andreas nicht lauter, viel lauter auf ihn einschreien würde.
»Ihr müßt aus der Stadt, schnell, sehr schnell.«
Der einzige, der ruhig bleibt, ist in diesem Augenblick der Klopfer. Beharrlich, genauso beharrlich, wie er geklopft hat, spricht er nun seine kurzen, leisen Sätze: daß unten ein Auto steht, daß sie über die grüne Grenze sollen, Richtung Westen, daß sie ihm sagen sollen, wo sie das Auto abstellen werden, daß sie vor allem aber jetzt, sofort und ohne Umschweife wegmüssen. Peggy, die die ganze Zeit auf seine Augen starrt, die sie an irgend etwas erinnern, hört nicht mehr auf ihre miteinander flüsternden Begleiter, die, wenn sie noch könnten, sich auf der Stelle trennen und dann lange nicht mehr miteinander reden würden.
»Wie heißen Sie?« fragt sie wie in einem Traum, in dem sie selber ihren Mund sich bewegen sieht, die Worte, die lang-

sam und zäh aus diesem Mund hinauskriechen, fast anfassen kann. Die schweben jedoch völlig unberührt von *Arschloch*-Rufen, und *du Egoistenschwein, blöde Fotze* fällt jetzt doch und *deine Schuld, alles nur deine Schuld*, Heulen, aber da sind ihre Worte schon in den Ohren des jungen Mannes verschwunden. Weg. Keine Antwort. Es ist still. Auch wenn nur einen halben Meter entfernt heftige Armbewegungen die Luft zerwühlen, Körper geschubst werden, ein T-Shirt in der geballten Faust zerknittert, ebben die Schallwellen ab, bevor sie Peggy erreichen. Ich habe doch gar nichts geschluckt, ein frühmorgendlicher Gedanke breitet sich langsam in ihrem Kopf aus. Dann erkennt sie, worauf sie die ganze Zeit starrt, ein Glasauge. Blitzschnell nimmt sie das andere Auge hinzu, sieht dem Klopfer freundlich ins Gesicht und schickt ein Fragezeichen hinterher.

»Krahl«, er streckt ihr die Hand entgegen. Peggy, nur spärlich bekleidet, nimmt vor Kälte zitternd diese Hand entgegen, gibt ihre Hand in die Hand des Klopfers, zuckt, als hätte sie gerade in sein Körperinneres hineingegriffen. Jetzt hat sich das Glasauge bewegt, und Peggy muß an einen Kugelfisch denken, der in der Berliner Mensa abgebildet ist, bunt und ungeheuer giftig. Alles schwimmt. In diesem Moment taucht sie unter, ihr ist schlecht, sie bewegt sich flossenartig zwischen Pflanzen, kleinen und großen Fischen, welche sich zu jagen scheinen. Es ist laut unter Wasser, denkt sie noch, als würde das ganze Meer schreien. Alle Fische, alle Säugetiere, die mit den großen Flossen, Korallen und kleine Mikroben, alles, was unter Wasser einatmet oder ausatmet, was Kiemen hat oder auf andere Weise mit dem Wasser verbunden ist, langsam über dem Sandboden schwebt oder steil an die Oberfläche schießt,

was in Schwärmen lebt oder große Formationen ins Dunkel eingräbt, hinterlistig, kleinteilig, sanft oder geräuschlos nach Beute jagt, das alles schreit in diesem Moment. Selbst der über Jahre hinweg unbewegte Sand.
Das hat nichts mit diesem Krahl zu tun, entscheidet Peggy. Das ist zu früh, das ist alles viel zu früh. Ihr wird kribbelig, dann erkennt sie im Klopfer den Redner von gestern, der jetzt auf ihren Oberkörper starrt.
Sie ist nackt, hat vergessen, sich eine Bluse überzuwerfen, während er, der sich die Haare geschnitten haben muß, unregelmäßig und kurz, heute, an diesem nächtlichen Morgen, eine blanke Lederjacke trägt.
Was soll das, denkt sie, mich so zu erschrecken. Das denkt sie nicht vom Klopfer, sondern von ihrem Körper, der, glaubt sie, von nun an nicht mehr mitspielt. Jetzt zurück an die Wand unter den Bundeswehrschlafsack und die Ohren und alles, was wahrnehmen kann, schließen. Als nächstes wird ihr schwarz vor den Augen, das kommt von einem Hemd, das ihr übergestülpt wird, dann macht sie mechanische Beinbewegungen, um den Bund eines ausgeleierten Rockes zu treffen. Bewegungen, die sie wahrscheinlich auch ohne Bewußtsein noch vollziehen könnte. Ihr Bruder schnappt sich ihren Arm, zieht sie die Flurtreppe hinunter. Es ist 5.38 Uhr, als die vier Frankfurt verlassen.

XII.

Metz. Bischöfliche Stadt. Stadt des Heiligen Römischen Reiches Deutscher Nation. Jetzt Lothringen. Gotische Stadt. Stadt des Deutschen Tores. Jetzt Frankreich. Besetzt durch den französischen König. Keltische Stadt. Eingenommen durch das Römische Reich. Ort der fränkischen Konzilien. Katholische Stadt. Jetzt Handelszentrum des Departements Moselle. Ende der Moselfahrt.

Da hat Andreas zum ersten Mal seit der Grenze laut gefragt, ob es nicht Krahl war, dieser Krahl, der die Presse und dann wahrscheinlich auch die Polizei informiert hat. Der wollte, daß sie der Polizei entkommen, aber ebenfalls, daß ihnen die Polizei auch folgt. Auf der französischen Seite hat Andreas zum ersten Mal befreit auf das Lenkrad eingeschlagen und ausgerufen, als hätte er das Problem gelöst, ja, der wollte das, der wollte, daß was geschieht, irgend etwas. Das ist doch Quatsch, hat Peggy ihm nicht weit hinter der Grenze geantwortet.

Saarbrücken. Hauptstadt des Saarlandes. Becken des Saartales. Deutsch-Französischer Garten. Endpunkt der Schifffahrt der oberen Saar. Knotenpunkt der Autobahn Mannheim–Paris. Schutzburg der Gallier und Römer gegen die germanischen Angriffe. Barocke Stadt. Grabort des Hauses Nassau-Saarbrücken. Altkatholische Stadt. Ludwigskirche, wiederhergestellt. Friedenskirche, wiederhergestellt. Altes Rathaus, wiederhergestellt. Pfarrkirche, wiederhergestellt. Schloß, zerstört. Saarfrage. Stadt der preußischen Rheinprovinz, Stadt der bayerischen Rheinpfalz, Stadt der französischen Bemühungen. Ort der treuhänderischen Verwaltung durch den Völkerbund, der Amerikaner und der Briten. Jetzt Saarvertrag. Durchfahrt nach Frankreich.

An der Bismarckbrücke haben die vier das Auto gewech-

selt. Da hat Peggy geschwiegen. Da hat Gudrun geschwiegen, da war Georg noch dagegen, daß er überhaupt weiter mitfährt. Nur unter Protest. Da sind alle vier umgestiegen, haben ihr Fahrzeug gewechselt wie einen Bus und sind wieder rauf auf die Stadtautobahn. Da hat Andreas noch alles alleine gemacht. Hat sich einen silbernen Volvo ausgesucht, mit Schiebedach natürlich, einen komfortablen Wagen, der zugleich konservativ aussieht, mit dunkelblauen Sitzen, sehr aufrechten Sitzen, in denen man gar nicht herumlungern kann. Andreas hat einen Schraubenzieher ins Schloß gestoßen, fast behutsam, um keine zu auffälligen Spuren zu hinterlassen. Er hat den anderen gesagt, wie sie sich benehmen, wie sie grüßen sollen, falls etwas passiert, falls sie angehalten und kontrolliert werden. Wie zwei Paare, hat er ihnen eingeschärft, sollen sie reden, das wäre immer noch das beste, wie zwei Ehepaare, die sich gerade gestritten hätten. Das würde jeder Polizist verstehen, würde sich amüsieren darüber, es zur Genüge kennen und deshalb gleich wieder vergessen wollen. So, und nur so, würden sie durchgewunken werden. Dann hat er das Kennzeichen von dem Krahlschen Wagen abgeschraubt, nur aus Vorsicht für ihn und für uns, hat er mehrmals laut vor sich hin gesagt, obwohl ihn niemand gefragt hat.
Worms. Neolithische Stadt. Stadt der Kelten. Dann erobert von den Germanen und schließlich für lange Zeit ein Kastell der Cäsaren. Der Wormser Dom. Gebaut auf dem römischen Forum. Burgundisch. Allemannisch. Fränkisch. Heute kreisfreie Stadt in Rheinland-Pfalz. Residenz der Königin Brunhilde. Früher Lederindustrie, heute Chemie. Staufische Stadt des Rheinischen Städtebundes. Ort der kaiserlichen Hoftage, der Festfeiern und Reichstage, wo Luther sich weigerte, auch nur ein einziges Wort zurückzu-

nehmen. Wormser Edikt. Ort der Reichsacht gegen Luther. Heute Touristenmagnet. Dann Dreißigjähriger Krieg. Dann Erbfolgekrieg. Dann Ende des Heiligen Römischen Reiches. Romanische Synagoge, zerstört, Neubau, Frauensynagoge, zerstört, Neubau, noch einmal zerstört, dann Wiederaufbau nach dem Krieg. Ende der Reichsstadt, Worms herabgesunken zu einer dörflichen Siedlung. Heute Zentrum der Möbelfabrikanten. Zentrum der deutschen Historie und ihrer Wiederherstellungsarbeiten.
Dort hat Andreas überlegt, wie sie unbehelligt über die Grenze gelangen konnten. Hat sich entschieden, allein, nach einem Streit mit seinen Begleitern, daß sie gar nicht offiziell den Zoll durchfahren, daß sie die Dörfer durchqueren werden, um irgendwo eine unauffällige Möglichkeit zu finden, zur Not mit wenig Gepäck zu Fuß weiterzumarschieren. Dort hat Gudrun das Zeitungspapier immer noch in ihrer Hand gehalten, zerknüllt, mit dem festen Entschluß, die Faust nie wieder zu öffnen, bis das Papier, auf dem ihr falsches Gesicht abgebildet ist, vergilbt und unleserlich geworden ist. Dort hat Georg den Stapel Zeitungen durchgesehen, für den sie extra anhalten mußten, Zeit verlieren sollten, weil Georg, wie er immer wieder betont hat, die Wahrheit wissen wollte. Nichts, hat er ausgerufen, nichts von irgendeinem Toten, keine Fotos, nicht einmal Namen. Da, hat er dann geschrien, ein Verletzter, unsicher wohl, er ist leise geworden, wie schwer die Verletzungen sind. Dann stand es fest, nach neun Zeitungsinnenteilen, daß gegen die, die vor ihm im Wagen sitzen, eine Strafverfolgung wegen Brandstiftung eingeleitet worden ist. Na also, hat er ausgerufen, um den Streit nicht neu zu entfachen, Brandstiftung nur, na seht doch, wahrscheinlich ist nicht einmal eine Fahndung ausgeschrieben worden. Kein

Problem, er hat sich fast wieder sicher gefühlt, dann könnt ihr euch in ein paar Wochen stellen, und alles wird halb so schlimm, keiner interessiert sich dann mehr für euch. Und dadurch hat Georg schließlich doch einen Streit ausgelöst. Nur Peggy hat immer noch über Krahl nachgedacht und darüber, was mit ihr passiert ist, obwohl sie doch gar nichts gemacht hat. Nichts, aber das hat sie sich selbst nicht geglaubt.

Mainz. Johannes-Gutenberg-Universität. Stadt des mittellosen Erfinders. Hauptstadt der Germania prima. Dann von der Völkerwanderung ausgelöscht. Heute Stadt am Abfall des rheinhessischen Hügellandes zum Rhein, gegenüber der Mainmündung. Stadt des heiligen Bonifatius. Stadt der beweglichen Lettern. Karolingische Münzstadt. Ort der Straßen zum Orient. Erzbistum. Stadt von Raimundus Lullus, dem Universalwissenschaftler. Stadt des Catholicon, des gedruckten Bibelwesens. Erster Ort der letzten Kopisten. Mainzer Klub. Stadt der katholischen Zensur. Klub der Freunde der Gleichheit und Freiheit. Stadt der jakobinischen Gesellschaft. Mainzer Republik. Rheinischer Freistaat mit Anschluß an Frankreich. Stadt von Georg Forster. Heute Verwaltungssitz des Zweiten Deutschen Fernsehens. Zurückerobert von preußischen Truppen.

Warum, hat Georg dort in den Krahlschen Wagen gefragt, warum, hat er mal leise, mal lauter wiederholt, ich kann das nicht verstehen. Das macht doch überhaupt keinen Sinn, hat er sich auch gleich selbst geantwortet. Gudrun hat unweit von Frankfurt nur stammeln können, hat davon gesprochen, daß sie sich rächen wollte, für Benno, ja, der sei erschossen worden, kaltblütig, und nie würde dafür jemand zur Rechenschaft gezogen werden. Aber das, hat sie dann abwesend hinterhergeschoben, das habe sie nicht gewollt, daß jemand verletzt wird. Verletzt, hat sie dann nur noch für sich alleine gemurmelt, verletzt, vielleicht sogar tot. Davon wird Benno auch nicht wieder lebendig, hat Peggy ganz leise und bedrückt hinzugefügt, aber was Peggy denkt, das hat in diesem Moment niemanden interessiert. Was hast *du* denn getan, hat Andreas in den Rückspiegel Georg gefragt, besser, was hättest du denn getan, du warst ja nicht einmal dort, als Benno hingerichtet wurde, ja hingerichtet. Vor die bornierte Stirn, hat er auf die Fahrbahn starrend wie einen Slogan vor sich hin gesagt, gehört die geballte Faust.

Man darf nicht alles mit sich machen lassen, man darf nicht immer zusehen und seine Reaktion in die Zukunft verschieben, nur immer reden, man müßte mal etwas tun, aber im Grunde erklären, warum man nicht kann. Man darf sich nicht alles bieten lassen, auch der Staat muß mal Angst haben, die gleiche Angst, in die er seine Bürger versetzt. Angst, keine Arbeit zu haben, Angst, keine Frau zu finden oder keinen Mann, Angst, seine Arbeit wieder zu verlieren, Angst jeden Morgen vor dem Aufstehen, Angst, daß man wieder hinter den Erwartungen zurückbleibt, die immer ein ganz wenig zu hoch sind, Angst, ja Angst, daß man sein Leben verpaßt, daß man es suchen muß, nicht findet, nicht einmal etwas findet, wofür es sich überhaupt lohnt, die ganze Schufterei. Und dann kommt die Lebensangst. Aus Lebensangst, wenn man Glück hat, fängt man schließlich an zu schuften, um sich wenigstens einen ordentlichen Lebensstandard zu schaffen, den man nicht gefunden hat, den man aber bereit ist, zu tauschen gegen das Lebensglück. Davon wird man müde, und was bleibt, ist die erfolgreiche Verwaltung der Angst. Man handelt damit, schreibt sie auf oder nimmt sie als Hintergrundfarbe, aber weg ist sie nie. Und zuletzt kommt die Angst vor dem Tod, man klammert sich an das Leben, das man irgendwo in der Jugend vermutet, *da* muß es ja mal gewesen sein, vor der Angst, der Angst vor dem Tod, vor dem Leistungsversagen, vor dem geglückten Leben, vor aller Angst. Aber da war kein Leben, da war nur der Wunsch nach Leben. Und in diesen Wunsch verliebt man sich dann, sentimental und kitschig, vielleicht in eine junge Frau verliebt man sich dann, wenn man das Geld dazu hat, in den Wunsch nach Leben, den man, wenn man erfolgreich mit der Angst war, sich spät in der Angst vor dem Tod vielleicht sogar leisten kann.

Und der Staat? hat Andreas in seinem Monolog bei Mainz gefragt. Der Staat stellt dafür die Bedingungen, die grundlegenden Bedingungen für die Angst bereit. Damit die Angst ein Kapital bleibt. Damit sie nicht plötzlich aufhört, sondern sich vermehren kann, langsam vielleicht, aber stetig, damit niemand plötzlich seinen Arbeitsplatz verläßt, sich einfach abwendet von seiner eigenen Angst, vielleicht keine Lust mehr hat, permanent auf diese Angst zu starren, Angst um seine Frau, um seine Kinder, um seine Zukunft, um sich selbst einmal in der Zukunft ein besseres Leben zu wünschen. Feierabend, Lebensabend. Nur in der Nacht sind die Menschen ohne Angst, machen Unsinn, zertreten anderen Menschen das Gesicht, flippen aus, lassen sich gehen, werden süchtig nach dem Gehenlassen, suchen für eine einzige Nacht wieder nach dem Leben, das ihnen tagsüber fehlt, das sie jetzt, ganz schnell und auf der Stelle einholen wollen, überfallen kleine Tankstellenwächter oder liegen einfach im Bett herum, machen sich Gedanken, sind nutzlos, aber diese nutzlosen Gedanken machen ihnen etwas deutlich, das sie vermissen. Vielleicht eine Stunde am Tag, wenn der Ehemensch schon eingeschlafen ist, liegen sie

wach zwischen aufgeworfenen Kissen, resümieren, was geschehen ist in den letzten vorbeigehetzten Jahren, sind angstlos in dieser Stunde, weil niemand mehr da ist, der sie beobachtet, außer irgendeinem Gott vielleicht, dem sie sagen müssen, daß und warum sie seine Geschöpfe sind, dem sie antworten müssen, in dieser Stunde, und dann, dann entscheiden sie sich, daß ab morgen alles anders werden muß. Jede Nacht entscheiden sie sich so. Und morgen verschieben sie das Anderswerden auf den nächsten Tag, tüfteln nachts die Entscheidung noch einmal durch, bis sich das aufgestaute Anderswerden in einer neuen Geliebten entlädt oder in einem freizeitprofimäßigen Hobby.
Stille ist im Wagen gewesen, im Krahlschen Ford, als Andreas seine Rede beendet hat. Eine Stille, die ihm aber nicht geantwortet hat, die als Kommentar weder einen Punkt noch ein Ausrufezeichen, noch ein Fragezeichen hinterlassen hat. Deshalb, Andreas hat auch noch seine zweite Hand hinzugenommen, ist für Sekunden mit wilden Gesten freihändig gefahren und hat seinen Monolog fortgesetzt, deshalb reicht es nicht zu hoffen, daß sich etwas ändert, daß sich die Menschen überhaupt ändern *wollen*. Nicht einmal die, die am meisten leiden unter der Angst, die in ihrem ganzen Leben nicht einen einzigen Befehl selbst formulieren und aussprechen dürfen, die dreißig Jahre lang in ein und derselben Fabrik den Rhythmen der Angst gehorchen müssen, nicht einmal die werden aufstehen und sagen, Schluß, ich habe keine Lust mehr, das ist nicht mein Rhythmus, ich gehe, ich mache das nicht mit – nein, daß sie das sagen, das kann man sich abschminken. Die reden vielmehr davon, daß es ihnen doch noch gutgeht, daß es viel schlimmer hätte kommen können, da bräuchte man nur nach Afrika zu schauen, wo die Menschen nicht einmal ge-

nug zu essen hätten, wo hier doch alles im Überfluß vorhanden ist und die Jungen nicht einmal ihre Teller leer essen. Nein, hat Andreas in Mainz gesagt, da braucht man sich keine Illusionen zu machen, der Logik der Angst könnte man nur mit Furchtlosigkeit entgegentreten, nicht mit Hoffnung. Und Furchtlosigkeit bedeute für ein angstvolles Leben immer auch, selbst Angst zu verbreiten. Angst gegen Angst. Das sei die einzige Sprache der Zeit.

Verdun. Endlich sind sie an Verdun vorbeigefahren. Vorbei am Kriegsmuseum in Verdun. Stadt der Befestigungsanlagen. Stadt des Ersten Weltkriegs. Heute Touristenattraktion. Stadt der Truppenverschiebungen. Einst wohlhabende karolingische Stadt. Dann Stadt der Ausblutung. Ort der Strategen, des Maasübergangs und der Maginotlinie. Vorbei an Verdun. Die Grenze nach Frankreich haben sie passiert, sind nicht einmal angehalten worden, in keine Fahndung gekommen. Ohne Aufmerksamkeit sind sie durchgewunken worden. Gudrun hat gefühlt, wie sich ihr Körper seit Stunden zum ersten Mal entkrampfte.

»Wo fahren wir überhaupt hin?«
»Nach Paris!«
»Ja, aber wohin nach Paris. Ich habe fast kein Geld mehr.«
»Mach dir keine Sorgen, ich habe Freunde in Paris. Die werden uns was leihen. Jetzt erst recht.«
»Ich freue mich auf Paris.« Gudrun dreht sich nach hinten zu Peggy und Georg um. Legt die Hände auf die glatte Kopfstütze, schmiegt ihre Wange an das Velours der Stütze, die warm und gepolstert ist. Ihr Kinn läßt sie auf ihren Handrücken sinken. Sie betrachtet die beiden aufmerksam, strahlt leicht erhitzt, wie eine Verliebte, die sich

freut auf diese Stadt. Dann fragt sie: »Und ihr, freut ihr euch auch auf Paris?«

Reims. Hauptstadt des römischen Belgica. Hauptstadt des französischen Departements Marne. Zentrum des Champagner. Stadt der Gesamtkapitulation der deutschen Wehrmacht. Wo Jeanne d'Arc Karl VII. zur Krönung führte, in die englisch besetzte Stadt. Heute bedeutender Industriestandort der Zuliefererindustrie von Autoteilen. Stadt der Glasmalereien. Gotische Messestadt. Ort der schwersten Zerstörungen im Ersten Weltkrieg, alle beseitigt vor dem Zweiten. Heute Erzbischofssitz. Bischöfe, die alle Grafen, Erzkanzler und Herzöge waren, alleinige Krönungsstadt. Heute Konfektionsindustrie. Was erhalten blieb, ist ein dreitoriger Triumphbogen, die Porte de Mars.
Peggy muß über Gudruns Frage nachdenken. Freut sie sich? Paris, ja auf Paris freut man sich. Aber meistens, überlegt sie, geht es den Liebenden dort schlecht. Und sie finden erst viel zu spät heraus, daß man nach Paris reist, um sich zu trennen.
Entlang der Marne fährt der Volvo mit deutschem Kennzeichen gleichmäßig von vier Zylindern angetrieben in das Pariser Becken ein. Paris, Stadt der Erfindung des Doktor Guillotin.
Peggy freut sich trotzdem. Sie hat keine Lust, über das *Warum* zu sprechen, aber insgeheim freut sie sich. In Paris, der ewigen Stadt von Frankreich, malt sie sich aus, da gibt es Marmortiere, Tiere, die ganz selten zu finden sind, Marmorkatzen, die vor den Hauseingängen und Pilastern sitzen, als wären sie von Anfang an dorthin gestellt worden. Da ist alles voller Marmorzement, dem französischen Gips, dem es doch egal ist, was die vier in Frankfurt gemacht ha-

ben. Da gibt es Marmorrochen, träumt sie weiter, ja sogar Marmorzitterrochen, die still, unheimlich und majestätisch über die Erde gleiten, selbst wenn ganz Frankfurt abgebrannt sein sollte. Da ist alles marmorata, eine Gesteinsart, die sogar den Zweiten Weltkrieg überdauert hat. Und sie will doch nur ein kleiner Marmormolch sein, Peggy, oder eine Marmotte, ein Murmeltier, das in den Marmoralpen schläft, eine gescheckte Amphibie, die sich selbst dem unmöglichen Leben unter Wasser anpassen kann.

»Ja, ich freue mich auf Paris. Wir könnten uns schick machen dort«, sagt sie zu Gudrun, die das Angebot jetzt gerne annimmt.
»Wir können durch die Tuilerien spazieren, über den Boulevard Saint-Germain schlendern ...«, erträumt Gudrun sich das Herz von Paris, »... und einkaufen tun wir bei Tati«, ergänzt Peggy.
»Ach«, Gudrun ist jetzt doch sehr froh darüber, daß Peggy mitgefahren ist, »wir müssen unbedingt bei Chanel vorbeisehen, und auch bei Hermès, auf jeden Fall, da müssen wir unbedingt mal reinschauen, was anprobieren, ich liebe«, ruft sie mit schönen roten Flecken im Gesicht, »ich liebe diese Kelly-Taschen, dieses wunderbar spießige Grace Kelly-Gefühl. Da hat man den Eindruck, man trägt nicht nur eine Tasche, diese weißen, unverwüstlich steifen Handtaschen, kennt ihr die? Nein, man trägt eher eine Waffe für Ladys!«
Peggy und Gudrun lachen, sie kichern, steigern sich in alte Filmszenen hinein, diese Szene, kreischen sie, du weißt schon, wie die Frau, wie heißt sie noch, auf ihren Mann einprügelt, hysterisch um sich schlägt und den Falschen trifft, mit dieser Handtasche, Schlagtasche, Feuertasche. Und sie

malen sich aus, wie sie den ganzen vornehmen Laden auseinandernehmen, wie sie auf Georg und Andreas einprügeln, nur um einmal diese Taschen auszuprobieren und das Grace Kelly-Gefühl zu haben.

Marne-La-Vallée. Da sind sie schon in Paris, Stadt der Unruhen. Im Osten fahren sie ein in den sozialen Wohnungsbauvorort von Paris. In die schachtelförmigen Hochhäuser, in die arenaflachen Rundbauten, die auch an ehemalige Totenhäuser erinnern, vorbei an betongrauen Riesenscheiben mit porigen, dunklen Fensterlöchern, verewigte Camemberts, vorbei an modernen Amphitheatern, wo jetzt die Sozialhilfeempfänger untergebracht sind. Burgenartige Trabantenstädte, mit sandfarbigem Beton überzogen, mittelalterlich verwinkelt, Schattenspender in der Zufahrtswüste nach Paris. Gigantische Triumphsäulen erheben sich mächtig, lange vor dem eigentlichen Triumphbogen, der die Siege Napoleons rühmt. Das sind die Banlieues von Paris. Ort der französischen Verbannung.

»Wißt ihr, daß gestern die Sorbonne geräumt wurde?«
Georg sieht nachdenklich aus dem Fenster. Die Straßennamen, die dieses Mal an ihm vorbeiziehen, zwingen ihn, an seinen Geschichtsunterricht zu denken: etwa die Rue Robespierre, dann die Avenue Victor Hugo oder die Avenue Émile Zola, der Boulevard Voltaire, die Avenue de la République, die Place de la Porte de Montreuil, dann fahren sie wieder rauf auf den Périphérique, wieder runter in Richtung Zentrum, Porte de Vincennes, und schließlich Place de la Nation. So viele Buchstaben, denkt Georg, diese affektierten Franzosen, warum brauchen sie so viele Buchstaben, wenn sie doch nur die Hälfte aussprechen. Er sieht sich im

Autofenster lächeln, sieht, wie sich sein Mund in dem dreckigen Glas spiegelt, Château de Vincennes, ruft er sich in Erinnerung, wo einmal Rousseau den eingekerkerten Freund Diderot besucht hat und auf dem Rückweg eingeschlafen ist unter einem Baum, wie typisch, die Franzosen, und schließlich, als er aufgewacht ist, feststellen mußte, daß er ganz naß war. Nun sieht Georg auch seine Zähne in dem fleckigen Glas gespiegelt, erinnert sich, daß seine Lehrerin, Frau Seifert, ihnen im Geschichtsunterricht erklärt hat, Rousseau sei überglücklich gewesen über einen Traum, eine Eingebung, wie die Preisfrage der Académie française, ob der Mensch von Natur aus Sprache habe, zu beantworten sei, so glücklich, daß er im Traum geweint haben mußte und am ganzen Körper naß geworden ist. Jetzt sieht Georg sein ganzes Gebiß, das im Spiegelbild durch die Straßen von Paris fährt, weil er nicht mehr kann vor Lachen. In großen Bildern steht ihm wieder vor Augen, wie seine ganze Oberschulklasse in lautes Gelächter ausbrach, weil es doch völlig klar war, daß Rousseau im Traum einen echten Orgasmus hatte, wohl über seine Idee so erregt gewesen sein mußte, daß er sich nicht gerade mit Tränen benäßte.

»Was gibt's denn da zu lachen?« Andreas wartet immer noch auf eine Erklärung, was an der Sorbonne passiert ist, was es für Neuigkeiten gibt über die Stadt, in der sie gerade nach einem geeigneten Restaurant suchen.

»Nichts gibt es da zu lachen«, antwortet Georg und ermahnt sich, an seine Verantwortung als Verbindungsoffizier zu denken. Jawohl, denkt er, und berichtet: »Gestern haben die Studenten die Sorbonne besetzt, weil irgendeine Anti-Vietnam-Demonstration aufgelöst worden ist. Daraufhin hat die Polizei den Hof der Sorbonne geräumt, wohl ziem-

lich brutal reingeknüppelt, und die Studenten haben Straßensperren errichtet. Es muß viel zu Bruch gegangen sein. Hier steht es: fast vierzig Verletzte.«
Sie müßten direkt ins Zentrum fahren, meint Georg, um sich anzusehen, ob das wahr ist, was in der Zeitung steht. Ob man vielleicht noch die eingeworfenen Schaufenster sehen kann. Aber da hat Peggy ein Restaurant entdeckt, das draußen auf einem Reklameschild mit einem Preis von verblüffend wenigen Franc für ein ganzes Menü wirbt, mit Wein und Brot, und Wasser wahrscheinlich auch.

Chez Babette. Frau von Paris. Restaurantbesitzerin in der Nähe der Bastille. Elftes Arrondissement. Die heimliche Schutzpatronin von Paris. Früher Genoveva, die mit viel Beten den Hunneneinfall verhindert hat. Bis ihre Kirche zum Pantheon wurde und man ihre Gebeine öffentlich verbrannte. Zu den Waffen, Citoyens! Ort der Hungersnöte. Ort der revoltierenden Bourgeoisie. Klub von Danton, Marat und Desmoulin. Stadt der zerschnittenen Kehlen. Stadt der eroberten Gefängnisse. Schlacht der vielfach zerteilten Körper. Ort der blutgetränkten Matratzenlager. Stadt der schauerlichen Schreie und der verlorenen Köpfe. Barrikadenstadt mit dreifarbigen Straßen. Kommune von Paris. Zentrum der fliehenden Könige. Wo das Volk an das Eingangsportal hämmert. Wo es unter der Fahne seine Brüste zeigt. Hauptsitz von Delacroix, dem Pornographen der Geschichte. Wo die Abschlachtung der Kommunarden kein Ende nimmt und die rote Fahne wie eine Mohnblume auf den Barrikaden wächst. Heute Weltstadt. Stadt der Liebe. Wo die Frauen und Kinder sich unter die Soldaten mischen. Wo die Soldaten sich mit den Pariserinnen verbünden. Stadt der Friedhöfe. Der überfüllten Katakomben und lächerlichen Dichtergräber. Friedhofsort der Tiere, wo Georges Batailles geliebter Hund begraben liegt und Rin Tin Tin Barry, der Bernhardiner, der einundvierzig Menschen vor einer Lawine rettete. Stadt des Père-Lachaise, des Las Vegas Gottes, des Pförtnerplans der Lieblingsgräber. Totenfriedhof von dreißigtausend Kommunarden, letzter Tag der blutigen Woche, Mittag des roten Himmels über den Läufen der königlichen Schule. Paris, Stadt der Napoleone. Heute Modezentrum. Babel der feinsten Nachtklubs. Stadt der Frauen, die genauso wie ihre Brüder ihr Leben geben. Zentrum der Polizeipräfekten, der vorschriftsmäßigen Vierteilungen, der fortschrittlicheren Kopf-ab-Maschinen, der ersten Wohlfahrtsausschüsse, des Zehnstundentags, der Maximallöhne und Schreckensherrschaften. Ort des vierten Standes. Heute einer der größten Einwanderungsmetropolen Europas. Paris, rosige, blütenbringende Stadt. Stadt von Babette.

»Na siehst du«, Andreas zündet sich eine Parisienne an, »und du hast gezweifelt, daß es richtig war, nach Paris zu fahren.« Er inhaliert den Rauch wie frische Luft, wie kühle Waldluft, wie den festen Luftstrom am Meer, der alle Sehnsüchte in sich trägt, der einem immerzu zuzwinkert und einen doch nicht mitnimmt. So zwinkert Andreas jetzt Gudrun zu, da bringt Babette die Haifischflossensuppe ohne Haifischflossen, und Gudrun zwinkert zurück.

XIII.

»Morgen.«

»Morgen.«

»Wie geht's?«

»Gut.«

»Hast du gut geschlafen?«

»Sehr gut. Und du?«

»Ebenso. Ausgezeichnet.«

»Möchtest du Kaffee?«

»Gerne.«

»Du hast lange geschlafen.«

»Ich war müde. Sehr müde.«

»Nimm dir Zeit. Wir haben den ganzen Tag für uns.«

»Wo sind die anderen?«

»Georg wollte unbedingt sehen, was an der Sorbonne los ist. Die Arbeiter haben sich mit den Studenten solidarisiert.«

»Und was machen wir?«

»Nichts.«

Keine Metro. Ganz Paris geht zu Fuß. Die Straßen sind verstopft. An den Ecken der breiten Boulevards stehen Arbeiter mit Streikplakaten vor ihren schweren Bäuchen. Sie unterhalten sich aufgeregt miteinander, pflichten den Studenten bei, die gestern Barrikaden und Autos in Brand gesetzt haben. Sie freuen sich über die Schüler, die ihre Gymnasien besetzen und jeden Unterricht verhindern. Sie halten die Passanten an, begrüßen sie mit *bonjour, citoyen* und freundlichem Handschlag, erklären ihnen höflich, warum heute keine Metro fährt und fast keine Tageszeitung erscheint, warum sie selbst, statt zur Arbeit zu gehen, hier stehen und mit den Passanten sprechen. Sie reden von der Revolution, von der ersten echten Revolution, die bald kommen und tatsächlich von den Arbeitern ausgehen wird. Sie fragen nach der Arbeit, die der Passant verrichtet, nach dem Verdienst, nach der Familie, die er unterhält, und nach der Wohnung, die er bezahlen muß. Sie erkundigen sich danach, ob der Passant, der diesen herzlichen Streikern gerne Auskunft gibt, meint, er sei glücklich, oder was Glück für ihn überhaupt bedeutet. Der Passant, zunächst verwirrt, dann mit ihnen *d'-a-c-c-o-r-d*, wenn es um den Zusammenhalt geht. Egal, welcher Einkommensklasse man angehört, stimmt der Passant zu, egal, zu welcher Schicht man sich zählt, egal, welche Partei man ansonsten wählt, es sei wichtig, ein modernes Frankreich zu schaffen. Schnell werden sich die Arbeiter und der Passant einig, zumindest im Prinzip, daß ihr Vaterland Reformen braucht, um ein modernes Frankreich zu werden. Reformen in den Arbeitsbedingungen, Reformen im Bildungswesen, Wirtschaftsreformen und Rechtsreformen, eine Reform der ganzen Gesellschaft, um das allgemeine Wohl zu befördern. Ja, sagt der Passant, dafür lohnt es sich zu streiten. Da wird er schon beim Vornamen genannt, schüttelt noch einmal die rauhen Hände der Streikenden und trägt ein dünnes Pamphlet mit nach Hause, das er sich vornimmt zu lesen, sobald er Zeit dazu hat, vielleicht in der Metro, die jetzt nicht fährt, vielleicht auf dem Weg zur Arbeit, der jetzt viel weiter ist, vielleicht nach der Arbeit, die heute länger als gewöhnlich dauert, dann verschwindet das Pamphlet schließlich zwischen einem Zeitungsstapel neben dem Klo. Auf dem verzögerten Nachhauseweg wird der Passant darüber nachdenken, ob die Methoden der Arbeiter richtig sind, ob es legitim ist in einer Demokratie, anderen seine Meinung aufzuzwingen. Ja, wir leben doch in einer Demokratie, wird er denken. Und er wird sich sagen, die Reformen, die kommen bestimmt, aber da werdet ihr euch noch umsehen, wird er zu den abwesenden Arbeitern sagen, da werdet ihr euch wünschen, ihr hättet nie dafür demonstriert. Und er wird sich darüber ärgern, daß die Tage in Paris viel beschwerlicher geworden sind, seitdem die Arbeiter sich mit den Studenten solidarisiert haben, daß seine Kleidung immer noch nicht aus der Reinigung zurückgekommen ist, daß die Müllabfuhr den Müll nicht wegbringt, daß die Post, um einen einfachen Brief zu befördern, eine ganze Woche braucht, daß er den Tag nicht mit frischem Gebäck und frischer Milch beginnen kann, überhaupt, daß die ganze Arbeit, die jetzt liegenbleibt, auf seinen Schultern lastet und irgendwann doch verrichtet werden muß. Das habt ihr davon, wird er sich sagen. Daß er das den faulen Streikern nicht gleich direkt ins Gesicht gesagt hat, auch darüber wird er sich ärgern. Aber immer, wird er schließlich denken, will man Konflikte vermeiden, das hat man dann von der sogenannten Demokratie. Demokratie, wird er sich abschließend einmal ganz offen fragen, ist das überhaupt die beste Staatsform? Bis zum späten Abend, in den hinein der Passant arbeiten muß, haben in Paris alle Gewerkschaften den Generalstreik ausgerufen. Nur wenige Arbeiter sind noch an ihrem Arbeitsplatz, um die Nahrungsmittelversorgung sicherzustellen, soweit es eben nötig ist.

»Sieh mal«, ruft Gudrun und zeigt auf eine kleine Ansammlung von Tauben, die es sich gemütlich gemacht haben auf einem Autodach, das inmitten der stehenden Fahrzeugkolonne silbrig wie eine kleine Wasserlache glänzt. Ungeachtet der lauten Autohupen und der Motorenabgase scheinen die Tauben dieses Plätzchen zu mögen. Jetzt, wo auch in der Rue François-Miron kein Durchkommen mehr ist, genauso wie auf den Hauptverkehrsstraßen von Paris, wirken die Fahrzeuge wie kleine stählerne Gefängniskabinen,

transportable Zellen, in denen die Menschen auf ein Rad geschnallt sind. Sie schreien, manchmal ohne Ton, in ihre kleinen Käfige hinein, manchmal dringen die gräßlichen Rufe auch durch ein offenes Fenster auf die Straße. Einigen gelingt es sogar, sich zu befreien, sie brechen ihr Fahrzeug auf, aber auch sie können mit ihrer neuen Freiheit nichts Besseres anfangen, als bis zur nächsten Autozelle vorzudringen und dort hineinzubrüllen. Andere, so sieht es zumindest aus, wollen Mitgefangene aus ihren Fahrzeugen befreien, sie reißen eine fremde Zellentür auf, zerren den Insassen heraus, der sich noch gegen seine Freiheit zu sträuben scheint, und schlagen ihm ins Gesicht, damit er aufwachen und sich freuen möge. Darüber sitzen die Tauben beobachtend und gurrend, als müßten sie das Ganze für einen Fernsehsender kommentieren, der jetzt von seinen menschlichen Arbeitnehmern bestreikt wird.
»Sieh mal«, deutet Gudrun erneut auf die Taubengruppe, »so sind die Menschen. Um sie herum bricht die Welt auseinander, und sie diskutieren.«
Da reicht es dem unter dem friedlichen Gurren eingesperrten Fahrzeugbesitzer, der nun mit der flachen Hand von innen gegen das Autodach schlägt, bis die Tauben sich faul ein wenig in die Luft erheben. Aber sobald das Schlagen aufhört, kehren sie pflichtgemäß zum Ort des Geschehens zurück und setzen ihr Gurren fort. Das bringt den Fahrer des silbernen Kleinwagens zum Wahnsinn, er öffnet mit großem Schwung seine Tür und vertreibt die Tauben erneut. Ohne Erfolg. Die Tauben kehren, als wüßten sie es besser, genau an diesen Ort zurück. Da hilft auch kein Dauerhupen. Unbeirrt bleiben die Tauben wie ein Symbol seiner Gefangenschaft auf dem Autodach des wütenden Besitzers sitzen. Wieder verläßt er seinen Wagen, streckt

sich ausgiebig, um unauffällig zu wirken, und schlägt dann nach den weichen Körpern der Vögel, klettert sogar umständlich auf die Motorhaube seines Wagens, um eines dieser beharrlichen Tiere zu fangen, zu töten, damit ein grausames Exempel sie von einem erneuten Anflug abhalte. Keine Chance. Die Tauben hüpfen die Heckscheibe hinunter, gerade schnell genug, um seinen gierigen Händen zu entkommen. Jetzt steht der Mann selbst auf seinem Wagen, hat hier und da mit seinen Schuhen das Blech eingedrückt und sieht zum ersten Mal, was die Tauben von seinem Autodach aus gesehen haben. Die Straßenrichtung, in die er fahren wollte, gibt es nicht mehr. Vielleicht fünfzig Meter vor seinem Wagen steht eine mindestens genauso große Autoschlange, die in die Rue François-Miron einbiegen will. Beide Schlangen haben sich so ineinander verkeilt, daß es aussieht, als würde sich nur *eine* Schlange selbst in den Schwanz beißen, als würde sie, selbst wenn sie je wieder in Bewegung kommen könnte, sich nur im Kreis drehen. Nachdem der Mann diese Taubenaussicht genossen hat, setzt er sich hin, wird faul und nimmt unbeweglich den Platz der Tauben auf dem Autodach ein. Den Kommentar geben jetzt seine Fahrzeugnachbarn, die statt zu hupen belustigt klatschen.

Gudrun und Andreas schlendern weiter die kleine Straße entlang, beachten nicht das Haus mit der Nummer 68, das eine einäugige Hofdame als Lohn für ihre Liebesdienste an dem fünfzehnjährigen Sonnenkönig erhalten hat. Denn dieses Haus, das wäre ihnen sonst aufgefallen, ist prächtig. Dieses barocke Stadtpalais, zwar heruntergekommen in seinem früheren Glanz, hätte ihnen jene Geschichte vom Aufstieg aus dem Nährstand bis hinauf zum Hofadel erzählen können, die die neue Zeit in Paris einleitete.

Aber die beiden interessieren sich nicht für Geschichte, nicht jetzt. Es ist der erste Tag, den sie für sich haben, es sind ihre ersten gemeinsamen Stunden, auf die Gudrun lange gewartet hat. Sie reden über die tiefen Rinnsteine in Paris, über die kleinen arabischen Geschäfte, über die vielen alten Menschen in Paris, die schön sind und nicht griesgrämig, die Boule spielenden Männer, überhaupt das vielfältige Leben auf den Straßen von Paris, das es in Deutschland so nicht gibt. Aber sie sprechen nicht über die Geschichte. Durch das aufregende städtische Treiben bummeln, in künstlich angelegten Parks spazierengehen, an den übergroßen Schaufenstern sich die Nase plattdrücken, seinen Atem betrachten auf diesen Schaufenstern, eine kleine Botschaft in das angehauchte Glas kritzeln, das alles, finden sie, macht in Paris Spaß.

In Deutschland sind die Fenster mit muffigen Vorhängen zugezogen, durch die ab und zu das falsche Licht eines flimmernden Fernsehers fällt. In Deutschland sind die Cafés mit Blumenbesteck ausgerüstet, mit falschen nichtduftenden Plastikrosen, dort schlagen die alten Leute mit Stöcken nach den jungen, um einen Platz zu bekommen, im Bus, auf der Parkbank, an der Aussichtsbucht, einen Platz, den sie selber nicht ausfüllen können, den sie nur innehaben wollen, bevor andere ihn genießen könnten. In Deutschland gibt es kein Leben im Sommer, und erst recht keines im Winter. Die Menschen ziehen sich zurück in ihre Behausungen, wachen über ihre Mauern, die sie sich schwer erarbeitet haben, und darüber, daß außerhalb ihres Eigentums sich auch niemand wohl fühlt. In ihren vier Wänden sind sie sich zuviel, überschütten ihr Leben mit Soße, mit ekelhafter Bratensoße, gleichmacherischer, dicker Soße, und achten peinlich darauf, daß andere Menschen ihnen auch zuviel sind.

Paris dagegen pulsiert, finden die beiden, hier gibt es junge Menschen, hier gibt es schicke Menschen, alte Menschen, die noch Stil haben und Würde, hier gibt es arme Menschen, aber selbst die kümmern sich noch um ihren Charme. In Deutschland sind die meisten Gesichter stumpf, sehen verlebt aus, aber nicht weil sie sich ausgelebt haben, sondern weil sie ohne Leben sind, weil aus ihnen jede Lust gewichen ist, auch die, die sie einmal verspürt haben in ihrem Leben. Die Tränensäcke unter den Augen sind stumm in Deutschland. In Paris erzählen sie wunderbare Geschichten, traurige Geschichten, lustvolle, aufregende, sie erzählen und erzählen, und es macht Spaß, ihnen zuzuhören, weil sie schön sind und nicht verbittert.

»Sieh mal«, ruft Gudrun und deutet auf einen Penner, der sich nicht vor die Seine, sondern vor eine Autoschlange gesetzt hat, die sich auf die Brücke Notre-Dame schiebt. Er raucht eine mehr braune als weiße Zigarette und singt laut und unverständlich ein Lied, das für Touristen wie eine romantische Liebeserklärung klingt. Selbst dieser Penner, der es nicht einmal mehr bis zu einer Bank geschafft hat, der die Autos mit den Schiffen verwechselt, der sich die Hosen vollgepißt hat, der eine leere Weinflasche in seiner fast ausgerissenen Jackentasche trägt, dessen Mund zahnlos ist und wahrscheinlich gräßlich stinkt, selbst dieser Penner klingt nicht verbissen, denkt Gudrun. Er beschimpft nicht die Autos, nicht die Menschen, die darinnen eingesperrt sind, sondern nimmt alles gelassen hin. Und wenn er zwischendurch doch flucht, dann flucht er über sich selbst, darüber, daß er überhaupt lebt und daß das Leben so ist, wie es jetzt gerade ist. Dann fängt er wieder an zu singen, laut, mitunter grölend, und die, die ihn hören und zu verstehen glauben, sie denken, er hat recht. Ja, stimmen sie ihm zu,

das Leben ist beschissen, und fangen an mitzusingen, erst leise, dann brummend für sich, damit sie es selbst hören können. Und mit einem Mal scheint die ganze Autoschlange zu singen, laut und hell, während sie sich über die Seine-Brücke schiebt, den schmutzigen Fluß mit ihren Stimmen erfüllt, der das ganze marmorne Paris zum Schwingen bringt.
In dieses unheimliche Schwingen stimmen Andreas und Gudrun ein, sie, die in Frankfurt ein Kaufhaus angezündet haben, und davon singen sie nun, traurig vielleicht, aber auch froh summen sie ihre Tat hinaus, was sie erlebt haben in den letzten Tagen, brummen alles in das vergeßliche Paris, das die Klage seiner Bürger gerne hört. Ganz Paris singt, denkt Gudrun und wird über diesem Gedanken unwahrscheinlich schön.

»Einen Kaffee bitte.«
»Hier bekommst du nichts, wenn du nicht Französisch sprichst.«
»Wetten doch – einen Kaffee bitte, für mich und die Dame!«
Schon zweimal ist der unscheinbare Garçon an ihnen vorbeigehuscht. Sie sitzen in einer gemütlichen Patisserie mit dem Namen Marais Plus, die nicht nur süße, verschnörkelte Teigwaren und Desserts hinter einer Glastheke führt, sondern auch einen kleinen Buchladen mit Büchern über Paris beherbergt. In diesen Büchern ist alles zusammengefaßt, was ein Tourist über die Stadt wissen muß, wie er sich verhalten soll, wenn er die Pariser nicht beleidigen will, welche Filme er sich unbedingt anschauen muß, damit das Paris-Gefühl nicht einfach an ihm vorbeigeht. Die Brücken, auf denen sich die Liebenden küssen, das hätten die beiden dort lesen können, der Pont Notre-Dame oder

der Pont Neuf, sind nicht weit entfernt vom Marais Plus, dem Café mit den kleinen Marmortischen, die leicht umkippen, vielleicht zehn Minuten zu Fuß, aber jetzt wollen Andreas und Gudrun lieber einen richtigen *P-a-r-i-s-e-r* Kaffee trinken.

Der schmale, runde Marmortisch, der etwas zu klein wirkt für einen ordentlichen Kuchen und schwarzen Kaffee, wäre fast umgestürzt, als Andreas den arroganten Ober am Arm packt, nur gerade so fest, daß dieser stehenbleiben muß und nicht noch einmal an den beiden gehörlos vorbeilaufen kann. Der alte Mann, erschrocken, als hätte er die neuen Gäste tatsächlich erst jetzt entdeckt, verbeugt sich gleich, daß man Angst hat, er könnte nicht wieder hochkommen und müßte mit einem Hexenschuß ins Krankenhaus eingeliefert werden. Schnell hält er den beiden eine Karte vors Gesicht und fährt die einzelnen Positionen mit dem Zeigefinger ab. Bei Café au lait hält Andreas den zittrigen alten Finger fest, zeigt mit seiner Hand die Zahl Zwei an und deutet dann auf sich und Gudrun. Der Kellner nickt, auch Andreas bewegt den Kopf stumm nach unten, fast ein wenig rot im Gesicht.

»Gewonnen«, sagt er zu Gudrun, die ihn grinsend und kopfschüttelnd ansieht.

»Das war nicht fair«, antwortet sie, »wie kann ich denn ahnen, daß der Alte taub ist.«

Dann muß sie richtig lachen bei dem Gedanken, was Andreas doch für ein Angeber ist, und mit einem Mal findet sie ihn richtig süß, wie er jetzt versucht, sein inzwischen über und über rotes Gesicht zu verbergen.

»Bleib so!« ruft er plötzlich in ihr Lachen. »Um Himmels willen, bleib so!« Er hebt seine Hand, stürzt zum Nachbartisch, an dem ein stilles Ehepaar sitzt, das sich entweder gerade verkracht hat oder sich schon immer so wenig zu sagen hatte, zieht einen 20-Franc-Schein aus der Hosentasche, deutet auf die Sofortbildkamera auf dem Tisch und fragt in gepflegtem Französisch, ob er damit ein, zwei Bilder machen dürfe.

»Natürlisch«, antwortet der Mann in langsamstem Rheinisch, »äwwe du kanns ruisch Deuitsch zu misch spräsche.« Reicht ihm die Kamera, nicht ohne hinzuzufügen, er solle auf seine *H-ü-b-s-c-h-e* gut aufpassen in Paris. Daraufhin zwinkert er Gudrun plump zu, als wolle er an Andreas' Stelle die Fotos von dem jungen Mädchen machen. Den Geldschein hat er beiläufig in seiner wurstigen Hand verschwinden lassen.

»Nein«, wehrt Gudrun ab und schüttelt ihren Kopf, bis die Haare ihr das Gesicht bedecken, pustet Luft durch diesen blonden Vorhang, so daß sich einzelne Strähnen im Luftstrom heben.

Durch die entstandene Haarlücke kann sie Andreas beobachten, der sich wie ein professioneller Fotograf im schmalen Gang des Cafés positioniert hat und im Fotografenjargon versucht, auf sie einzureden.

»Na komm schon«, sagt er mit fester Stimme, »ich will nur deine Augen, sonst nichts, sieh mich an, sieh einfach nur mich an.«

Ganz langsam geht er in ihre Richtung, während Gudrun bei jedem Schritt, mit dem sich die Kamera auf sie zubewegt, ein paar Haare mehr aus ihrem Gesicht bläst, immer breiter lächeln muß, weil sie beim Fotografiertwerden stets schamhaft wird, bis sie schließlich nachgibt, den Mund öffnet und sich traut, ihren Kopf in den Nacken zu werfen, sich löst im Blick der Linse.

Schließlich sieht sie hinein, mitten in den schwarzen Punkt, in das verspiegelte, tiefe Auge des Objektivs, ohne zu wissen wie der, der jetzt von der entgegengesetzten Richtung durch die Linse schaut, ihren Blick sieht. Klick. Andreas drückt auf den Auslöser. Er wartet einen Augenblick, dann hält er wedelnd das noch unfertige Resultat in seiner Hand.

»So«, sagt er, »jetzt will ich den Mund, nur deinen Mund, sonst nichts, sieh einfach über mich hinweg.«

Als Kind hatte sie sich die kleinen Hände vor die Augen gelegt, weil sie Angst hatte, es könnte weh tun, was der Apparat mit ihr machte, das Blitzlicht könnte vielleicht nicht mehr aufhören, in ihren Augen zu brennen. Auch als ihr Vater versuchte, ihr die Abneigung gegenüber dem Fotografiertwerden auszureden, ihr erklärte, wie schön es doch ist, von Abwesenden ein Foto zu besitzen, da hat sie verstört und weinerlich reagiert, denn sie glaubte, ihr Vater wolle sie nur darauf vorbereiten, daß er für ein halbes Jahr zu einer Mission nach Zentralafrika aufbrechen wird. Du willst weg, hat sie damals geschrien, ohne auf seine Beschwichtigungen zu hören. Und als sie ein junges Mädchen war, da konnte der, der versucht hat, sie zu fotografieren, richtig überrascht werden von ihrer Aggressivität. Zu der Zeit hat sie sich nicht mehr schüchtern weggedreht, sondern konnte sogar die Kamera vom Auge des Fotografen schlagen und den Knipser als Kolonialisten beschimpfen. Ein Bild, hat sie in der Blüte ihrer Pubertät gesagt, brauche ich nicht von denen, die mir nah sind, es sei denn, es sind meine Feinde.

»K-ä-ä-s-e-e«, hört sie Andreas' Stimme hinter der Polaroid hervorsprechen, »sag ganz langsam K-ä-ä-s-e-e, komm schon, für mich, mach es, nur einmal.«

Das werde ich nicht tun, denkt Gudrun, jetzt ist es langsam genug. Sie blickt ernst und fast ein wenig verloren aus dem Wintergartenglas des Cafés hinaus auf die Pariser Straßen, beobachtet teilnahmslos eine alte Frau, die zwei überfüllte Einkaufstüten vorbeischleppt, und erinnert sich an das studentische Leben, das sie bis vor kurzem geführt hat, an die Leere, die sie noch bis vor wenigen Tagen in diesem Leben gefühlt hat, und an das, was in dieser Zeit geschehen ist. Aber ihre Erinnerungen sind nur Bilder, nichts, was sie für andere, die nicht dabei waren, die darin keinen Platz fanden, in Worte hätte fassen und erzählen können. Den Auslöser, der jetzt ihren geschlossenen Mund freigibt für die Belichtung, hört sie nicht. Verloren in ihren Bildern, sieht sie zu Andreas hinüber, der die Kamera vom Auge abgesetzt hat und sie liebevoll beobachtet. Sie muß lächeln, ihre schimmernden Zähne entblößen, als sie seinen konzentrierten Blick bemerkt und ihren eigenen, der wie aus einem Bild in das nächste taumelt, ohne Zeit, das Gesehene zu begreifen.

Wie um die Bildflächen leer zu wischen, wirft sie ihren Kopf wieder in die zerwühlten Haare, fühlt sich einen kurzen Moment lang wie eine echte Pariserin mit einem französischen Mann an ihrer Seite, der *sie* sein Modell sein läßt, sein einziges verehrtes Fotomodell.

Darauf antwortet sie K-ä-ä-s-e-e, so als würde sie sagen, ich weiß, daß wir ungeheuer kitschig sind, aber es ist wunderschön, so ungeheuer kitschig zu sein. Es macht wieder Klick, und ein weiteres Plastikbild quält sich aus dem klobigen, grauen Kasten heraus.

»Komm mal her.« Sie streckt die Hand nach ihrem Fotografen aus. »Setz dich mal zu mir.«

Andreas gibt dem Rheinländer die Polaroid zurück, schlägt ihm als Rache für seine blöden Kommentare ein wenig zu fest auf die Schulter und breitet die noch geisterhaften Fotos auf dem kleinen Marmortisch aus.

»Hör mal, ich muß dir was sagen.«
»Brauchst du nicht, ich weiß, was du sagen willst.«
»Ich möchte es dir aber sagen, jetzt. Vielleicht gibt es keine bessere Gelegenheit mehr als hier, um das zu tun.«
»Du machst dir zu viele Sorgen. Wir sind nicht allein. Bevor wir zurück sind, ist Bonn wahrscheinlich schon gestürmt.«
»Pssst. Sei mal hier, sei mal für einen Augenblick ganz bei mir. Du mußt jetzt nichts antworten. Wir gehen gleich hier raus und zu den anderen zurück, dann werden wir nicht mehr darüber sprechen.«
Andreas nickt wie ein Kind, das den Ernst des Gesagten spürt, ohne ihn zu verstehen.
»Ich glaube, ich habe mich in dich verliebt.«
Andreas antwortet nicht direkt, glaubt, dem Satz noch Zeit geben zu müssen, Zeit, um sich auszubreiten in seinem Kopf, sich niederzulegen, es sich ganz in Ruhe bequem zu machen, damit er ihn sich anschauen kann, ihn betrachten. Er sieht die Bilder, die den Satz begleiten, sieht sich und Gudrun nebeneinandersitzen in einem kleinen Pariser Café, das den Namen Marais Plus trägt, ja, er kann jetzt beide sehen, als wären sie gemeinsam auf einem Foto festgehalten. Er sieht nicht nur sich allein, wie er Gudrun eben durch die Linse fotografiert hat, sondern so, als wären sie gerade beide gemeinsam von einem Dritten abgelichtet worden. Dann glaubt er dem Satz.

Was willst du eigentlich hier? Andreas bläst Rauchkringel in die stickige Hotelluft. Ich meine, nicht hier in Hamburg. Was suchst du auf dem Strich? Hinter den häkelartigen Vorhängen blinkt die Hafenstadt in das kleine Zimmer. Andreas, ausgestreckt auf dem Bett liegend, schlägt die Beine übereinander. Ich weiß nicht, sagt er. Starrt auf die vertäfelte Zimmerdecke. Du bist nicht schwul. Sein Zimmergenosse steht nackt vor ihm. Es interessiert dich nicht, was ich für dich empfinde. Es interessiert dich nicht, wie sehr ich darunter leide, wenn du dich jeden Abend aufmachst, um deinen Arsch zu verkaufen, sagt sein Zimmergenosse. Und es interessiert dich nicht, daß ich nicht einmal kapiere, warum. Du hast das nicht nötig. Du könntest genauso gehen, wie du gekommen bist. Freiwillig. Warum, verdammt noch mal, schreit sein Zimmergenosse, warum nimmst du mich nicht mit? Zu früh, antwortet Andreas, ohne Anstalten, ihn in sein Bett zu lassen. Viel zu früh. Der nackte Zimmergenosse beginnt in einem der Nachttischschränkchen wie besessen nach irgend etwas zu suchen. Er reißt die Schubladen auf, ruft mit hysterischer Stimme: Willst du so werden wie ich, willst du warten, bis es zu spät ist? Dann kauert er sich auf den Hotelteppich und fängt an zu weinen. Du glaubst, es geht mir gut, antwortet Andreas ihm, du irrst dich. Es geht mir beschissen. Aber vielleicht will ich gerade das einmal ausprobieren.

»Und? Wie fühlt sich das an?«

»Gut. Es ist ein gutes Gefühl.«

»Wirst du mir glauben, wenn ich sage, daß es mir genauso geht?«

»Ja, das werde ich.«

»Ich bin froh, daß du es mir gesagt hast. Ich bin glücklich, daß wir uns getroffen haben.«

»Ich hoffe, wir machen das nicht kaputt.«

»Von den vierundzwanzig Jahren waren alle, an die ich mich erinnern kann, beschissen. Ich weiß, was es heißt, soviel Glück zu haben, überhaupt einem Menschen wirklich zu begegnen.«

»Versprichst du mir, daß du das nie vergißt?«
»Das kann ich gar nicht vergessen. Egal, was geschieht.«
»Ich möchte dir noch etwas sagen«, spricht Gudrun wieder sehr leise.
Andreas blickt ihr jetzt direkt in die Augen, er kann die Iris sehen, die unruhig zuckt und wahrscheinlich genau in diesem Augenblick seine eigene Iris abbildet. Er betrachtet die kleinen roten Äderchen, die sich an manchen Stellen in das milchige Weiß aufzulösen scheinen, die unter der feuchten Oberfläche des Auges verschwimmen, jener zugleich harten und verletzlichen Hornhaut über dem Glaskörper, in der er nun sein eigenes Spiegelbild zu sehen glaubt.
»Ich habe dieses Gefühl zum ersten Mal«, sagt Gudrun.
Mehr sagt sie nicht. Mehr braucht sie nicht zu sagen. Instinktiv weiß Andreas, daß er darauf nicht antworten darf. Daß er jetzt nicht einfach *ja, ich auch* sagen kann, selbst wenn es stimmen sollte. Er weiß nicht, ob er ein so starkes Gefühl zum ersten Mal hat. Das könnte er gar nicht entscheiden, und wenn, dann könnte er es sich wahrscheinlich nicht glauben. Aber das alles ist jetzt egal. Sie hat es gesagt, nun steht der Satz im Raum, und er ist aufgerufen, ihn zu beschützen, ihn zu sich zu nehmen, ihm einen Ort zu geben, damit er nicht nackt bleibt. Er nimmt sie in den Arm, als müßte er sie wärmen, ihr eine zweite Haut um ihren Körper legen. Seine Lippen berühren ihre, sofort pressen sie sich fest aneinander, und aus ihren Mündern streben die Zungen sich entgegen.
»N-a ä-n-d-t-l-i-s-c-h«, hören die beiden vom Nebentisch rufen, doch das lassen sie nicht mehr zwischen sich.
Unter dem Kuß nehmen die Bilder auf dem Marmortisch ihre endgültige Gestalt an. An der Spitze von Andreas' Ellenbogen wächst auf dem Foto langsam Gudruns Mund

heran. Eine gleichmäßige Zahnreihe zeigt sich unter den leicht geöffneten, schmalen Lippen, die schon im zweiten Bild stärker geschwungen sind. Ihre gerade, ein wenig breite und sehr weiße Nase ragt aus dem Bild heraus, das schief ist, als wäre es von dem sich anbahnenden Lachen ins Schwanken geraten. Im rechten Mundwinkel hängt noch feucht eine Haarsträhne, deren Spitzen auf den kleinen Zähnen liegen. Gleich erwartet man eine Zunge, die nach dem sucht, was sich zwischen die Zähne geschoben hat. Doch beim dritten Mundbild sind die Lippen wieder geschlossen. Fest, fast zusammengepreßt, so daß sie ein wenig spöttisch wirken, als hätten sie jagend zugeschnappt, etwas Verbotenes heimlich in den Mund genommen. Die aufgesprungene Lippenhaut ist an vielen Stellen abgezupft, kantig abgebissen, als würde sie sich abschälen und darunter eine neue, glänzende Lippe bereithalten. Eine zarte, jugendliche Haut, die aus der verletzten hervorgegangen ist. Das nächste Mundbild zeigt die Lippen wieder weich, diesmal nicht angehalten zwischen zwei Bewegungen. Ähnlich wie beim Schlafen, wenn die Entspannung das vollkommene Schließen des Mundes verhindert. Gudruns Lippen erscheinen auf diesem Bild nicht geöffnet, sondern offen. Eine Zunge könnte sie abtasten, so wie sie sind, ohne daß sich die Lippenmuskeln anspannen müßten, um den Weg freizugeben. Eine behutsame Zunge könnte diese Lippen sanft beiseite schieben und eindringen, ohne daß die Lippen es wollen müßten.

Jetzt sind auch die Augenbilder fertig, die dunkel wirken und langsam ihre Kontraste freigeben. Im Grunde bestehen sie nur aus Rändern. Vom Fotorand bis zu den tiefen Stirnknochen und den müden Hautpartien um die Augen, die sich vor dem reflektierenden Weiß in Falten legen,

und den Augenlidern, die nur noch wie Schatten darauf zu warten scheinen, auch das wenige Licht auf dem Bild abzudecken. Die Augenbilder sind ohne Zentrum, das außerhalb des geränderten Fotoweiß zu liegen scheint, als würde der Blick niemanden etwas angehen. Was fotografiert wurde, sind die Bruchstellen zwischen dem, was sichtbar und ausgeleuchtet ist, und dem, was man nicht sehen kann, worauf der leere Blick verweist. Einem Fahndungsfoto ähnlich, erinnert nur das Falsche des Blicks noch an den Menschen, dessen Schicksal im Bild nicht mehr zu Wort kommt. Die Augenbilder sehen aus wie Bilder, die vergessen haben, wer fotografiert worden ist.
»So«, sagt Gudrun, »jetzt bist du dran. Jetzt fotografiere ich dich. So wie du bist, wenn du hier allein im Café sitzen würdest und eine Gitanes rauchst, wie ein echter Franzose.«

»Na, Apfelauge, was gibt es Neues?«
Georg blickt von einer deutschsprachigen Zeitung auf, die er trotz der chaotischen Zustände in Paris aufgetrieben hat. *A-p-f-e-l-a-u-g-e* nennt Andreas ihn, seitdem er die ganze Fahrt von Frankfurt nach Paris akribisch den Haufen Zeitungen durchgeblättert hat und dabei aussah, als wäre er verschmolzen mit seiner fokussierenden Brille, hinter deren Gläsern seine Augen fast doppelt so groß erscheinen. Aber dieser Spitzname regt Georg nicht mehr auf.
»Dutschke ist erschossen worden.«
»Was?«
»Ja, Dutschke ist auf offener Straße wie Freiwild abgeknallt worden.«
»Das glaube ich nicht!«

Georg liest stockend vor, seine Stimme bricht manchmal ab, versiegt ganz. Er spürt, daß jetzt etwas geschehen ist, nach dem alles, was er bisher gedacht hat, neu überdacht werden muß:

»Der erste Schuß trifft Rudi Dutschke in die rechte Wange ... Er stürzt vom Rad auf die Straße, reißt sich dabei die Schuhe von den Füßen und die Uhr vom Handgelenk ... Der Täter schießt noch zweimal ... Ein Schuß trifft Dutschke am Kopf ... Ein weiterer in die Schulter ... Der Täter kann zunächst flüchten ... Dutschke richtet sich noch einmal auf, taumelt auf das SDS-Zentrum zu ... Ruft laut nach Vater und Mutter ... Ruft *Ich muß zum Friseur, muß zum F-r-i-s-e-u-r* ... Nach einigen Metern bricht er zusammen und sagt, *Soldaten, S-o-l-d-a-t-e-n* ...«

Die beiden sind starr. In ihrer schwungvollen Bewegung, mit der sie die Wohnung voller Bücher überraschen wollten, sind sie eingefroren. »Wer?« haucht Gudrun, ohne ihre Hand aus der Umklammerung von Andreas lösen zu können. »Wer hat das getan?«

»Josef Bachmann heißt er.«

»Wer, verdammt, ist Josef Bachmann?«

»Ein Anstreicher, vierundzwanzig Jahre alt. Er ist extra für die Tat von München nach Berlin gefahren.«

»Warum?«

»Keine Ahnung, anschließend hat er versucht, sich umzubringen. Hier steht, er hatte Angst, es könnte Bürgerkrieg geben, wenn es niemand schafft, den linksradikalen Studentenführer Dutschke zu stoppen.«

»Das ist alles?«

»Ja. Er hat Dutschke nicht einmal gekannt. Nur aus Zeitungen. Er hat nach ihm gefahndet wie nach einem Steckbriefgesuchten. Er mußte ihn sogar nach seinem Namen fragen, bevor er ihn niedergeschossen hat. Mehr steht hier nicht. Er hatte wohl Angst vor einer Revolution der Unzufriedenen. Da wollte er handeln. Das ist alles.«

Georg hält den beiden weiß gewordenen Gesichtern den Zeitungsartikel entgegen. *S-t-o-p-p-t D-u-t-s-c-h-k-e j-e-t-z-t!* steht neben den Fotos, das Zitat einer anderen Zeitung. Auf der linken Seite ist ein Bild von Rudi Dutschke zu sehen, mit Haaren, die ihm strähnig, fast naß wirkend ins Gesicht hängen, über die freundlichen Augen, die ein wenig aufgeregt aus dem Bild hinaussehen, bis hin zum angedeuteten Bart. Auch dieses Foto wie ein Fahndungsfoto. Eine weitere Aufnahme in der Mitte des Artikels zeigt Rudi Dutschkes Schuh, einzeln und einsam auf dem Kurfürstendamm, kurz nach dem Attentat. Dahinter sieht man einen Jungen in kurzen Hosen, mit Strickpullover und knielangen Strümpfen, einen älteren Mann im schweren Mantel mit Fischgrätenmuster, einen Hut mit schmaler Krempe tief im Gesicht. Beide starren auf den liegengebliebenen Schuh. Im Hintergrund diskutieren zwei Studenten, abgewandt, mit ausholenden Gesten. Ganz links kann man noch einen Mann mittleren Alters mit schwarzen, gepflegten Haaren erkennen, der einen gutsitzenden, modischen Anzug trägt und beide Hände in die Hosentaschen geschoben hat. Auch er gafft hinter seiner Sonnenbrille auf den Schuh, kann nicht über das hinaussehen, was das Bild zeigt. Das Foto trägt die Bildunterschrift: »Das Attentat auf Rudi Dutschke geschah mitten auf dem Kurfürstendamm«.

Seit sie in Paris angekommen sind, hat Georg zum ersten Mal die Gelegenheit, die beiden in Ruhe zu betrachten, die jetzt gemeinsam auf das Zeitungsblatt starren. Er fragt sich, ob sie sich verändert haben. Sie wirkten so freundlich, als sie vorhin die Wohnung des Revolutionstheoretikers

Debray betreten haben, in dessen Büchern und Schriften Georg den ganzen Tag gelesen hat, in dessen vollgestopfter Wohnung er sich wohl fühlt, in den Räumen eines echten Revolutionärs, der vor einem Jahr in Bolivien zu dreißig Jahren Haft verurteilt worden ist. Sie haben sich verändert, beschließt Georg seine Betrachtung, sie sind einer Meinung.

»Das ist das Schrecklichste, was überhaupt geschehen konnte«, sagt er laut, aber doch in einem warmen Ton, als fürchte er, die beiden zu erschrecken.

»Ich habe noch eine Neuigkeit für euch«, fügt er fast väterlich hinzu, »ich habe mit dem SDS in Frankfurt telefoniert. Bei Schneider hat es keine Toten gegeben. Nicht einmal einen Verletzten. Ihr werdet nur wegen Brandstiftung gesucht. Für manche seid ihr inzwischen so etwas wie Helden. Allerdings hat sich der SDS scharf von euch distanziert.«

Nach einer Pause fügt er hinzu: »Sie wollen auch mit mir nichts mehr zu tun haben.«

XIV.

Sehr geehrter Herr Bundespräsident, ich schreibe Ihnen aus dem Ausland, weil ich mich fürchte, in dieses Deutschland zurückzukehren, in ein Land, in dem es zugelassen wird, daß um den Frieden besorgte und demokratisch gesinnte Menschen von der Presse zu Feindbildern gemacht werden für die fehlgeleiteten Aggressionen von Bürgern, die selbst Opfer des Systems sind. Ein Land, das Angst hat vor dem Mut seiner Bürger, die Wahrheit über die personale und strukturelle Kontinuität des Nationalsozialismus zu sagen, die Wahrheit über die innere und äußere Kolonialisierung eines zunehmend imperialistischen Kapitalismus.

Die Brutalität, mit der auf die jüngsten Aufrufe von Studentengruppen zum antitotalitären Umdenken und zur Politisierung des konsumistisch stillgestellten Alltags reagiert wurde, zeigt, wie tief diese Angst in die Staatsapparate – nicht nur in die befehlsausführende Polizeimaschine, sondern auch in die rechtsstaatliche Justiz – eingegraben ist. Die Politik hat ihre Chance verpaßt, die Kräfte der gesellschaftlichen Erneuerung zu nutzen, um die staatlichen Institutionen einer wahrhaft demokratischen Bewegung zu öffnen. Statt dessen hat sie sich auf die Seite jener Kräfte gestellt, die seit jeher kein Interesse an einer wirklichen Emanzipation der Menschen haben und die Macht der Transparenz fürchten. Kräfte, die nur um ihren egozentrischen Selbsterhalt bangen in einer Zeit, wo der globale Wahnsinn viele einzelne bewegt, über ihr persönliches Schicksal hinauszusehen, um sich und der Gesellschaft, der sie angehören, Rechenschaft abzulegen. Die phlegmatischen Hoffnungen der Politik, ein solches moralisches Verlangen kriminalisieren zu können, vergessen, daß sich die menschlichen Emotionen in der Geschichte immer

Bahn gebrochen haben, auch gegen eine übermächtige und strikt organisierte Ungerechtigkeit. Wie ein blinder Despot hat die Politik die Möglichkeit vertan, auf die Bedürfnisse der Menschen zu hören. An den grausamen Opfern unter den Studenten, die diesem Bedürfnis als erste Ausdruck gegeben haben, hat auch sie eine Mitschuld zu tragen.
Auf diese Schuld, die vor keinem anderen Gericht als der Geschichte einzuklagen ist, mit einer Gegengewalt zu reagieren, war ein Fehler. Wir haben den Brandanschlag auf das Kaufhaus Schneider in Frankfurt aus der Überzeugung heraus verübt, daß etwas geschehen mußte, das den politisch Verantwortlichen deutlich macht, daß sie nicht unbeobachtet entscheiden können. Wir bekennen uns zu diesem Anschlag und werden daraus die Konsequenzen ziehen.
Ziel des Anschlags war es niemals, daß dabei Menschen zu Schaden kommen sollten. Ziel war es auch nicht, ein bestimmtes Objekt zu schädigen, was bei der verdichteten Zirkulation aller unternehmerischen Organisationen auch unmöglich wäre. Vielmehr sollte das Kaufhaus als Repräsentant der gesellschaftlichen Zusammenhänge dienen. Daß wir das Falsche gemacht haben, sehen wir daran, daß wir für eine Gruppe terroristischer Spinner gehalten werden, die ihren Spaß haben wollte oder glaubt, die Geschichte gewaltsam in andere Bahnen lenken zu können, indem sie durch einen Putsch oder irgendeinen Handstreich die Macht im Staat an sich reißt. Damit haben wir absolut nichts zu tun.
Trotzdem war es richtig, daß etwas getan wurde. Daß wir einen Fehler gemacht haben, darüber werden wir allerdings nicht mit der Justiz oder der Politik zu diskutieren haben, sondern mit Menschen, die so denken wie wir. Ich will aber auch nicht verheimlichen, daß etwas geschehen ist mit uns,

seitdem wir den Anschlag verübt haben und uns zu ihm bekennen. Ich kann es nur als eine Art Befreiung bezeichnen. Und viele andere werden genauso empfinden wie wir, daß die Motivation, die hinter der Tat steht, durch das Bedürfnis nach einer Selbstverwirklichung gesteigert ist, die uns bisher verwehrt blieb. Eine Selbstverwirklichung, die jetzt um so mehr Gewicht bekommen hat, ja, zu der Frage nach einer Art heiligen Selbstverwirklichung geworden ist, die sich nicht mehr untergraben läßt.
Dennoch möchten wir uns an Sie mit einem Gnadengesuch wenden, weil wir glauben, daß Sie vielleicht einsehen, wie wichtig das Ende der staatlichen Gewalttätigkeiten zu dem jetzigen Zeitpunkt der gesellschaftlichen Auseinandersetzung ist. Es geht dabei nicht nur um uns, nicht darum, daß wir uns von der Verantwortung unseres Tuns abwenden, sondern darum, daß dieses Tun als ein Handeln aus politischer Überzeugung anerkannt wird. Sollten Sie und die Regierung der Bundesrepublik Deutschland so reagieren, wie wir uns das erhoffen, werden wir zurückkehren, uns der Polizei und einem gerechten Gerichtsverfahren stellen.
Mit aufrichtigen Grüßen ...

»Ich werde das nicht unterschreiben, ich habe denen gar nichts mitzuteilen.«
Andreas hält den Brief in der Hand, bereit, ihn zwischen seinen Fingern zu zerknüllen, wenn es sein muß, den Brief in kleine Stücke zu zerreißen, damit die Diskussion nicht noch einmal auf ihn zurückkommen kann.
»Wir müssen wieder nach Deutschland, oder unsere Flucht wird zu einem hohlen, egoistischen Trip.«
Das ist das erste Mal, fühlt Georg, daß er Andreas gegenüber im Recht ist, daß er ihm widersprechen *muß*, daß er es

ist, der dem Widerspruch in der Gruppe Gehör verschaffen muß. Denn wenn er jetzt nichts sagt, kann er später den anderen nicht einmal vorwerfen, er hätte es doch gewußt. Und es ist möglich, daß Gudrun und Peggy ihm jetzt tatsächlich zuhören.

»Wer sagt denn, daß wir fliehen. Im Gegenteil, wir haben uns zurückgezogen. Um den richtigen Zeitpunkt für unsere Rückkehr abzuwarten. Du hast keine Ahnung von Guerillataktik. Wenn wir jetzt nach Frankfurt fahren und uns stellen, wäre alles umsonst gewesen.«

Andreas sieht Gudrun enttäuscht an. Damit hat er nicht gerechnet, daß sie vorhatte, einen solchen Brief zu schreiben. Einen Brief, denkt er, als würde sie sich entschuldigen wollen, ja, als hätte sie die Schule geschwänzt und ihren Vater, den Pfarrer-Vater, gebeten, ihr bei der Formulierung zu helfen. So klingt es für ihn, als wollte sie die Sprache der anderen sprechen. Die *a-n-d-e-r-e-n*, er will sie am liebsten schütteln, das sind nicht wir.

Die aufmerksamen Augen von Georg, der sich schon auf ein Wortgefecht eingestellt hat, streift sein Blick nur kurz. In diesem Moment gehört Georg schon zu den anderen, vor denen er sich nicht rechtfertigen muß. Allein was Gudrun denkt, ist ihm wichtig, ob sie sich vorstellen kann, was in *ihm* jetzt vorgeht.

»Wie konntest du das überhaupt schreiben ...« Er fällt in einen Ton, der jede Gruppendiskussion beendet. Das ist keine Frage mehr, sondern eine Klage.

»*Ich* habe den Brief geschrieben ...«, folgt Georg dem klagenden Satz.

Auch wenn es stimmt, zum größten Teil zumindest, hätte er es nicht sagen sollen. Nicht jetzt. Und nicht so. Gleich macht er sich Vorwürfe, daß er nicht wisse, was er wolle. Denn nun

klingt seine Antwort wie ein Versuch, die Schuld auf sich zu lenken. Welche Schuld, denkt er, und wen wollte er retten? Gudrun, nein, dann hätte er genau das Falsche gemacht. Andreas, nein, warum sollte er *ihn* retten wollen?
»Ich muß mit dir sprechen ...« Gudrun zieht ohne weitere Erklärung Andreas an seinem Lederärmel aus dem Raum.

Eurydice steht in weißer Leuchtschrift über dem Eingang des Restaurants. In kurzen Abständen flackert das *d* so sehr, daß man Angst hat, ein Kurzschluß könnte jederzeit den mythischen Namen zum Erlöschen bringen. Im Inneren des Restaurants ist es schummerig, die Tapeten aus dunklem Grün wirken speckig. Auf den Gästetischen sind blaßrosa Fransendecken ausgebreitet, übersät von Flecken, die jeden Waschgang überstanden haben.
Andreas muß schon zum zweiten Mal den aufdringlichen Kellner wieder wegschicken. Noch immer liegen die Speisekarten mit dem Tagesmenü ungeöffnet vor den beiden. Zunächst haben sie nur abgerissene Sätze gesprochen. Während Gudrun an dem Wasserglas nippt, bemüht sie sich, Andreas' ausweichende Augen zu finden. Die starren auf die verdrehten Fransen des Tischtuchs.
Bedrückt fragt er sie, ob das stimme, daß Georg den Brief geschrieben hat. Darum geht es nicht, antwortet Gudrun. Sie will ihm erklären, warum der Brief für sie wichtig ist, daß sie nicht mehr weiter fliehen will, nicht so. Andreas sinkt tiefer in den knackenden Baststuhl, schlägt die Speisekarte auf, liest konzentriert die ersten Gerichte, als könne er darin eine Lösung finden. Sie will nicht mehr mit *mir* fliehen, denkt er. Hör zu, sagt Gudrun, das hat mit uns beiden überhaupt nichts zu tun. Sie will ihm erzählen, warum es für sie nicht so einfach ist, ohne Erklärung abzu-

hauen. Daß sie es wichtig findet, ihre Tat verständlich zu machen.
Sie stellt sich ihre Mutter vor, wie sie nachts wach liegt und über ihre Tochter nachdenkt, ihren Vater, der ihr immer verständnisvoll zugehört hat, und wie er jetzt lästigen Reportern an ihrer Stelle Antwort geben muß. Wie ihren Eltern die Worte fehlen, um die vielen fordernden Nachfragen abzuwehren.
Andreas schüttelt den Kopf. Er fühlt sich verraten. Sich verständlich zu machen, denkt er, bedeutet doch gerade, auf die Logik der Angst einzugehen. Er erinnert sich wieder an seine Zeit in Hamburg, an seine Einsamkeit dort und wie er gewünscht hat, sich einzuschließen mit jemandem, den er liebt. Wie er sich vorgestellt hat, geliebt zu werden, so sehr, daß der einzige Grund, das gemeinsame Zimmer für eine kurze Zeit zu verlassen, darin bestehen kann, zur Toilette zu gehen oder etwas zu essen zu holen. Gudrun hat den Raum verlassen, so kommt es ihm vor, und ist zurückgekehrt mit einem Fremden an der Hand, der sagt, ich führe euch hier hinaus.
Andreas hält sich die Hände vors Gesicht. In diesem kleinen dunklen Gewölbe zwischen seinem Mund und den Handinnenflächen hallen klanglos seine unausgesprochenen Rufe nach Gudrun, die den Fremden wegschicken und die Tür wieder abschließen soll. Aber Gudrun ist erschreckt.
»Was ist los?« fragt sie ihn. So hat sie Andreas noch nie gesehen, so zusammengesunken.
Diese Frage jedoch klingt für ihn wie Hohn. Als wüßte sie nicht ganz genau, was los ist, daß nämlich sie, ja *s-i-e*, in diesem Moment ihr Versprechen gebrochen, ohne Grund die Außentür geöffnet und ihn den Blicken des Fremden ausgesetzt hat.

Andreas stellt sich das kleine, schmuddelige Hotel garni vor, wo er in Hamburg oft übernachtet hat, selten allein, aber jede Nacht mit dem gleichen Wachtraum, bevor er einsam eingeschlafen ist. Der Körper neben ihm, der vielleicht schwitzte, sich meistens in dem schmalen Bett viel zu breit gemacht hatte, oftmals entsetzlich schnarchte oder röchelte beim schweren Atemholen, dieser Körper hatte ihn jedesmal in fast unerträgliche Angst versetzt. Angst davor, sich zu bewegen, nicht einschlafen zu können, Angst, durch sein häufiges Wälzen den anderen aufzuwecken, ihn vielleicht sogar zu reizen, indem er ihn spüren ließ, wie ekelhaft ihm die Anwesenheit des anderen Körpers nach der befriedigten Lust war. Dann wäre der ganze Abend auf die wenigen Geldscheine reduziert worden, die ihm der andere in die Hosentasche gestopft hatte. In diesen Momenten stellte Andreas sich tot.

»Was ist los?« fragt Gudrun erneut und bemüht sich, die abwehrenden Hände sanft von seinem Gesicht zu nehmen.

Aber diese Hände sind steif geworden, müßten gebrochen werden. Gudruns vergebliche Berührungen kommen Andreas vor wie die quälende Anwesenheit jener fremden Körper, die ohne zu fragen so lähmend gegenwärtig waren, so viel Raum einnahmen, daß er selbst manchmal fürchtete, sein eigener Atem wäre noch zuviel. Auch Gudruns Atem ist ihm jetzt zu nah. Daß es für sie beide besser ist, wieder nach Deutschland zurückzukehren, will sie ihm sagen, daß sie dort gemeinsam etwas erreichen könnten, etwas, für das sie zu zweit wirklich die Kraft besäßen. Aber sie fürchtet, sie könnte ihn verletzen, wenn sie ihm jetzt diesen Vorschlag macht. Die zum Sprechen eingesogene Luft atmet sie als Seufzer wieder aus.

Komm raus, hört Andreas sie sagen, während er selbst lautlos wiederholt, daß sie hereinkommen soll. Wieder hat Andreas das Zimmer des Hotels garni im Kopf, an dessen Tür nun aber Gudrun wartet, die vor der Schwelle stehengeblieben ist und nur durch einen schmalen Türspalt auf ihn blickt, der mit dem Gesicht zur Wand gedreht unter einer festen, fleckigen Bettdecke auf dem Hotelbett liegt. In sein Zimmer hinein sagt sie, er solle sich endlich umdrehen, sie anblicken und zu ihr kommen. Er will den Mund aufmachen, ihr sagen, daß er sich nicht bewegen kann, daß sie sich neben ihn legen soll, dann würde es ihm bestimmt bald bessergehen und sie könnten zusammen hinausgehen und das Hotel verlassen. Als er mühsam die Lippen öffnet, wird die stickige Luft im Hotelzimmer zu einem wulstigen Stoff, der sich in seinen Mundraum drängt und ihn am Sprechen hindert. Angestrengt dreht er sich mit aufstehendem Mund zu Gudrun um, die vor Schreck die Tür zuzieht.

»Ich mache dir einen Vorschlag …«, sagt sie unsicher, nachdem Andreas' Hände heruntergesunken sind und er sie mit regungslosen Gesichtszügen angestarrt hat.
»Ja, ich meine es ernst«, sagt sie nachdrücklich zu Andreas, dessen Augen ausgetrocknet wirken, als könnte er sie aus Angst nicht mehr schließen.
»Ein guter Freund von mir hat ein Haus in Italien«, sagt sie und schaut dabei auf seinen leicht geöffneten Mund. »Laß uns dorthin fahren, noch heute oder spätestens morgen.«
Gudrun greift nach seiner fallenden Hand.
»Wir brauchen beide ein wenig Ruhe.«
Sie fährt mit ihren Fingern über seine kalte Handinnenfläche, umfaßt den Puls und führt das Gelenk an ihre Wange.
»Tu es mir zuliebe«, flüstert sie und setzt sich neben ihn, »unterschreib den Brief, und morgen fahren wir weg.«

Dann legt sie ihren Arm um seine Schultern, drückt Andreas, der sich plötzlich weich an ihren Hals schmiegt, fast in ihren Körper fällt, als wäre er gerade wach geworden.
»Vielleicht haben wir ja Glück«, redet Gudrun warm auf ihn ein, »und unserem Gnadengesuch wird stattgegeben.«
Sie streichelt ihm über das schwarze Haar.
»Laß uns gehen«, antwortet Andreas mit erstickter Stimme.
Ohne den Kellner zu beachten, der sie verständnislos anguckt, verlassen sie das Lokal *Eurydice*.
»Du hast recht«, murmelt Andreas auf dem Weg nach draußen, »laß uns den Brief abschicken und nach Italien fahren.«
Er fühlt sich schwach, fast ein wenig krank, als hätte er eine undefinierbare Grippe und würde am liebsten wieder in seinem stillen Hamburger Hotelzimmer liegen, aber allein mit seinem Wachtraum von der Geliebten, die hinter sich die Tür abschließt. Er fühlt sich elend bei dem Gedanken, es könnte sich nichts geändert haben, seitdem er Gudrun kennengelernt hat, er könnte sich selbst getäuscht haben, als wäre alles wie früher. Er hatte sein stetes Gefühl, sich *d-u-r-c-h-s-c-h-l-a-g-e-n* zu müssen, fast vergessen. Jetzt ist es wieder da und nimmt ihm alle Kraft.
»Wir sollten uns Zeit für *uns* nehmen«, sagt Gudrun und gibt ihm einen leichten Kuß auf die Schläfe.
Dabei fällt ihr ein, daß sie sich nicht einmal die Zeit für sich selbst genommen hat. Die drei Wochen, die sie sich für die Besinnung auf ihre *E-x-i-s-t-e-n-z* geben wollte, denkt sie, diese Zeit ist noch nicht vorbei.

»Ich habe den Brief abgeschickt.«
Mit diesem Satz öffnet Georg ihnen die schwere Wohnungstür mit den vier verschiedenen Schlössern und Riegeln, die er zögerlich beiseite geschoben hat wie die Tür

einer Gefängniszelle, unsicher, ob er die Insassen auch wirklich entlassen darf. Als sie sich endlich bewegen läßt, muß er feststellen, daß sich die Gefängnistür zur falschen Seite hin öffnet, daß die Wohnung auf einmal wie eine Zelle wirkt, in die Gudrun und Andreas nun eingetreten sind.

»*Was* hast du?«

Gudrun macht einen Schritt auf Georg zu. Sie hebt die Hände, als drohe sie, mit einem imaginären Stuhl auf Georgs Kopf einzuschlagen.

»Wir müssen hier weg. Sofort!« schreit Andreas panisch.

»Warum? Du hast doch gesagt, hier kommt keiner her!« sagt er und hält sich schützend die Hände vors Gesicht. Andreas ist feuerrot geworden, seine Gesichtshaut fleckig, sie scheint mit einem Mal von vielen rötlichen Pusteln durchzogen, als hätten die kleinen Äderchen unter der empfindlichen Haut den plötzlichen Blutstrom nicht verkraftet.

»Du hast doch gesagt«, fährt Georg fort, »Debrays Vater ist ein hohes Tier, die Polizei würde *n-i-e-m-a-l-s* seine Wohnung durchsuchen ...«

Aber Andreas hört nicht mehr zu. Er rennt durch die unordentliche Wohnung des französischen Intellektuellen, die sie in den wenigen Tagen noch mehr verwüstet haben, zerrt seinen Rucksack unter einem kleinen mahagonifarbenen Beistelltisch hervor, der hoch beladen ist mit Zeitungen, Magazinen und Büchern, schnauzt die apathische Peggy an, sie solle sich ebenfalls beeilen und packen, wirft das Tischchen mit all seinen schriftlichen Aussagen um und hält erst inne, als er merkt, daß sich keiner von den anderen rührt.

»Okay«, sagt Gudrun in die gespannte Situation, »wir pakken jetzt in aller Ruhe unsere Sachen zusammen, und dann fahren wir nach Italien. Ich muß nur noch mal kurz telefonieren.«

Während Andreas den dunkelblauen Citroën auftankt, redet Georg im Wagen eindringlich, aber leise auf die beiden Frauen ein. Er ist empört, daß Andreas schon wieder ein Auto gestohlen hat, ohne das mit den anderen abzusprechen. Heiser faucht er in das Wageninnere, Andreas, dieser Verrückte, könne nicht mehr unterscheiden zwischen dem, was politisch motiviert ist, und seinem privaten und egoistischen Trip.
»Das ist schlichtweg Diebstahl«, wiederholt er mehrmals kopfschüttelnd. »Wenn wir so weitermachen«, versucht er, wenigstens die beiden zu überzeugen, »dann unterscheiden wir uns überhaupt nicht mehr von ein paar Kleinstadtganoven, die sich auf Kosten anderer einen Spaß erlauben.«
Peggy legt ihre Hand auf die zittrigen Schenkel ihres Bruders, bemüht, ihn mit kurzen Streichelbewegungen zu besänftigen, und hält einen Zeigefinger vor seine feuchten Lippen. Andreas, der am Heck des Citroëns den Tankdeckel zuschlägt, weil ihm der Schlüssel zum Abschließen fehlt, scheint den Streit im Wageninneren nicht zu registrieren. Als er im Tankstellenhäuschen verschwunden ist, droht Georg nun unverhohlen: »Wenn wir nicht bald nach Deutschland zurückkehren, gehe ich zur Polizei.«
Gudrun, die sich nicht auch noch um Georgs Drohungen Sorgen machen will, dreht sich heftig zu ihm nach hinten und brüllt ihn ohne Rücksicht an: »Warum mußtest du auch diesen verdammten Brief abschicken? Du hast al-

les zerstört, gerade da Andreas bereit war, ihn zu unterschreiben!«

W-a-r-u-m? Jetzt prasseln ihre flachen Hände auf Georgs Kopf ein, der nicht ausweicht, schlagen ihm die kantige Brille aus dem Gesicht, das sich den ungezielten Ohrfeigen nicht entzieht.

In Georgs Augen treten Tränen. Er drückt sie mit schnellen Wimpernschlägen über den kleinen Haarkamm unterhalb der Augen, hat Angst zu schluchzen, als ihn etwas Hartes, Metallisches an der Schläfe trifft. Ihr Ring, denkt er, das muß der Ring sein, den ich ihr geschenkt habe, der Verlobungsring mit dem eingefaßten blauen Lapislazuli. Fast ist er glücklich darüber, daß der kleine Abdruck in seiner Schläfenhaut schmerzt, daß es ihm weh tut, von Gudrun geschlagen zu werden. Ja, schlag mich nur, er freut sich, greift sich an die Stirn und ist ein wenig enttäuscht, daß er nicht blutet. Mein Körper kann weinen, er kann Schmerzen empfinden.

Mit einem lauten Schlag zieht Andreas die Fahrertür zu, startet den Motor und gibt ein paarmal kräftig Gas, als würde er das Fahrzeug auf seine Tauglichkeit zur Flucht hin testen.

Ich *f-ü-h-l-e*, daß du mich haßt, hätte Georg beinahe laut in das aufheulende Motorengeräusch gesprochen, aber wieder hat er es zu sich gesagt, nur für sich ganz allein. Das ist sein Satz, der ihm gehört, dessen Wahrheit er weiß, ohne ihn auszusprechen. Dazu braucht er Gudrun und die ganze Gruppe nicht.

»Ich muß mal zur Toilette«, sagt er laut.

Nachdem er hinter dem kleinen beleuchteten Bungalow neben dem Kassenhäuschen verschwunden ist, hört er, wie der Citroën mit quietschenden Reifen anfährt. Keiner der drei dreht sich um. Keiner sieht, wie Georg ihnen nachschaut, regungslos feststellt, daß sie ohne ihn nach Italien fahren werden. Wie er eilig nach dem Toilettenzeichen sucht, damit er sich nicht auf dem Asphalt übergeben muß. Ohne die Richtung zu wissen, hat Andreas den Wagen auf eine Ausfallstraße gelenkt, hat hochgeschaltet, Gas gegeben, hochgeschaltet und den Drehzahlmesser in den roten Bereich getrieben.

Peggy wird von der Geschwindigkeit tief in die schwarze, lederweiche Rückbank gedrückt. Sie hat sich nicht gewehrt. Ampellichter und Leuchtreklamen rasen an ihrem Blick vorbei, der nichts erkennt, unscharf auf eine zufällige Stelle am schwach erleuchteten Autodach geheftet ist.

Nachmittags hat sie lange auf ein Filmplakat gestarrt, das zwei Männer auf schweren amerikanischen Motorrädern zeigte, dazu eine lange leblose Straße, die sich irgendwo im Horizont einer Western-Landschaft verlor. *Easy Rider*, der Titel des Films, den sie sich eigentlich an diesem Abend anschauen wollte, ist ihr immer noch im Kopf geblieben. Die Handlung, die der französische Ankündigungstext skizzierte, konnte sie kaum verstehen. Zwei junge Männer fahren mit ihren Motorrädern von Los Angeles nach New Orleans. Drogen, Straßen und Amerika.

A man rent …, konnte sie auf dem englischsprachigen Plakat entziffern, das durch viele Klebefalten den Schriftzug unleserlich machte, *looking for Amerika* …, dann verschwanden die Buchstaben wieder im geknickten Papier, so daß sie nur noch den Rest des Werbeslogans lesen konnte: *and couldn't find it a-n-y-w-h-e-r-e.*

Das Motorengeräusch, das die Filmstills von den amerikanischen Bildern unmittelbar in ihrem Kopf hervorgerufen hatten, hallt jetzt in ihrer Wirklichkeit.

Nachdem der Citroën den Périphérique von Paris Richtung Lyon verlassen hat, sagt Andreas den einzigen ausgesprochenen Satz in dieser Nacht: »Georg ist nun einmal nicht geschaffen für ein Leben im Untergrund.«

XV.

Italien. Land. Nicht das Italien der Städte, das Gedächtnis der alten Welt, sondern die sanft gewellten Hügel, bestickt mit niedrigen Obstbäumen, geräuschlos absteigend bis zu einer nur wenig schäumenden Brandung. Oberitalien, nicht in der Nähe von Florenz, der Quaderstadt am breiten, braunen Arno, nicht in der Nähe von Venedig, der Flüsterstadt auf dem Morast, auf keinen Fall eine Tagesreise von Rom entfernt, der Stadt der Ewigkeit, dem Psychogramm der abendländischen Geschichte. Toskana vielleicht, aber eine Landschaft ohne Namen. Ein Dorf. Olivenbäume, darunter Netze ausgebreitet. Ein kleines Haus, nicht einmal ein Landhaus, ohne Keller und ohne Dachgeschoß, ein Stockwerk aus einfachen Bruchsteinen und Holz. Ein Schlafraum mit großem Fenster zum Garten hin, darin zwei schmale Holzbetten mit pastellfarbenen Tagesdecken. Holzboden, zwei hohe Flügeltüren, die in den Wohnraum führen. Ein Klapptisch, ein ockerfarbenes Sofa mit hohen Beinen und goldenen Nieten, rauhe Holzstühle. Dahinter die Küche, ein silbernes Spülbecken, in der Ecke ein Gasherd, hinter der Tür ein amerikanischer Kühlschrank. Unterhalb der Fensterfront ein langes, schweres Brett, das als Arbeitsfläche dient.

Andreas schneidet Tomaten. Das ganze Haus ist karg eingerichtet, fast eine mönchische Zelle. Peggy hält ihm eine hohe Glasschale hin, in die er die geschnittenen Tomaten gibt. Sie hebt ihren Körper auf die Arbeitsfläche, die kurz ächzt, aber stabil genug zu sein scheint, und sieht Andreas beim Petersiliehacken zu.

»Warum hast du eigentlich nicht studiert?«

»Kein Abitur. Ich bin von der Schule geflogen.«

»Erzähl!«

Peggy fischt sich eines der Tomatenstücke aus der Glasschüssel, Andreas schlägt ihr scherzhaft auf die Hand.
»Wenn du es genau wissen willst, ich bin mit dem Motorrad durch den Englischen Garten gebrettert. Ohne Führerschein natürlich. Außerdem gehörte das Motorrad nicht mir.«
»Und?«
»Ich bin erwischt worden. Drei Wochen Jugendarrest. Irgendeine Formulierung mit *untragbar* stand in dem Brief an meine Mutter. Das Problem war, daß es meine dritte Schule war. Der einzige, der sich für meinen Verbleib eingesetzt hat, war mein Deutschlehrer. Ein ziemlicher Lahmarsch, aber ein netter Kerl. Der redete immer von Lausbubenstreichen.«
Andreas hält sich eine Tomate ans Ohr, nimmt eine tuntige Haltung ein und dehnt die Worte mit einer gekünstelt hohen Stimme.
»*L-a-u-s-b-u-b-e-n-s-t-r-e-i-c-h-e*«, wiederholt er ein paarmal. »Weißt du, was in seinem Gutachten über mich stand?«
Andreas nimmt pathetisch eine militärische Haltung ein: »Berechtigt zum pädagogischen Abwarten.«
Er fängt an zu lachen und wiederholt die letzten Worte wieder mit einer Fistelstimme: »zum *p-ä-d-a-g-o-g-i-s-c-h-e-n A-b-w-a-r-t-e-n*«. Dann schlägt er sich auf die Schenkel.
»Ich will nicht wissen, was der sich darunter vorgestellt hat, unter seinem *p-ä-d-a-g-o-g-i-s-c-h-e-n A-b-w-a-r-t-e-n*«, kichert er beim Zerschneiden der letzten Tomate.
Mit einem Ruck reißt er das Fenster zum Garten auf, ruft »E-s-s-e-n f-e-r-t-i-g!«, schließt es wieder und betrachtet Gudrun durch das matte Glas, die träge ihre ovale Sonnenbrille hochgeschoben hat.

Der Garten fällt hinter dem Haus leicht ab, ist nicht eingezäunt, seine Begrenzung läßt sich nur durch die zum Teil in Reihen gepflanzten Zypressen und einige verkrüppelte Holunderbüsche erahnen. Dahinter wellt sich der Grasteppich leicht auf- und absteigend, nur unterbrochen von einigen Steinhügeln, bis er sich in einer wild wachsenden Wiese verliert, die das Niemandsland zum nächsten Nachbarhaus markiert.

»Was glaubst du eigentlich, warum ich gestern nichts gesagt habe, als du Georg einfach stehengelassen hast?«

Peggy ist von der Anrichte gerutscht und belädt ein kleines Tablett mit drei Tellern, Besteck und Gläsern.

»Weil du lieber mit mir allein sein willst?«

Peggy verzieht ihren Mund zu einer Grimasse, sie hat keine Lust zu lachen und hält ihm das Tablett zum Tragen hin. Von draußen ruft Gudrun, daß es doch schöner ist, im Garten zu essen.

»Weil es besser so für ihn ist, als hier bei dir und Gudrun zu sein«, beantwortet Peggy ihre eigene Frage.

»Und warum bist *du* dann mitgekommen?« Andreas macht keine Anstalten, ihr das Tablett aus der Hand zu nehmen.

»J-a-a-a, wir kommen gleich!« ruft sie zu Gudrun nach draußen durch die geöffnete Küchentür.

Während sie das Tablett wieder zurück auf die Holzablage stellt, sich einen Apfel aus dem Obstkorb aussucht und ihn behutsam neben das Geschirr legt, spricht sie so leise, fast schüchtern, daß Andreas nachfragen muß.

»Bitte? Weil du Mäuschen spielen willst?«

»Nein, so meine ich das nicht. Du kennst das doch, daß man sich hin und her gerissen fühlt, gleich gute Gründe findet, irgendwohin mitzukommen oder zu Hause zu bleiben. Daß man sich einfach nicht entscheiden kann, was man will. Ich *weiß* nicht, warum ich nicht ausgestiegen bin. Vielleicht wollte ich einfach nur sehen, wie es weitergeht.«

Gudrun hat sich wieder in den Liegestuhl fallen lassen. Sie hat keine Lust, sich um irgend etwas zu kümmern. Den Kopf im Nacken, die Muskeln gelockert, allein unter den heißen Sonnenstrahlen, sie fühlt sich gut. Sie denkt an nichts. Unter ihren geschlossenen Lidern werden die Lichtreflexe manchmal zu verworrenen Bildern, die sie sofort verscheucht, indem sie ihre Augen fester schließt und dann ganz langsam wieder entspannt.
Die Hitze auf ihrer Haut dehnt die Zeit. Selbst das Atmen scheint ihr Minuten zu dauern. Sie wartet, daß die beiden mit dem Essen auf der Terrasse erscheinen. Sie wünscht sich, daß sie niemals ankommen. Für einen Moment ist sie einfach nur da, irgendwo auf der Erde bequem in einem Liegestuhl, über dem die Mittagssonne brennt. Sie hört Geräusche aus der Küche, weiß, wer sich hinter den Geräuschen verbirgt, ist sogar froh, daß die beiden da sind, aber sie wünscht sich, für immer in diesen Moment eingeschlossen zu bleiben.
An den unbedeckten Hautpartien treibt ihr die Sonne Schweiß aus den Poren. Aber sie hat keine Lust, ihre Stellung zu ändern. Die graue Stoffhose ist an ihren Schenkeln unangenehm verrutscht, eine Falte hat sich ihr in den Po gezogen, aber auch das nimmt sie nur wahr. Sie müßte eigentlich ihr helles Hemd wechseln, das sie gelb mit Orangensaft bekleckert hat, aber die Sonne, findet sie, sieht ja nichts.
Etwas im Gras kitzelt sie in regelmäßigen Abständen an ihren nackten Füßen. Sie registriert Schritte, die die Treppe zur Steinterrasse herabsteigen, glaubt aber nicht,

daß sie jemals bei ihr ankommen können. Die dicken, braunen Bügel ihrer Sonnenbrille drücken hinter ihren Ohren, sie ist eigentlich zu schwer und zu breit für ihr schmales Gesicht. Sie hört Geschirrklappern auf dem Holztisch, den sie noch vor wenigen Minuten auf der Terrasse aufgebaut hat, und fürchtet, daß gleich ihr Name gerufen wird.

Jetzt spürt sie, daß ein Insekt über ihren Fußrücken krabbelt. Es bewegt sich Richtung Knöchel, was will es dort? Sie kann die leichten Insektenbeine fühlen, die ihre dünnen Haare auf der Haut beiseite schieben, sehr behutsam und fast zärtlich die Gegend, die jetzt Gudruns Schienbein ist, erkunden. Gudrun bewegt sich nicht, zuckt nicht zusammen, als das Insekt langsam und stetig den Grat ihres Unterschenkels hochkrabbelt, manchmal für ein paar Sekunden anhält, seine Fühler ausstreckt. Hat es überhaupt Fühler? Es scheint ihre Hautporen abzutasten, darin zu suchen, vielleicht nach etwas Eßbarem. Dann rennt es ein Stückchen und ist auf einmal nicht mehr zu spüren. Schließlich pikst es ein wenig und setzt seine Beinchen in gleichmäßigem Lauf auf ihre Kniescheibe.

Gudrun stellt sich vor, sie sei ein Land, und hat fast ein wenig Mitleid mit dem klitzekleinen Insekt, das verloren auf diesem Land umherschreitet.

»Meine Güte, woher hast du diese schicke Sonnenbrille?« Peggy hat ihre Hand auf das Holz des Liegestuhls gelegt und blickt von der Seite durch die großen, dunkelbraunen Gläser.

»S-c-h-e-i-ß-e«, brüllt Gudrun, »es hat mich gestochen!«

Fast wären die beiden Frauen mit den Köpfen aneinandergestoßen, als Gudrun aus dem Liegestuhl springt. Sie schlägt ein paarmal auf ihren Oberschenkel, macht mit

eingeschlafenen Füßen einige spastische Schritte und versucht, ihr Bein über der Wiese auszuschütteln.
»Da, i-h-h-h, es ist eine Spinne«, Peggy zeigt auf Gudruns entblößten Unterschenkel und muß lachen, »die k-ö-n-n-e-n gar nicht stechen.«
»Doch, die können beißen!« schreit Gudrun hysterisch und versucht, das kleine pelzige Tier von ihrem Bein zu streifen.
»Nicht töten, das bringt Unglück!«
Da ist aus der Spinne auch schon eine Flugspinne geworden, und nun sieht auch Peggy ein wenig schreckerfüllt an sich hinunter, ob sie nicht vielleicht auf ihrem Körper gelandet ist. Jetzt ist es Gudrun, die laut auflachen muß.
»Ich glaube, sie sitzt da, in deinem Rock«, sie zeigt auf Peggy, die ihr einen Moment lang glaubt und die Falten in ihrem knielangen Rock hastig glattzieht, um besser sehen zu können. Nachdem sie sich ein paarmal um sich selbst gedreht und dabei wie auf einem Karussell geschrien hat, als müßte sie einen bösen Zauber brechen, hält Gudrun ihr die modische Sonnenbrille mit den zu großen Gläsern entgegen.
»Habe ich im Auto gefunden. Es sieht so aus, als seien die ehemaligen Besitzer nicht gerade arm.« Aus ihrer Hosentasche zieht sie ein champagnerfarbenes Stoffknäuel, das sich beim Auseinanderfalten als BH entpuppt.
»Wow«, Peggy reißt ihr die seidenen Stoffkörbchen aus der Hand und hält sie sich vor den Oberkörper, »F-r-a-n-z-o-s-e-n!« sagt sie und deutet auf die durchsichtig geflochtenen Körbchen, in deren Mitte ein daumengroßes Loch ist.
»Hey, ihr beiden«, Andreas hat sie vom Tisch aus beobachtet, »wird's bald, sonst sind die Tomaten kalt!«

»Wißt ihr eigentlich, warum Christus als Mann auf die Erde gekommen ist?« Gudrun stopft sich ein großes Stück Mozzarella in den Mund. »Nein? Ihr wißt es nicht?«
Sie zerbeißt gierig eine fleischige Tomatenscheibe, so daß sie sich beinahe verschluckt und die Lippen fest aufeinanderpressen muß, damit ihr der Saft nicht aus dem Mund tropft. Sie schiebt die Tomatenstücke mit der Zunge in ihre Backen und lacht dabei. »Weil Gott sich durch die Annahme der menschlichen Natur erniedrigen wollte.«
Mit einem großen Schluck aus dem langstieligen Glas trinkt sie venezianischen Wein, von dem feuchte, rote Reste in ihren Mundwinkeln zurückbleiben. Dann rülpst sie, leise, aber sie rülpst und grinst Andreas und Peggy zufrieden an.
»Unter allen vernünftigen Kreaturen«, sagt sie, »erschien Gott wohl der Mann die niedrigste und verachtenswerteste zu sein.« Es geht ihr gut. »Hast du Feuer?« Sie hält ihren Zigarettenmund Andreas hin, schwenkt mit den Lippen das weiße Tabakröllchen wie den Stil eines Lutschers hin und her.
»Wenn ich ein Mann wäre, würde ich jetzt furzen.« Sie muß über sich selbst lachen, wobei ihr die Zigarette aus dem Mund fällt und unter den Tisch rollt. »Was mich nur wundert«, hören die beiden sie unter dem Tisch weiterreden, unter den sie mit ihrem Oberkörper verschwunden ist, »ja, was mich wirklich wundert, ist, daß Gott den Mann für ein vernünftiges Wesen gehalten hat.«
Zwischen der grauen Hose und der hochgerutschten Bluse glänzt ihr weißer Rücken, auf dem man die Wirbel und versprengte Leberflecken deutlich erkennen kann.
»A-h-h-h, d-u-u-u Schwein!« Andreas hat sich hinter sie gestellt und ihr eine dicke Tomatenscheibe unter den Hosenbund geschoben. »O-h-h-h, ist das ekelhaft!«
Fast wären die Weingläser auf dem Holztisch umgefallen,

als Gudrun versucht, wieder hochzukommen, aber Andreas läßt sie nicht wieder auf ihren Stuhl.
»Rom ist an allem schuld!« brüllt er. »Rom ist an allem schuld!« Mit den Armen versperrt er ihr den Rückweg. Schließlich krabbelt sie auf allen vieren unter dem Tisch hindurch, klettert an Peggys Beinen hoch, die Gudruns Kopf in die Hände nimmt, damit sie ihn sich nicht stößt.
»Und weißt du«, sagt sie zu Peggy, als sich ihre Körper berühren, »Augustinus hat explizit erklärt, Frauen werden nicht als Männer wiederauferstehen müssen.« Sie setzt sich auf Peggys Schoß. »Und schon gar nicht etwa ganz ohne Geschlecht.« Sie küßt Peggy, die überrascht ist, auf beide Wangen. »Ganz im Gegenteil«, sagt sie und steigt wieder von ihrem Schoß herab, »ihr Geschlecht wird im Himmel als Schmuck dienen und nur noch Gott preisen, weil es ja nicht mehr gebären muß.«
Gudrun macht ein Hohlkreuz, um mit spitzen Fingern nach dem Tomatenstück in ihrer Hose suchen zu können.
»Es ist ein großer Irrtum, die Menschwerdung Gottes als eine Folge des Sündenfalls zu begreifen«, spricht sie mit nach hinten verrenktem Kopf. »Völlig falsch«, sie versucht, mit den im Rücken verschränkten Armen ihre Bluse auszuschütteln, »Gott wollte sich durch die Stufenleiter seiner Geschöpfe bis ganz nach oben durchleben, eigentlich bis hin zu seiner Jesa, aber irgendwie muß er im Mann hängengeblieben sein.«
Andreas hat sich still von hinten an sie herangeschlichen und schlingt seine Hände um ihre Hüften.
»Seht her!« Er hebt sie hoch. »Seht her!« Er schwenkt sie wie ein Marktschreier seine Ware. »Seht her! Transmutation ist der Schlüssel zum H-e-i-l-i-g-e-n Geist und zur h-ö-h-e-r-e-n Physik!«

Er setzt Gudrun kurz ab, um fester nachzufassen und sie noch höher zu halten. Gudrun strampelt, die Tomatenscheibe in ihrem Rücken ist jetzt vollständig zerquetscht. Das Tomateninnere glibbert über ihre Pobacken und zieht in den Stoff ihrer Hose und Unterhose ein.
»Seht her, das neue, das k-o-s-m-i-s-c-h-e Geschlecht ist da!« ruft Andreas.
Auf dem Tisch, gegen den Gudrun mit einem Fuß getreten hat, fällt ein Weinglas um, zerbricht. Der Wein schwappt über die Teller, vermischt sich mit dem hellen Rot der Tomaten, platscht gegen die Salatschüssel und tränkt das Weißbrot. Der Rest ergießt sich über das rohe Holz, so daß Peggy von ihrem Stuhl aufspringen muß, um nicht bespritzt zu werden. Das übriggebliebene rote Rinnsal tropft auf den Steinboden.
»Das r-e-i-n-e Geschlecht ist da, seht her!« grölt Andreas noch einmal mit der heftig zappelnden Gudrun in den Armen, aber das Geräusch des umstürzenden Eßtisches ist lauter.
Zuerst hören sie, wie das Glas auf der Terrasse zerspringt, in die Scherben mischt sich das Geklirre des Bestecks, dann erst folgt der laute Schlag der Tischkante. Andreas setzt Gudrun behutsam ab und murmelt mit einem entschuldigen Lächeln: »Rom ist an allem schuld!«, worüber alle drei in ein aufgekratztes Gelächter ausbrechen.
»Ich glaube, ich lasse euch mal lieber allein.« Peggy verschwindet mit kurzem, süßem Winken im italienischen Bruchsteinhaus. »Viel Spaß!«

»Für wen machst du dich denn so schön?«
»Ich weiß nicht, für niemand. Ich will mir den Ort ansehen. Vielleicht lerne ich ja jemand *Interessanten* kennen.«

Peggy zieht mit den Fingern ihr Augenlid straffer und fährt ein weiteres Mal den schwarzen Kajalstrich mit ruhiger Hand nach. Dann blickt sie mit weit aufgerissenen Augen in den kleinen, holzgefaßten Spiegel des engen Badezimmers, schlägt die Augen auf und zu, um zu prüfen, ob der Lidstrich verschmiert ist. Andreas blickt in ihr Spiegelbild.

»Wie wäre es mit einem kleinen, pomadigen Macho, der Petrarca aufsagen kann und dich für seine Laura hält, aber trotzdem anfaßt?«

»Mußt du nicht wieder nach draußen? Ich glaube, Gudrun wartet. Paß auf, sonst wird sie noch eifersüchtig.«

»Keine Sorge, Gudrun weiß, daß nicht mehr durcheinandergebumst wird. Damit ist jetzt Schluß.«

»Das sind ja ganz neue Sprüche. Sollte ich mal Georg schreiben, damit er es deinen Freunden in Berlin erzählt.«

»Mit diesen Hippies habe ich nichts mehr zu tun.«

Als Peggy den schwarzen Schminkstift wieder in das Glas mit den Zahnbürsten zurückstellt, fällt ihr Blick auf eine dicke Spinne im Waschbecken, eine Spinne mit kurzen, beharrten Beinen am oberen Rand des Porzellanrunds. Sie erschreckt bei dem Gedanken, daß die Spinne ihr die ganze Zeit so nah war. Sie stellt sich vor, die Spinne hätte sie zunächst beobachtet und dann unbemerkt an ihr hochklettern wollen.

»A-u-a, was soll das?« Peggy ist einen Schritt vom Spinnenwaschbecken zurück und Andreas auf den Fuß getreten.

»Da sitzt eine fiese Spinne im Waschbecken!«

Andreas schiebt Peggy mit den Händen an ihrer Schulter wie einen Gegenstand zur Seite, dreht beide Wasserhähne voll auf und lenkt mit zu Schaufeln gekrümmten Handinnenflächen das Wasser auf das verharrende Tier. Die Spinne krabbelt weiter zum Beckenrand hinauf, aber da hat Andreas schon eine Wasserschaufel von oben in ihren Lauf hineinfallen lassen. Sie rutscht, wird in den Strudel gezogen und über dem Abflußsieb mit dem perlenden Wasser im Kreis gewirbelt. Sie schwimmt, strampelt in dem nachströmenden Wasser, erlangt noch einmal Halt auf dem glatten Porzellan, kämpft sich aus dem Sog der beiden zischenden Wasserstrahlen, aber bevor sie den rettenden Beckenrand erreichen kann, hat Andreas ihr mit der flachen Hand eine Wasserwelle hinterhergeschickt, die zuerst ihre kräftigen Beine wegreißt, sie einige Zentimeter zurück ins Becken wirft, bevor sie ihren dunklen Körper erfaßt und in das Zentrum des Wasserstroms über dem Abfluß zurückträgt.

»Nicht töten!« ruft Peggy noch, aber da ist die Welle schon vom Beckenrand zurückgeschlagen und hat den Spinnenkörper mit in den Abfluß gerissen. Eine Zeitlang können sich die Spinnenbeinchen noch an den Lochrändern des Abflußsiebes halten, bevor der dunkle Körper vom nachströmenden Wasser in das Rohr gedrückt wird. Peggy stellt sich den Fall der Spinne durch das eiserne Abflußrohr vor, wie sie durch die halb verstopften Windungen gepreßt wird, an Roststellen versucht, sich noch einmal festzuhaken, bis sie schließlich im Kloakenwasser erstickt.

»Du Idiot«, sagt sie, »das bringt Unglück!«

XVI.

»Die haben Springer gestürmt!« Andreas streicht das Zeitungsblatt glatt, schlägt es nach hinten um. »Das glaube ich einfach nicht!« Er starrt auf die schmalen Buchstabenspalten.
Gudrun und Andreas sitzen Rücken an Rücken. »Rebellion der Frauen«, liest sie aus einem kleinformatigen Magazin vor, »in Frankfurt haben Studentinnen zur antichauvinistischen Revolution aufgerufen.«
Sie legt das Heft beiseite und zieht ein anderes aus dem Stapel, den Peggy aus der kleinen Stadt mitgebracht hat, fährt mit dem Finger das Inhaltsverzeichnis entlang und spricht ab und zu eine der Schlagzeilen laut aus.
»Das mußt du dir mal vorstellen«, berichtet Andreas über den Artikel, den er gerade durchgelesen hat, »die haben versucht, die Springer-Zentrale einzunehmen. Das ist doch klasse. Und die Auslieferungsfahrzeuge, die brutal durch die Blockade brechen wollten, haben sie einfach in Brand gesteckt.«
Gudrun räuspert sich. »Beate Klarsfeld«, rezitiert sie pathetisch eine politische Kolumne, »gibt Bundeskanzler Kiesinger eine Ohrfeige!«
»Das ist noch gar nichts«, dreht Andreas sich plötzlich um, so daß Gudrun beinahe haltlos nach hinten gekippt wäre, »50 000 Menschen demonstrieren gegen die Notstandsgesetzgebung der Regierung!«
Gudrun schmiegt sich mit ihrem Kopf in Andreas' Schoß. »Gewalttätige Proteste«, fügt sie, seine Meldung übertrumpfend, eine weitere Schlagzeile hinzu, »gegen die Verleihung des Friedenspreises des Deutschen Buchhandels an den senegalesischen Präsidenten Senghor.«
»N-e-i-n!« schreit Andreas, zieht das Bein unter ihrem Kopf weg, was Gudrun sehr lieblos findet. »N-e-i-n«, brüllt er erneut, »das gibt es doch nicht!«

Stehend reißt er eine Zeitungsseite mehrfach durch, die überflüssigen Doppelblätter rieseln auf Gudrun, die den Geruch der Druckerschwärze tief durch die Nase einatmet und sich für einen Moment wie in einem phantastischen Papierwald fühlt, begraben als Schneewittchen unter Tagesmeldungen. Augen und Gesicht bedeckt mit lichtem Zeitungspapier, in einem Sarg aus bedruckten Blättern liegend, in einem milchigweißen Tuch, gemustert mit kleinen schwarzen Lettern, so eingehüllt stellt sie sich vor, von Andreas wachgeküßt zu werden.

Merkwürdige Zeilenwesen ziehen an ihr vorüber, die freundlich *Guten Tag* sagen und versuchen, ihre Lippen zu berühren. Gudrun schüttelt den Kopf, *keine Chance*, gibt sie ihnen zur Antwort, nicht ohne den fettgedruckten Worten noch ein langes schwarzes Dasein zu wünschen. Und was hast du vor, will sie gerade ein dickes, fettes, fröhliches *G* fragen, das an ihr vorbeihuscht, als wollte es erst einmal nur vorsichtig ihre Wange berühren, da muß sie unwillkürlich das folgende *u*, das *e*, das *v* und schließlich den ganzen Namen lesen.

»Wußtest du eigentlich, daß Che Guevara ermordet worden ist?« Die Schlagzeile reißt sie aus ihrem Buchstabentraum. »Von den bolivianischen Militärs hingerichtet. Es muß schon eine Weile her sein – die Familie bittet um die Überführung des Leichnams, um wenigstens an seinem Grab trauern zu können.«

»Hör mal zu, verdammt!« Andreas' Stimme klingt ganz weit weg, wie die eines übergroßen Märchenwesens, dessen Macht weder gut noch böse ist. »Brandattentat auf ein Polizeirevier in Dortmund«, seine Stimme macht eine wirkungsvolle Pause, »eine Aktion der Attentäter von Frankfurt?«

Wieder rieselt Papier auf Gudruns scheintoten Körper. »Und hier!« Andreas liest laut den letzten Satz eines Artikels vor: »... auch dies ein Werk der Baader-B-a-n-d-e?« Gudruns Augen schließen sich wieder unter der Unmenge von Versalien.
»Ein Banküberfall!« hört sie erneut das mächtige Wesen über ihr zürnen. »Jetzt wollen sie uns auch noch einen Banküberfall anhängen!«
Unter den vielen Schlagworten kann Gudrun sich nicht rühren. Slogans, Wahlsprüche, stehende Wendungen, Programme und Leitsätze, Devisen und Losungen, Parolen und Schlachtrufe haben sich auf ihre Brust gesetzt. Im Buchstabenwald wird die Luft knapper. Phrasen, glänzende Metaphern und rhetorische Fragen versperren ihr den Weg. Allgemeinplätze, Redensarten, Formeln und Floskeln, Binsenwahrheiten und Platitüden werden zu großen Worten.
Da steht *Pistole* und *Glassplitter*, bäumt sich *Kriegserklärung* und *Notstand* vor ihr auf, zeigen *Milchbrüder des Terrorismus* und *Radikalenerlaß* mit winkenden Gesten auf sie, signalisieren *freies Geleit* und *deutsche Rechtsgeschichte* kein Durchkommen, schleppen *Beamte, Juristen, Minister* den *Sturm der Empörung*, buchstabieren *G-n-a-d-e* und *K-r-i-m-i-n-a-l-i-t-ä-t*, singen *in exemplum, die Baader-Bande bist du* und deklinieren im Chor: *D-i-e-s-e-r P-r-o-z-e-ß m-u-ß s-t-a-t-t-f-i-n-d-e-n-!*
Gudrun wird schlecht. Sie duckt sich. I-DEN-TI-FI-KATION stürzt plötzlich als hochgewachsenes Wort über ihr zusammen. Das ist *mein* Wort, denkt sie, schlüpft in die ruinierten Buchstaben hinein und verhält sich ganz still. Draußen fegen *Privatkrieg* und *Bewaffnete Meinungsfreiheit* an ihr vorbei, können sie aber schon nicht mehr sehen.
»Meine Güte, wie lange sind wir denn schon hier?«

Andreas blickt auf den ausgebreiteten Zeitungshaufen zu seinen Füßen. Einen Moment lang glaubt er, Gudrun wäre wieder hinaus in den Garten gegangen, bis er selbst über seine Täuschung lachen muß.
»Gretel«, ruft er wie in einen Wald hinein, als könnte er Gudruns Körper nicht deutlich erkennen, »Gretel, wo bist du? Ich kann dich nicht finden!«
»Hier bin ich, mein lieber Hänsel!« Gudrun streckt ihre Arme mit geöffneten Händen durch den Papierwust. Andreas läßt sich zu ihr hinunter und sucht nach ihrem Gesicht.
»Mein liebster Schatz, meine liebste Gretel.« Er streichelt über ihre Wangen. »Was hast du denn so lange da unten gemacht?« Gudrun zieht sich an seinem Hals hoch.
»Ich habe dich im dunklen Wald gesucht, Liebster!« sagt sie. Sie küssen sich und schlendern in den Garten.

»Wie war's in der Stadt?«
Peggy liegt im Bikini auf dem flachen Mauerabsatz in der Mittagssonne. Sie hat sich Gudruns Sonnenbrille aufgesetzt und keine Lust auf ein Gespräch. In der Stadt war es langweilig, aber sie will den beiden jetzt nicht davon erzählen. Im Grunde ist es nicht einmal eine Stadt, zeigt ihr schon das Café, wo sie versucht hat, sich mit einer Runde von aufgedrehten Italienern zu unterhalten. Noch am gleichen Abend hatte sie sofort vier Einladungen zum Essen. Im Grunde ist es ein richtiges Dorf, denkt sie. Als sie ein schickes italienisches Männerhemd mit hochgestelltem Kragen anprobieren wollte, hat die Verkäuferin sie angestarrt, als hätte sie darum gebeten, mit ihrem Mann schlafen zu dürfen. Sie hat es ohne Anprobe genommen und bezahlt. Es liegt immer noch eingepackt im Citroën. Fast war sie froh, als sie gestern abend wieder in dem kleinen Land-

haus ankam, sich mit einem Glas Wein noch spät in der Nacht auf die Terrasse setzte und ihre Ruhe hatte. Ganz leise ist sie dann unter die Wolldecke auf der Couch geschlüpft, hat zufrieden zur Kenntnis genommen, daß das glückliche Liebespaar neben ihr im Schlafzimmer wahrscheinlich schon träumte. Hat lange wach gelegen und den eindringlichen Geräuschen der Natur gelauscht, bis sie ganz wohlig über dem Gedanken eingeschlafen ist, daß das nächtliche Wachliegen vielleicht das schönste an ihrem Tag war.

»Hier«, sie hält Andreas eine dünne Boulevardzeitung entgegen, »ich habe gestern mit Georg telefoniert. Er hat mir von dem Artikel erzählt.«

Ihre Hand verdeckt die Schlagzeile, die sie zeigen will. »Ich soll euch grüßen. Es geht ihm gut.«

Sie richtet sich auf, und Gudrun bemerkt zum ersten Mal, wie jung ihr Körper noch ist, wie mädchenhaft und weiß er unter dem braunen Bikini hervorstrahlt, wie wenig er mit all dem, was in den letzten Wochen in Deutschland geschehen ist, zu tun hat, nichts zu tun haben kann.

»Es tut mir leid«, sagt Peggy in einem erwachsenen Ton, als wäre auf einmal *sie* die ältere und müßte ihren Schützlingen eine schlechte Nachricht schonend beibringen. »Euer Gnadengesuch ist abgelehnt worden. Georg meint, es wäre wirklich besser für euch, noch eine Zeitlang hierzubleiben.«

»*B-a-a-d-e-r will sich stellen!*« liest Andreas die Blockbuchstaben, die Peggys schmale Finger mit einem Mal freigeben. »Ich *muß* sofort nach Deutschland.«

Während Andreas den Artikel hektisch überfliegt, blicken die beiden Frauen ihn an, als hätte er gerade freiwillig in sein eigenes Gefängnisurteil eingewilligt.

»Georg fürchtet, daß sie an euch beiden ein Exempel statuieren wollen.«
»Das geht zu weit, die glauben wohl, sich alles erlauben zu können!«
»Aber Peggy hat recht, Andreas, wenn sie uns jetzt den Prozeß machen, dann nutzen sie die Gelegenheit doch nur, um der ganzen Bewegung den Prozeß zu machen. Mit *uns* würden auch alle anderen verurteilt.«
»Hört euch das an! Hier steht, ich hätte mich bei einem Hamburger Rechtsanwalt gemeldet, weil ich meine Tat bereue und mich stellen will.«
Gudrun legt ihre Hände an seine Wangenknochen und führt sein Gesicht ganz sanft in ihren Blick.
»Wen interessiert, was *die* schreiben?«
»Aber das können wir doch nicht einfach hinnehmen. Diese Schweinejournalisten wissen doch, daß sie das erfunden haben. Wenn ich mir vorstelle, wie die sich freuen bei dem Gedanken, daß ich das lese, dann ...«
»Und wenn wir deshalb verhaftet werden, dann freuen sie sich noch mehr. Das ist doch genau das, was sie wollen!«
»Sei ehrlich, Gudrun, läßt dich *das* kalt?« Er hält ihr ein Zeitungsfoto vor das Gesicht. *»Baader gibt auf«*, lautet die Bildunterschrift. Zermürbt und verzweifelt wirkt der Mann auf dem Foto, dessen Augen durch einen schwarzen Balken verdeckt sind. Es ist unklar, ob er die Hände zum Schutz auf seinen Kopf gelegt hat oder um sich zu ergeben.
»Das bin nicht *ich«*, sagt Andreas ruhig. »Soll mich *das* kaltlassen?« Er zeigt auf eine Zwischenüberschrift: *»Verrät Baader die Baader-B-a-n-d-e?«* Dann zerreißt er das Zeitungspapier mit einer langsamen, ausholenden Armbewegung.
Gudruns Stimme zittert, bleibt aber fest: »Mir ist es egal,

was *die* über uns schreiben. Mir ist wichtig, was *wir* über uns denken.«

»Das entscheiden wir schon lange nicht mehr selbst. Überleg doch mal, wie sich *die* fühlen müssen, die so denken wie wir und jetzt diesen Artikel lesen. Meinst du nicht, daß sie verunsichert sind? Glaubst du, daß alle anderen genausoviel Vertrauen haben wie du und der Meinung sind, es ist egal, was für ein Scheiß in der Zeitung steht?«

»Natürlich nicht. Aber das Entscheidende ist, daß alle, die so denken wie wir, die gleichen Erfahrungen machen werden. Überall in Deutschland, vielleicht sogar in Europa, versuchen viele einzelne, etwas zu ändern an der Gesellschaft, in der sie leben. Sie werden scheitern. Und dann merken sie, daß ihre Versuche noch lange nicht radikal genug waren. Daß die Gesellschaft sie selbst sind. *Das* wird sie mit uns verbinden.«

Andreas gibt nicht nach: »*Das* wird sie frustrieren. Du weißt, daß ich recht habe. Wenn nicht bald etwas geschieht, das unumkehrbar ist, werden sich die bisherigen Anstrengungen wieder verlaufen. Und alles ist umsonst gewesen.«

Gudrun hat sich neben Peggy auf die Mauer gesetzt.

»Wenn du jetzt zurückgehst, dann komme ich nicht mit. Dir ist klar, was das für uns beide bedeutet?«

»Das hat doch mit *uns* überhaupt nichts zu tun!« Andreas legt seine Stirn gequält in Falten. »Ich verstehe nicht, warum du hier rumhängen willst, während sich irgendwo anders entscheidet, ob sich in Zukunft etwas ändert oder alles so bleibt, wie es ist. Genau jetzt, jetzt in diesem Moment, sammeln sich alle möglichen Widerstandskräfte, und du willst zusehen, wie alles schiefgeht?«

»Will ich nicht – ich glaube nur, es ist wichtig, jetzt genau zu überlegen, was zu tun ist. Wenn wir irgendeinen blöden

Fehler machen, ist alles vorbei. Und wir werden nur einmal eine solche Chance haben, an die wir wirklich glauben können.«

»Genau deswegen will ich zurück. *Wir* sind am Zug, Gudrun, jetzt muß die Knarre sprechen. Wenn nichts geschieht, wird die reaktionäre Presse alles zerreden und die einzelnen Grüppchen gegeneinander ausspielen. Oder willst du einen Leserbrief schreiben?«

»Ich weiß nicht – aber ich bin mir sicher, daß wir nur *eine* Chance haben. Nur *einmal* werden wir uns an die Spitze der Bewegung stellen können. Wenn wir damit scheitern, wird uns niemand mehr zuhören.«

»Was stellst du dir vor?«

»Man müßte es schaffen, den Rhythmus der Leute für einen Augenblick zu irritieren. Man müßte ihnen eine Pause verschaffen, so etwas wie einen gigantischen Stromausfall hinkriegen. Irgend etwas müßte geschehen, das sie berührt. Ja, ich meine es ernst, etwas, das bis in ihr Innerstes vordringt. Aber dazu müßte man erst mal diese ganze verdammte Wortscheiße wegsprengen.«

»Eben! Aber *dafür* müssen wir vor Ort sein.«

»*Dafür* muß man vollkommen eins sein mit seiner Tat. Aber um zu wissen, was genau man *tun* muß, muß man erst einmal das *sein*, was man *will*. Damit meine ich *uns*, uns beide.«

Sie faßt Andreas' Hand und versucht das, was sie ihm erklären will, mit einem festen, bestimmten Druck, einem intimen Signal von Körper zu Körper ohne Sprache zu übertragen. Sie wünscht sich, sie könnte direkt in seinen Körper hineinfassen, um ihn verstehen zu lassen, was er, wenn er direkt in ihren Körper hineingreifen könnte, spüren würde.

»Ich meine, es hängt allein von uns beiden ab, ob wir das *Richtige* tun können oder nicht. Es hängt davon ab, wie wir *sind*. Ob wir es schaffen, uns beide zu ...«

»Also ich für meinen Teil muß jetzt in die Stadt – ich muß *auf jeden Fall* mal telefonieren.«

Andreas fährt sich nervös durch die Haare. Alles, was sie gesagt hat, leuchtet ihm ein, aber es hilft ihm nicht. Auf der Steintreppe zum Haus, die Autoschlüssel in der Hand, fügt er hinzu: »Kommst du mit?«

Bevor Gudrun aufspringen und ja sagen kann, hält Peggy ihren Arm fest und zischt leise: »Laß ihn!« Sie kneift ein paarmal äußerst fest in Gudruns Arm.

Gudrun sagt: »Nein, ich bleibe hier und warte auf dich!«

»Darf ich dir mal was vorlesen, das ich im *Espresso* gefunden habe? Mein Italienisch ist nicht besonders gut, aber ich versuche es irgendwie zu übersetzen:

Als ihr euch g-e-s-t-e-r-n in V-a-l-l-e G-i-u-l-i-a g-e-p-r-ü-g-e-l-t habt ... mit den P-o-l-i-z-i-s-t-e-n ...«

»Meinst du, es war ein Fehler, ihn allein losziehen zu lassen?«

»Hör doch mal zu: *Als ihr euch gestern in Valle Giulia geprügelt habt ... mit den Polizisten ... h-i-e-l-t ich es mit den P-o-l-i-z-i-s-t-e-n ...*«

»Manchmal habe ich Angst, er könnte mich plötzlich vergessen, einfach so. Nicht mehr wissen, wer ich bin. Er könnte aufwachen und denken, das mit Gudrun war gestern ...«

»Unsinn, er braucht ein bißchen Zeit, um sich von dem Schock zu erholen. Dann kommt er zurück.«

»Ich weiß, so zu denken, zeugt vielleicht von mangelndem Vertrauen, aber es gibt Augenblicke, wo ich mir sicher bin,

daß er gleich sagen wird, *hör mal Gudrun* … Und bevor er weitergesprochen hat, sehe ich mich schon heulen.«
»Das ist ganz normal. Du bist ganz schön verliebt, oder?«
Gudrun nickt. Als hätte sie lange auf diese Geste gehofft, schmiegt sie ihre Wange in die hingehaltene Hand. Peggy schiebt sich noch ein wenig näher an sie heran. Ihre Haut schmerzt auf der glühenden Mauer, aber sie traut sich nicht, jetzt aufzustehen.
»Meinst du wirklich, das ist normal?« fragt Gudrun, als warte sie nur darauf, daß ihr Gegenüber *ja* zu ihr sagt, *ja, du kannst mir alles erzählen, was dich bedrückt*.
»Ja, im Grunde erlaubst du dir damit die gleiche Auszeit, die Andreas jetzt auch braucht. Als ich verliebt war, habe ich mir oft vorgestellt, daß ich plötzlich verlassen werde. Wenn man ehrlich ist, dann muß man zugeben, daß es ein schönes Gefühl ist.«
Gudrun blickt sie entgeistert an. Das ist wirklich nicht das, was sie jetzt braucht. Und Peggy lenkt gleich ein:
»Vielleicht ist *schön* das falsche Wort – auf jeden Fall hat das Gefühl seinen Sinn, und das merkt man auch, wenn man es besser kennenlernt. Man braucht einfach manchmal eine Pause von seinen eigenen Liebesgefühlen, einfach ein bißchen Abstand von dem anderen. Im Grunde will man nur eine Unterbrechung, kurz mal umschalten, und dann wieder zum eigentlichen Programm zurück. Das ist alles. Aber ich kenne das, ist mir auch schon passiert. Plötzlich merkt man, was man da tut: den anderen für eine kurze Zeit ausblenden. Und während man weiß, daß man das selbst getan hat, es selbst war, der den anderen in der Vorstellung dazu gebracht hat, einen zu verlassen, bekommt man Angst, die Unterbrechung könnte zu lange dauern, könnte überhaupt nicht mehr ausgedacht sein. Und dann

gerät man in Panik, versucht schnell, die Ausblendung rückgängig zu machen, gerät erst recht in Panik, weil man fürchtet, nicht mehr auf den eigentlichen Kanal zurückzufinden. Bis man total erleichtert feststellt, daß keiner gemerkt hat, wie lange und daß man überhaupt abwesend war. Alles ist wie vorher. Ein heilsamer Schock, denkt man dann und beschließt, nie wieder ein solches Risiko einzugehen. Am Anfang ist man noch ganz aufgeregt über das, was man mit seiner Liebe angestellt hat, aber mit der Zeit lernt man, das Ganze wie eine Technik zu beherrschen. Man spielt damit herum, versucht, durch sein Verschwinden Konflikte zu lösen, bis man sich schließlich daran gewöhnt hat, daß es ganz normal ist, von Zeit zu Zeit unsichtbar zu werden. Bis eines Tages einer nicht mehr zurückfinden kann und seinen unsichtbaren Zustand für den eigentlichen hält.«

»Das finde ich falsch.« Gudrun hat sich in Peggys Arme gekuschelt. Sie genießt es, getröstet zu werden. »Es ist nicht gut, sein eigenes Verschwinden einzukalkulieren. Das ist doch genau das, was alle machen, um zu verhindern, daß sich je etwas ändert.«

»Schon – aber alles andere führt früher oder später in den totalen Horror. Ich hab mal ein Pärchen gekannt, das sich immer haarklein alle seine Gefühle erzählt hat. Da hättest du mal erleben können, welche Gnade eine vorübergehende Distanz sein kann.«

»Ich habe mir immer vorgestellt, Lieben ist so etwas wie Huckepacktragen. Wenn einer mal müde und erschöpft ist, dann kann der andere ihn auf den Rücken nehmen und läuft noch mutiger und schneller als alleine. Nach einer Weile steigt der Getragene ab, streckt sich, und beide marschieren eine Zeitlang nebeneinander, bis dann der erste müde und erschöpft ist. Und so wechseln sie sich ab und können zu zweit viel weiter gehen als alleine.«

»Da ist mir ein Foto manchmal lieber.«

»Ein Foto? Ihhh, da muß ich immer an diese dicken, schmierigen Geschäftstypen denken, die ihre Frau oder Familie in kleine, kitschige Plastikrähmchen stopfen und anglotzen, während sie gleichzeitig an ihrer Hose rumfummeln, dreckige Geschäfte am Telefon abschließen oder sich ihre Sekretärinnen nackt vorstellen.«

»Ein Foto hat aber auch Vorteile. Man kann in Kontakt bleiben, ohne sich dauernd zu beobachten. Ich habe immer ein Foto von meinem Liebsten bei mir gehabt. Irgendwie beschützt es einen ja auch. Man kann mit ihm sprechen, daran denken, was der Liebste gerade macht, und wenn man mal was Dummes getan hat, kann man es beichten und sich bessern, ohne gleich Angst zu haben, daß man das Vertrauen entzogen bekommt oder ständig überprüft wird.«

»Ich weiß nicht, vielleicht war es doch ein Fehler, Andreas alleine fahren zu lassen ...«

»Ist doch Quatsch! Worüber, meinst du wohl, wird Andreas jetzt nachdenken?«

»Genau davor habe ich Angst. Er wird *alleine* über *uns* nachdenken. Er wird hin und her überlegen, genau, wie ich hin und her überlege. Und wir würden ganz anders denken, wenn wir *zusammen* wären!«

»Mach dich nicht verrückt ... Wahrscheinlich würdet ihr genau das gleiche denken, aber euch nicht trauen, es auszusprechen.«

Unruhig windet sich Gudrun aus Peggys Armen, die froh ist, daß sie endlich ihre eingeschlafenen Beine bewegen kann.

»Du wirst schon sehen, wenn er wieder zurück ist, fällt es euch viel leichter zu sprechen ...«

»Und wenn es dann zu spät ist ...«

Gudruns Augen sind feucht. Sie sieht zittrig aus, steht angstvoll da, als hätte sie diese Situation schon hundertmal in ihrem Kopf durchgespielt und wüßte doch nicht, was zu tun ist. Sie fühlt sich dumm. Sie weiß, daß Peggy sicher recht hat, aber sie hofft trotzdem, daß dieses Mal – daß mit Andreas alles anders ist. Diese Hoffnung macht sie dumm. Auch das weiß sie. Aber sie will nicht klüger sein als ihre eigene Dummheit. Sie will nicht über sich herrschen. Sie will sich, wenn es sein muß, ihrer eigenen Hoffnung vollständig ausliefern. Auch das fühlt sie ganz sicher: Wenn sie nicht *dumm* bleibt, gibt es keine Chance, daß sich *wirklich* etwas ändert.

»Ist alles okay bei dir?«

Peggy umarmt sie, ihre Freundin, die ihr auf einmal leid tut. Für die sie jetzt gerne etwas tun würde, ihr helfen. Aber sie spürt auch den Neid, die Eifersucht auf ein Gefühl, das sie vielleicht nie haben wird, das ihr fehlt, egal, ob sie es für richtig oder falsch hält, ein Gefühl, das sich selbst nicht einmal vor seinem Absterben schützen würde.

»Du wolltest mir doch etwas vorlesen ...«

»Komm, wir setzen uns auf die Wiese ...«

Gudruns Herz schlägt schnell. Aber es pocht nicht vor Freude, sondern vor Aufregung. Sie hat das unsichere Gefühl, daß etwas in ihrem Leben sich entscheidet, jetzt in diesem Moment, da sie nicht einmal weiß, ob sie überhaupt am richtigen Ort ist. Auch daß sie nicht *wirklich* etwas tun kann, um diese Entscheidung zu beeinflussen, das fühlt sie. Sie bettet sich neben Peggy ins ungemähte Gras.

»Okay – lies mir etwas vor ...«

»Als ihr euch gestern in V-a-l-l-e G-i-u-l-i-a geprügelt habt ... mit den Polizisten ... hielt ich es mit den Polizisten ... weil die

Polizisten S-ö-h-n-e von armen Leuten sind ... sie kommen aus R-a-n-d-z-o-n-e-n ... ländlichen oder städtischen ...«

»Wer schreibt das?«

»Er heißt P-a-s-o-l-i-n-i.«

»Du kennst Pasolini nicht?«

»Nein, aber der Name klingt schön.«

»Ist ja komisch. Pasolini hält zu den Polizisten? Steht da noch mehr?«

»Soweit ich das verstehe, gab es eine ziemlich brutale Schlacht ... zwischen Studenten und der Polizei ... in der V-i-a A-n-t-o-n-i-o G-r-a-m-s-c-i ... vor der Fakultät für A-r-c-h-i-t-e-k-t-u-r ... in Rom ... wahrscheinlich so eine wie an der Berliner Oper ...«

Peggy überfliegt den Artikel.

»Ah, hier, das ist gut ... *V-a-t-e-r-s-ö-h-n-c-h-e-n* nennt dieser Pasolini die Studenten ... *Ihr kommt zu spät, Kinder* ... warte, das verstehe ich nicht ... er schreibt irgend etwas von *heiligem Bandentum* ... einer *vornehmen Tradition der Reichen* ... Das ist nicht ganz leicht zu übersetzen ... er kritisiert die *bürgerlichen R-e-v-o-l-u-z-z-e-r* ... die keine *B-e-f-r-e-i-u-n-g von den F-e-s-s-e-l-n des Kapitals* erreichen ... sondern nur ein *A-u-s-w-e-c-h-s-e-l-n der Figuren* auf dem *S-c-h-a-c-h-b-r-e-t-t der bürgerlichen W-i-r-t-s-c-h-a-f-t* ...«

»Hat er wahrscheinlich recht ...«

Gudrun starrt in den Himmel. Wie gerne würde sie jetzt mit Andreas darüber sprechen. Pasolinis Worte sind irgendwo da oben unterhalb der beruhigenden Wolkenformationen. Sie schweben dort, als hätten sie keine Wirkung auf die Menschen, obwohl alle wüßten, daß sie wahr sind. Unten ist Lärm. Gudrun kann das diskutierende Geschrei der verschiedenen studentischen Fraktionen förmlich hören. Noch ist es still auf der Wiese mit ihren Disteln, den wildwüchsigen Grasbüscheln, den säumenden Zypressen. Zwischen ihr und Peggy ist eine einvernehmliche Ruhe entstanden, für die ihr kein anderes Wort als Seelenfrieden einfällt. Aber sie spürt, während ihr Blick auf den Himmel eingeengt und gerändert wird, daß die Stimmen wie laute Insekten durchs Gras heransurren werden.

»Hier! Ich habe noch ein Gedicht gefunden!« Peggy macht eine Pause, um sich würdig zum Vortrag zu räuspern: *»Hört auf, an eure R-e-c-h-t-e zu d-e-n-k-e-n ... hört auf, die M-a-c-h-t zu f-o-r-d-e-r-n ... Ein r-e-u-i-g-e-r Bourgeois hat auf all s-e-i-n-e Rechte zu v-e-r-z-i-c-h-t-e-n ... und aus seiner S-e-e-l-e ein für a-l-l-e-m-a-l ... die I-d-e-e der M-a-c-h-t zu v-e-r- b-a-n-n-e-n ...«*

Gudrun hat sich auf die Seite gedreht, ihren Oberkörper auf einen Ellenbogen gestützt und sieht Peggy in die Augen. Ihre Armmuskeln zittern.

»Fändest du es sehr blöd, wenn ich doch noch versuchen würde, in die Stadt zu trampen, um Andreas zu finden ...?«

»Nein, natürlich nicht ... ich denke nur, wenn du ihn wirklich umstimmen willst, ist es besser, wenn du dich bemühst, selbständig zu bleiben ...«

Als müßte sie sich gegen eine übermächtige Schwerkraft stemmen, richtet Gudrun sich mühsam von der inzwischen aufgewärmten Wiese auf. Es kommt ihr vor, als würde sie mit ihrem Kopf in den Himmel ragen.

»Aber ich *muß* fahren ...«

»Warte ... ich hab dich gern ...«

»Danke!« Sie eilt, rennt beinahe auf den Feldweg zu, weg vom Haus.

XVII.

Den Feldweg, der von der asphaltierten Straße bis zum Haus führt, zeichnen zwei tiefe Spurrillen. Obwohl hier selten ein Fahrzeug durchfährt, sind die beiden Furchen tief bis auf die Gesteinsschicht eingegraben. Manchmal schlagen hohe Grasbüschel auf der bewachsenen Mittelspur gegen den Unterboden des Fahrzeugs. Ein größerer herumliegender Ast oder ein Stein erzeugt ein lautes Klack am Auspuffrohr oder an den Mänteln der Achsen. Dann drosselt der Wagen sein Tempo, scheint zu stocken. Die Reifen schieben sich knirschend über den trockenen Boden. Kleine Steinchen splittern ab von dem weichen Profil. Das Geräusch des Grases, das an dem Fahrzeuggestell entlangstreift, dringt gleichmäßig als behutsames Rauschen durch das Wagenfenster herein und beruhigt den Fahrer, als würde es die Tiefe ausloten. Das Ausbleiben des Rauschens erzeugt so sein Zögern, bis die struppigen Büsche am Rand des Feldwegs endlich den Blick auf das kleine Landhaus freigeben und Andreas in den zweiten Gang schaltet.

»Wo ist Gudrun?« Peggy ist dem Motorengeräusch vom Garten aus entgegenlaufen. »Habt ihr euch nicht getroffen?«

»Scheiße, sag bloß, sie ist mir nachgefahren?« Andreas schlägt die Autotür zu und sieht Peggy fragend an. Die nickt.

»Habe ich mich vorhin sehr blöd verhalten?«

Peggy, noch immer im braunen Bikini, dessen Körbchen vorne mit einem dicken, hornartigen Ring zusammengehalten werden, geht auf spitzen Zehen vor Andreas den schmalen Pfad zur Terrasse entlang. Manchmal stechen lange, ausgedörrte Halme sie in die Ferse. Dann hebt sie ihren Fuß schnell wieder, geht fast tänzelnd weiter, bis sie den Steinboden erreicht, auf den sie entspannt und flach ihre Füße aufsetzen will – *heiß*. Sie nimmt mit angewinkelten Beinen auf einem der Holzstühle Platz. Andreas bleibt vor ihr stehen.

Peggy verschränkt fest ihre Arme. »Ich weiß nicht ... du mußt wissen, was du willst ...«

»Hier, das habe ich im Wagen gefunden.« Er hält ihr das in dünnes, weißes Papier eingepackte Männerhemd hin.

»Danke, das hätte ich fast vergessen.«

»Warum hat sie nicht gewartet?«

»Weil sie dich gebraucht hat, als du nicht da warst.«

»Aber sie wußte doch, daß ich gleich zurückkomme. Ich habe doch nur versucht, in Berlin anzurufen. Ich weiß überhaupt nicht mehr, was los ist ...«

»Das wußte sie auch nicht.«

Die Via Roma ist eine schmale, asphaltierte Straße, die an den Rändern in Kopfsteinpflaster ausläuft, das nur noch an manchen Stellen mit einer dünnen Teerhaut überzogen ist. Vor den dichtgedrängten Häuserfronten senkt es sich zu einer tiefen Rinne, in der sich an vielen Stellen eine Mischung aus Schlamm und Plastikabfällen gesammelt hat. Auf den Schwellen der halboffenen Eingangstüren liegen Hunde dösend in der Mittagssonne. Die Via Roma ist nicht besonders lang. Vielleicht zwei oder drei Kilometer reihen sich zweistöckige Häuser, deren erdfarbene Fassaden plötzlich in einem Flachdach enden. Manche sind durch eine verkümmerte Attika nach oben über das Sims hinaus verlängert, auf der an wenigen reicheren Häusern noch vom Wetter geschliffene Figuren zu sehen sind, die Himmel und Erde verzahnen. Manchmal überquert ein Junge auf einem

Fahrrad plötzlich die Straße, und ebenso plötzlich ist er auch wieder verschwunden. Gudrun sieht an jeder einfallenden Seitenstraße Andreas um die Ecke und auf sie zu kommen.

»Meinst du, sie ist sauer auf mich?« Andreas schiebt die Hände in die Hosentaschen.
»Warum soll sie sauer sein?«
»Na, weil ich gegangen bin ... weil ich ... weil ich keine Lust mehr hatte, ihr zuzuhören ...« Er geht nervös um Peggys Stuhl herum, die ihren Kopf immer wieder in seine Richtung drehen muß, um seine Augen zu finden.
»Deshalb sollte sie sauer sein?«
»Na ja, ich hätte mich natürlich auch ein bißchen mehr anstrengen können ... aber ich hatte wirklich anderes im Kopf ...«
»Meinst du, sie könnte sauer sein, weil du dich nicht genug angestrengt hast?«
Andreas bleibt hinter ihr stehen und stützt seine Hände auf die Stuhllehne. »Nein ... ja ... du weißt schon, was ich meine ... war sie denn sehr e-n-t-t-ä-u-s-c-h-t?«
»Hat sie denn Grund, enttäuscht zu sein?«
Er geht um den Stuhl herum, unschlüssig, dann dreht er sich zu Peggy um und hebt seine Hände gestikulierend in die Luft. »Natürlich nicht – sie hätte ja auch mal denken können, daß ich im Moment andere Sorgen habe ... Na ja, das hätte ich eigentlich auch erwartet, daß sie sich mal in meine Lage versetzt ...«
»Bist *du* enttäuscht?«
»I-c-h?«

Jedesmal, wenn Gudrun ihren Schritt beschleunigt, sieht sie, noch im Begriff, gerade neuen Mut zu fassen, daß sie sich getäuscht hat. Es ist nicht Andreas, der dort gerade aus dem Café mit den fliederfarbenen Vorhängen kommt, er ist es nicht, der dort gerade einen Brief auf der kleinen Poststation abgeholt hat und ihn jetzt luftfächelnd in der Hand hält. Es ist auch nicht Andreas, hinter dem in diesem Moment läutend eine Ladentür zuschlägt und eine Schaufensterscheibe vor langen, schlauchförmigen Würsten zum Klirren bringt. Wieder ändert sie ihre Richtung. So groß ist das Städtchen nicht. Eine Kleinstadt, ein Dorf, denkt sie, da kann man sich doch eigentlich gar nicht verpassen.

»Ja du!« sagt Peggy bestimmend. »Wie geht es dir überhaupt?«
Andreas macht einen abwehrenden Schritt rückwärts. »M-i-r? Ich war nicht der, der hier ein Problem hat ...«
»Und? Wie geht's dir?«
»Gut. Von mir aus hätte es so bleiben können, wie es war.«
Peggy packt konzentriert das Hemd aus, zerknüllt raschelnd das Papier und wirft es Andreas an den Kopf.
»Wieso? Hat Gudrun was anderes gesagt?«
»Wir haben nicht über dich gesprochen ...«, antwortet Peggy beiläufig. Andreas starrt auf das Hemd, das sie über ihren Knien ausgefaltet hat. Sie zieht die Nadeln aus dem verstärkten Kragen und hält sie mit ihren zusammengebissenen Zähnen.
»Meine Güte, soll ich jetzt raten, oder sagst du mir, was los ist?«
Peggy zuckt mit den Schultern, grinst ihn mit ihrem stacheligen Mund an, der mit seinen spitzen Nadeln jetzt

wirkt, als wäre er eine Falle für den, der ihn zu küssen versucht.
»Sag mal«, Andreas deutet auf das rauchblaue Männerhemd, »ist das nicht ein bißchen zu groß für dich? Oder hast du das für mich gekauft?«

Gudrun starrt auf die Boutique mit der Aufschrift *paradiso*. Sie ist die Hauptstraße des kleinen Städtchens zweimal hoch und runter gelaufen, hat verstohlen in die Kneipe am Ortsausgang geschaut, ob Andreas nicht dort auf die Idee gekommen ist, sich zu betrinken. *Männer*, ist ihr erleichtert durch den Kopf gegangen. Aber natürlich, hat sie gedacht, daß ich da nicht eher drauf gekommen bin, und hat mit erhitztem Gesicht erst durch die matten Scheiben und dann vom Eingang aus kurz in das Ladenlokal geschaut. Da sie sich nicht sicher gewesen ist, ob sie ihn vielleicht übersehen haben könnte, hat sie sich dann doch ein Herz gefaßt und ist zielstrebig, mit geröteten Wangen und ohne einen der aufmerksamen Gästeblicke zu erwidern, zur Toilette geeilt. *Er ist nicht in der Kneipe, er ist überhaupt nicht in der Stadt*, hat sie ihr Spiegelbild über dem gesprungenen Waschbecken stumm angeschrien, *du blöde Kuh*, hat sie sich entgegengeworfen, *mach dich nicht lächerlich!* Weil es ihr zu peinlich gewesen ist, die Toilette so schnell wieder zu verlassen, hat sie sich mehrfach Wasser ins Gesicht gespritzt und mit Klopapier abgetupft, so sorgfältig und langsam, daß sie selbst geglaubt hat, sie sei auf die Toilette gegangen, um sich zu schminken. Als beim Verlassen der Toilette die Tür hinter ihr zugeschlagen ist, hat sie ihr Gesicht noch genauso rot empfunden wie vorher. *Scusi, signorina*, hat auf einmal einer der Gäste sie angerempelt und dabei dreist seinen Arm um ihre Taille gelegt, ist beim Zurückziehen mit der Hand über ihren Bauch gefahren, mit dem kleinen Finger abwärts suchend. Seitdem ist sie gerannt. Hinaus aus dem Lokal, weg von dem Gelächter, das ihr noch auf die Straße gefolgt ist. Fast gegen die gesamte Strecke der Via Roma ist sie angerannt. Mit jeder Schrittlänge von Andreas weg, der nicht in der Stadt gewesen ist, das weiß sie jetzt, der das niemals vorhatte, dessen ist sie sich jetzt ganz sicher. Weg von den schlafenden Hunden, die ihren Kopf gehoben haben und sie mit ihrem Knurren getrieben, *lauf! lauf!* gebellt haben, *lauf du nur!* Und immer lag das Bellen noch vor ihr. Jetzt steht sie vor der Boutique *paradiso*, die Hände auf ihre Schenkel gestützt, laut keuchend, mit dem Gefühl, alle Einwohner des Städtchens, *dieses Scheiß-Dorfstädtchens*, hätten sich nach ihr umgeschaut und würden noch immer ihren Blick auf sie richten. Sie weiß nicht, warum, sie betritt die Boutique.

Peggy spuckt die Nadeln in die gewölbte Hand aus, führt sie wie eine Kranschaufel über den Tisch, läßt sie Zentimeter für Zentimeter kippen, so daß die Metallstäbchen orakelhaft auf dem Tisch durcheinanderfallen. Um sicherzugehen, daß sie das Hemd jetzt gefahrlos anziehen kann, schüttelt sie es noch einmal kräftig aus.
»Hör mal, willst du mir etwas erzählen oder mich lieber etwas fragen?«
»Meinst du, ich soll noch mal in die Stadt fahren, um Gudrun zu suchen?«
Peggy grinst. Jetzt ohne Nadeln im Mund, zeigt sie ihre gleichmäßig aufgereihten Zähne, ein zufriedenes Grinsen, das sich genau zum richtigen Zeitpunkt einer wartenden Kamera präsentiert.
»Was gibt es denn da zu lachen?«

»Die gleiche Frage habe ich heute schon einmal gehört ...«
»Und? Was hast du geantwortet?«
Peggy zieht mit einem Ruck den pappigen Verstärker aus dem Kragen. »N-e-i-n!«
»Und was antwortest du jetzt?«
Sie schlägt den Kragen hoch, um zu sehen ob noch irgendwo Nadeln verborgen sind. »Wieder: N-e-i-n.«
Dann steht sie auf und schlüpft mit den Armen in die Hemdsärmel. Mit dem gleichen Grinsen, mit dem sie auf Andreas' Frage reagiert hat, knöpft sie sorgfältig die perlmuttartigen Hemdknöpfe zu, bis sie am Ende der Knopfleiste angelangt ist, sucht ein paarmal vergeblich den Schlitz für den letzten Knopf, bevor sie ihn als Reserveknopf erkennt.
»Bevor *du* Gudrun suchen kannst, muß ich dir wohl erst einmal klarmachen, daß sie *dich* gerade sucht.«

Die Umkleidekabine ist ein stiller, weißer Raum, hat nur für eine Person Platz, mit einem schmalen, langen Spiegel, der fast die ganze sich umziehende Person zeigt. Mit einem schweren, welligen Stoffvorhang, der die Kabine bis eine Handbreit über dem Boden beinahe lichtdicht von der äußeren Bilderwelt abschirmt. Zwar dringen alle Geräusche in das Innere ein, aber gedämpft bleibt die Außenwelt vor dem bleiern wirkenden Vorhang. Die auch oben geschlossene Kabine ist so dunkel, daß sie von innen beleuchtet werden muß.
Gudrun vergißt, daß sie in der hinteren Ecke der Boutique *paradiso* sitzt: auf einem schwarzen, hinuntergedrehten Lederschemel mit dem Rücken gegen die Wand der Umkleidekabine gelehnt, den Kundenspiegel verdeckend. Ein hellgrüner, kurzer Rock mit scheinbar unendlich vielen, fast sternförmigen Falten liegt auf ihrem Schoß. Sie vergißt

Andreas, ihr entfällt, daß sie ihn nicht gefunden, ihn gerade noch verzweifelt gesucht hat, gehofft, ihm plötzlich doch noch in die Arme fallen zu können, daß sie schließlich geglaubt hat, er würde sich ihr absichtlich nicht zeigen. Das alles vergißt sie jetzt. Fast mechanisch schnürt sie ihre Schuhe auf, schiebt sie mit den Fußspitzen von den Fersen, streift ihre graue Stoffhose über die Schenkel, die Kniekehlen, die Waden, strampelt sie von den Füßen. Sie greift nach dem grünen Rock, den sie sich unwillkürlich vom Kleiderständer genommen hat, um irgend etwas zu tun, das ihrem Stadtbesuch einen Sinn gibt. Dabei berührt ihre Wange den kühlen Kundenspiegel. Sie sieht, wie eine Frau vor ihr steht, mit schlanken, nackten Beinen, mit blaßgelben Söckchen an den Füßen, mit einer geblümten Unterhose, deren kindliche Farben fast ausgewaschen sind, die verschwitzt um ihre Hüften klebt, unter deren nassem Stoff sich ihr Schamhügel deutlich abzeichnet. Sie faßt diese Gudrun an.

Sie berührt die Außenseite ihrer Schenkel mit spitzen, streifenziehenden Fingern, um zu fühlen, wie sich das anfühlt, wenn diese Gudrun berührt wird. *D-i-e-s-e G-u-d-r-u-n*, denkt sie und hinterläßt kratzende Spuren auf ihrer Haut. *D-i-e-s-e G-u-d-r-u-n*, brüllt sie in ihren Kopf, reibt fest mit den Handballen über die Innenseite ihrer Schenkel, gräbt die Fingernägel in die Kniekehlen und zieht sie hoch bis zum Saum der Unterhose. Zieht die Unterhose hoch, damit sie mehr Haut freigibt, mehr weiße Fläche, mehr kleine Härchen, die diese Fläche durchbrechen, die sich wie dünne Würmer durch diese ungesunde Haut bohren, die an manchen Stellen von kleinen roten Fisteln gesprenkelt ist, von schwarzen Punkten, die sich in die Poren gesetzt haben. Alles das, was sich auf dieser Haut befindet, will Gudrun wegkratzen. Ausreißen. Vernichten. Bis die Haut anfängt zu bluten. Nicht genug. Sie zieht ihre Unterhose so weit hoch, bis es schmerzt. Bis sie endlich merkt, wie sich das anfühlt, wenn diese Gudrun berührt wird. Sie blickt wieder in den Spiegel. Jetzt sind die weißen Gudrunschenkel rot. *Das bin nicht ich*, denkt Gudrun und legt ihre Hand ganz behutsam auf ihren Bauch. Streichelt darüber, als würde ihr alles weh tun und jede Bewegung ihres Körpers Schmerzen bereiten. *Das bin nicht ich*, wiederholt sie mit ihren Fingern, die ganz zart über die Wölbungen an den aufgekratzten Hautstellen fahren, sie fremd befühlen und zudecken wollen. Im Spiegel sieht sie Tränen über ihr Gesicht lecken.

»Was glaubst du, wie Gudrun sich jetzt fühlt?«
Peggy hat sich wieder in den Stuhl fallen lassen und streicht mit der Hand zufrieden über ihr neues Hemd.
»Schlecht natürlich ... ich weiß ziemlich genau, wie sie sich fühlt ... ich kenne das sehr, sehr gut ...«
»Und? Glaubst du, wenn du plötzlich vor ihr aufkreuzen würdest, es ginge ihr besser ...?«
»*Ich* würde mich freuen, wenn mich jemand in den Arm nimmt, der mich gerade enttäuscht hat ...«
»Vielleicht heult sie gerade ...«
»Eben ...«
»Vielleicht haßt sie dich aber auch gerade ...«
Andreas zieht eine Zigarette aus dem Päckchen auf dem Holztisch. Als er feststellt, daß *Gudrun* sie dort vergessen haben muß, starrt er einen Moment lang auf die Pappschachtel, als würde er irgendwo zwischen der Werbung eine hingekritzelte Nachricht für ihn erwarten, dann steckt er das Päckchen in seine Hemdtasche, zieht es wieder hervor und legt es behutsam zurück auf den Tisch.

»Vielleicht hat sie sich gerade damit abgefunden, daß sie dich nicht treffen wird. Vielleicht wäre der Moment, da du sagst, *hallo, hier bin ich wieder, es tut mir leid, vergiß, was eben war*, vielleicht wäre dieser Moment der schlimmste für sie.« Peggy verzerrt leiernd ihr Stimme. »Vielleicht spricht sie aber auch gerade im Geiste mit dir und ist enttäuscht, wenn du auf einmal vor ihr stehst und genau das Falsche sagst. Vielleicht willst *du* sie in die Arme nehmen und ihr Gesicht versöhnend an deines drücken, aber *sie* exakt in diese Stelle gerade mal kräftig reintreten.«
Andreas will sich die Zigarette anzünden, aber kurz bevor die Flamme die Tabakkrumen erreichen kann, zuckt er zurück, als würde er sich nicht trauen, eine von Gudruns Zigaretten zu rauchen. Er läßt das Feuer wieder ausgehen.
»Vielleicht ... vielleicht ... und? Machst du dir etwa keine Sorgen? Ich meine, sie könnte ja auch etwas Dummes tun ... in ihrer verzweifelten Hektik ...«
»Doch, ich mache mir Sorgen.«
»... und ... sitzst einfach hier und wartest ...«
»Wenn ich mir solche Sorgen machen würde wie du, würde es nichts helfen, sie zu suchen ... Und wenn ich mir ernsthafte Sorgen machen würde, wäre es wahrscheinlich schon zu spät, oder ich wäre schon längst weg.«
Andreas zündet sich gereizt die Zigarette nun doch an.
»Und was für Sorgen machst du dir dann, bitte?«
»Solche, die ich aushalten muß.«

Die Verkäuferin des *paradiso* hat ihr irgend etwas zugerufen, das Gudrun nicht verstanden hat. Dabei muß sie so nah gestanden haben, daß sich der Vorhang durch den Luftstoß bewegt hat. Vielleicht hat sie ihn auch absichtlich berührt, möglicherweise im Vorbeigehen, um festzustellen, was diese deutsche Kundin so lange in der Umkleidekabine macht. Dabei ist Licht durch eine Lücke im Vorhang gefallen, und Gudrun hat sich erschreckt im Spiegel erkannt. Einen Moment lang hatte sie nicht *sich* gesehen, sondern eine Frau, deren Bauch berührt worden ist von einer fremden Hand. Einer Hand, die Andreas' Hand sein könnte, wäre er jetzt hier und würde ihre zerkratzten Beine behutsam streicheln.

Bevor Gudrun vollständig zu sich kommen kann, hält ein Arm einen zweiten, sandfarbenen Rock durch die Vorhanglücke, die Verkäuferin spricht zwei kurze Sätze, die enorm laut und aufgeregt klingen und Gudrun wieder nicht versteht. Wie in Trance nimmt sie das Kleidungsstück entgegen und sagt brav *danke*. Sie hält abwechselnd beide Röcke vor ihren Schoß und betrachtet die Stoffarben im Kontrast zu ihren Beinen, wie gut man jeweils die Striemen und Kratzer sehen kann. Dann legt sie die Röcke wieder auf den Schemel, sie hat keine Lust mehr, sich zu verkleiden, schlüpft in ihre Hose, hält noch einmal kurz inne, bevor sie die Hose verschließt, zuckt mit den Schultern und zieht den Reißverschluß schnell hoch.

Jetzt weiß sie, warum sie die Boutique *paradiso* betreten hat, und ist froh, daß sie sich nichts gekauft, sich nicht neu eingekleidet hat, ist froh, sich gegen sich selbst entschieden zu haben, gegen den Teil in ihr, der sich selbst nicht leiden mochte, und reißt die Vorhänge der Kabine weit auf. Beim Zurückgeben der Röcke an der Kasse zeigt sie auf einen Kleiderständer mit Männerhemden, die reduziert sind. Die Verkäuferin des *paradiso* macht ein genervtes Gesicht.

»Du bist ja eine tolle Freundin ... was soll das denn heißen: Sorgen, die man a-u-s-h-a-l-t-e-n muß?«

Andreas zieht so kräftig an seiner Zigarette, daß der brennende Tabak knistert und das ihn umgebende Papier vor der Glut labberig wird.
»Ganz im Gegenteil zu dir. *Du* machst dir doch im Grunde nur Sorgen um *dich*. Du willst doch eigentlich nur ganz schnell zurückrasen, nicht um Gudrun zu retten, sondern um dich zu retten … um d-e-i-n G-e-f-ü-h-l zu retten, damit du dir noch glauben kannst, daß du sie liebst …«
Andreas ist nervös aufgestanden, versucht, die Zigarettenasche am Rand des Aschenbechers abzuschlagen, was ihm nicht gelingt, denn sie ist zu heiß geworden. Er drückt die halb aufgerauchte Zigarette umständlich auf dem Boden des Aschenbechers aus und setzt sich wieder hin.
»Weißt du …« Das Gesicht in die Hände gedrückt, sieht Andreas aus, als würde er sich vor Peggys Sätzen verstecken wollen, die ihm ins Wort fallen.
»*Ich* kenne dein Gefühl ganz genau. Und ich weiß auch, was du jetzt sagen willst … daß du dich permanent eingesperrt gefühlt hast und daß Gudrun dich da rausgeholt hat … Aber das ist U-n-s-i-n-n.«
»Nein … ja … natürlich …«, stottert Andreas, seine Augen sind nicht zu sehen, »… weißt du wirklich, wie einsam man ist, wenn man sich einbildet, man könnte jedes Gefühl haben, man müßte es sich nur stark genug vorstellen, um selbst daran zu glauben …«
Er ist wieder aufgestanden, sein Gesicht erscheint übermüdet wie nach einer langen, durchredeten Nacht, die Augen feucht.
»Kannst du wirklich wissen, wie furchtbar es ist, wenn man jemandem zuhört und immer die gedoppelte Stimme hören muß. Wenn man in seinem Kopf die gleiche Stimme noch mal hat, hört, daß man gerade eine Stimme hört.

Weißt du, wie sehr es in mir h-a-l-l-t, wenn Gudrun sagt, *ich liebe dich* ...«

Peggy rutscht mit ihrem Stuhl Stück für Stück näher an Andreas heran. Die Geräusche der geschobenen Stuhlbeine unterbrechen kurz seine Sätze. Dann nickt sie ihm aufmerksam zu. Peggy sagt nichts, dieses Mal läßt sie Andreas ausreden.

»Als ich Gudrun zum ersten Mal gesehen habe, da dachte ich einen Augenblick, wie schön es wäre, sie zu lieben. Nur einen kurzen Augenblick lang hatte ich dieses Gefühl, mich dazu entscheiden zu können. Und jedesmal, wenn Gudrun mich fragt, ob ich sie liebe, werde ich das Gefühl nicht los, daß sie danach fragt, ob ich mich auch anders hätte entscheiden können ... ob ich mich jetzt im nachhinein immer noch genauso entscheiden würde ... oder ob ich mich nun gar nicht mehr danach frage ... ja, im Grunde fragt sie mich, ob ich mich j-e-t-z-t ganz genauso wie beim ersten Mal entscheide ... und es klingt ... ich höre es zumindest immer so ... ihre Frage, ob ich sie *liebe*, klingt, als würde sie fragen, ob ich *lüge* ...«

Peggy hat Andreas tröstend am Ärmel gezogen und in seinen Stuhl zurückgelenkt. Ihre Hand ruht auf seinem Unterarm. Mit dem Ballen der freien Hand reibt Andreas sich die Augen, so als müßte er sich den Schlaf hinaustreiben.

»Meinst du«, fragt sie ihn schließlich betont sachlich, »man kann sich für eine Liebe entscheiden?«

Andreas ist erleichtert, daß ihm jemand diese Frage stellt.

»Im Grunde nicht ... nein ...« Wie ein Junge, der bei einem verbotenen Gedanken ertappt worden ist, dem ein Erwachsener gerade zutreffend vorhergesagt hat, was in seinem Innersten vorgeht, blickt er Peggy an. »... im Grunde dachte ich immer, daß einem so etwas wie Liebe z-u-s-t-o-ß-e-n muß ...«

»Vielleicht ist das dein Irrtum. Vielleicht solltest du mit Gudrun *darüber* reden.«

Der Feldweg, der von der asphaltierten Straße bis zum Haus führt, nötigt den Fußgänger, sich ständig zwischen den beiden tiefen Spurrillen zu entscheiden. In den Wegwindungen hat das Regenwasser zum Teil tiefe Löcher hinterlassen, die zum Überqueren der kleinen, mittigen Grasinsel zwingen. Mit einem Paket unter dem Arm springt Gudrun von einem ausgetrockneten Pfützenrand zum nächsten. Es sieht fast so aus, als würde sie *Himmel und Hölle* spielen, oder wie ein Kind wirken, das es sich auf dem Nachhauseweg auferlegt hat, nur die weißen oder schwarzen Quadersteine des Bürgersteigs zu benutzen.
So vorwärts schreitend lugt sie ab und zu durch die Randsträucher hindurch, ob sich schon etwas erkennen läßt hinter dem Haus, ob Andreas und Peggy sie wohl schon erwarten. Sie ist zufrieden, daß *d-i-e-s-e G-u-d-r-u-n* jetzt zum Haus und zu ihren Freunden zurückkehrt. Sie hofft, daß sich nichts geändert hat in der Zwischenzeit. Sie wünscht sich, daß alles so geblieben ist, wie sie es verlassen, wie sie es liebgewonnen hat. Mit einem die Kurve verkürzenden Sprung steht sie plötzlich vor Andreas, der im Feldweg auf sie gewartet hat.

»Hallo ...«, bringt sie zögerlich hervor, von ihrer eigenen Schüchternheit überrascht.
Andreas' Stimme ist abgesenkt. »Hallo ... wie geht es dir?«
»Gut ... Hast du hier auf mich gewartet?«
»Ja, habe ich.«
»Schon lange?«
»Es geht so ...«

Als wäre ihr das Gespräch unangenehm, blickt Gudrun abwesend zum Haus, dann deutet sie mit dem Kopf in die gleiche Richtung. »Ist Peggy auch da?«
»Ja, sie kocht gerade Kaffee ...«
Gudruns Blick schweift vom Landhaus über den langgestreckten Garten, den verwilderten Feldweg entlang bis zu der Windung, in der sie stehen.
»Ich mag diesen Weg ...«
»Ich auch. Geht es dir wirklich gut?«
»Ja, sehr gut sogar ...«
Andreas greift nach ihrer Hand, verzahnt seine Finger mit Gudruns Fingern, die sich weich in seinen Druck hineingeben. »Ich habe dich vermißt«, sagt er, ohne sie anzuschauen.
Sie hält ihm das Paket hin. »Hier. Ich habe dir etwas mitgebracht ...«

GIRLS, GIRLS, NUDE GIRLS, steht auf dem Neonpfeil. Darunter Andreas, der die Hände hochhält oder ausstreckt. KOMMEN SIE REIN, ist ein schmieriger Türsteher zu hören. BLUTJUNGE MÄDCHEN! Gegen Andreas' Brust stoßen zwei Handballen, deren Kraft er nachgeben muß. WENN SIE HIER KEINEN STÄNDER BEKOMMEN, DANN HILFT NUR NOCH DER DOKTOR. Er macht einen Schritt rückwärts. Hält seine Arme noch weiter auseinander, als würde er seine Brust absichtlich einer möglichen Verletzung preisgeben wollen. LIFE! PEEP! SHOW! Wieder stoßen die Hände mit ganzer Kraft gegen Andreas' Oberkörper, schlagen förmlich ein. ALLES AUCH ZUM ANFASSEN! Schlagen gegen das Leder, reißen sich die Hautschichten auf am scharfen Reißverschluß, klatschen gegen das Brustbein, als suchten sie verzweifelt nach einem Resonanzraum. Andreas öffnet seine Jacke, schiebt sich das Hemd über die nackte Haut, als würde er eine Wunde zeigen wollen, die schon lange verheilt ist, ohne daß eine Narbe zurückgeblieben ist. Alle beleuchteten Buchstaben fallen auf dieses glatte, unbeschriftete Stück Haut. Nichts zu sehen, denkt Andreas. GIRLS, GIRLS, NUDE GIRLS, steht auf dem Neonpfeil. Er weist nicht auf Andreas' weiße Brust. Hau ab! hört er. Hau ab! Du hast hier nichts zu suchen. Ich liebe dich nicht mehr! hört er. Ich hasse dich, wie du dastehst und dich lieben läßt. Unter dem Pfeil blinken in Rot und Violett kurze Sätze: MÄDCHEN IN ALLEN STELLUNGEN! MÄDCHEN AUS ALLEN LÄNDERN! MÄDCHEN, DIE ALLES MITMACHEN!

Als Peggy die beiden Hand in Hand auf den Garten zukommen sieht, winkt sie ihnen zu. Sie schenkt Kaffee in die drei Tassen auf dem Gartentisch ein, freut sich, daß das Pärchen heute nacht wieder im Zimmer neben ihr schlafen wird. Dann zündet sie sich eine von Gudruns Zigaretten an, die immer noch auf dem Tisch liegen. Sie schlürft etwas Kaffee aus derjenigen der drei Tassen, die sie zu voll gemacht hat. Mit zusammengekniffenen Augen kann sie erkennen, daß Andreas etwas auspackt und es sich überstreift. Nachdem Gudrun und Andreas näher an den Tisch herangekommen sind, müssen alle drei lachen. Was Andreas jetzt trägt, ist das gleiche rauchblaue Männerhemd, das auch Peggy sich gestern gekauft hat. Die beiden schließen sie ausgelassen in ihre Umarmung.

XVIII.

Lieber Andreas, liebe Gudrun, liebe Peggy! Hier in Berlin hat sich inzwischen einiges geändert. Die Bullenrazzias werden immer brutaler. Seitdem sie ein paar von uns festgesetzt haben, führen sich die Verfassungsschützer auf wie Kopfgeldjäger. Wenn es so weitergeht, kommen die noch auf die wahnsinnige Idee, die Bundeswehr einrücken zu lassen. Kreuzberg ist sowieso schon ein einziger Ausnahmezustand. Die meisten von uns müssen wöchentlich ihre Wohnungen wechseln. Ich sage Euch, hier ist die Hölle los. Wenn sie nichts gegen einen in der Hand haben, jubeln sie dir irgendwas Drogenmäßiges unter oder verprügeln dich erst mal kräftig mit dem freundlichen Hinweis auf Fluchtgefahr. Jeder von uns schmiedet irgendwelche Pläne, aber meistens kommt doch nichts Effektives dabei heraus. Ein paar sind schon nach Hamburg abgehauen oder haben Deutschland ganz verlassen. Die Maoisten sind das Allerletzte. Die reden ständig von *unseriös* oder *Chaoten* und wollen den Widerstand für sich pachten. Aber die echte große Masse von Studenten fängt an, sich Sorgen über ihre Zukunft zu machen. Die APO, das spüren hier alle, die gibt es bald nicht mehr, wenn nicht schnell etwas geschieht. Aber keiner traut sich was. Mit den meisten Hippies ist außer Kiffen und Kleine-Mädchen-Bumsen sowieso nichts anzufangen. Ein paar dilettantische Kommunarden probieren hier in Berlin, eine revolutionäre Terrortruppe aufzubauen. Sie wollen erst mal Gefangene befreien, damit sich so etwas wie eine Kampfkontinuität ergibt, wenn sie selbst mal einsitzen sollten. Der erste Versuch dieser Bewegung, in Hamburg ihre Genossinnen zu befreien, ist voll gescheitert. Sie hatten ein ziemlich kompliziertes Leiternsystem entworfen, um über die Gefängnismauern zu klettern. Meine Güte, die

gefangenen Fotzen sollten ihre Gittern mit Sägeschnüren durchtrennen, was natürlich nicht geklappt hat. Aber das Beste ist: als die Jungs von der Bewegung an der Mauer endlich ihre Leitern ausgepackt hatten, um ihren Mädels zu Hilfe zu kommen, haben sie gemerkt, daß sie den ganzen Kram selbst nicht mal zu viert aufbauen konnten, so schwer war das Zeug. Dann sind sie abgehauen.
Ihr fehlt uns. – Habt Ihr schon von der Umfrageaktion gehört: *Helden oder Verbrecher?* Wenn die Umfrage stimmt, dann habt Ihr eine ziemlich große Menge an Sympathisanten. Jeder zwanzigste, haben die gesagt, würde Euch für eine Nacht verstecken. Nicht schlecht, was? In der Zeitung stand, daß fünf Prozent in solchen Fällen wie hundert wirken! Also, wann kommt Ihr?
Seit dem Bullenmord letzte Woche hat sich die Lage noch verschärft. Ihr glaubt nicht, was hier gelaufen ist. Ich meine, es war auch ziemlich idiotisch von der Frau, einfach loszurennen, nur weil ein Polizist ihren Ausweis wollte. Aber hier sind alle völlig hysterisiert. Ich blicke da nicht mehr durch. Man kann ja den eigenen Leuten nicht mehr vertrauen. Ich weiß nicht, ob meine Informationen stimmen, aber die hatte nicht einmal eine Aktion in Planung. Nachdem sie sich dann richtig verdächtig verhalten hat, haben sich ein paar Polizisten auf sie gestürzt. Totale Panik, sage ich Euch. Ihr Kumpel hat sofort wild um sich geschossen. Ein Polizist tot, sie verhaftet, und nach dem Typen läuft eine Großfahndung. Die meisten von uns werden jetzt nicht mehr als politische, sondern als kriminelle Gruppen eingestuft. Manchmal habe ich das Gefühl, daß alle auf diese Schießerei gewartet haben. Sowohl die Polizei als auch diese Dilettanten. Irgendwie war allen klar, daß jetzt was passieren muß. Sonst geht man ja langsam kaputt hier.

Das ist aber noch nicht alles: Am nächsten Tag haben die Bullenschweine die Frau der Presse vorgeführt, gefesselt, wie ein gefangenes Tier. Das könnt Ihr Euch nicht vorstellen. Im Würgegriff haben die sie vor die Reporter gezerrt. Ein Bulle mußte ihr die Beine festhalten, damit sie nicht alles zertreten konnte. Dabei ist ihr der Rock hochgerutscht. Ein paar von diesen schmierigen Journalisten haben noch geklatscht. *Fickt mich, na los, fickt mich doch*, soll sie gerufen haben. Stand in der Zeitung! Ihr könnt Euch schon denken, wie die das hingerotzt haben. Und einer von diesen Zeitungswichsern rief noch: *Haare aus dem Gesicht!* Zack, der Polizist gehorchte sofort und riß der Frau die Haare hoch, damit sie direkt ins Publikum gucken mußte und ihr die Schweine ins Gesicht spritzen konnten. War alles auch noch im Fernsehen und hat ordentliche Propagandabilder gegeben. Also, um es kurz zu machen, wir planen was, damit es ordentlich knallt, in Hamburg. Ihr wißt schon, worum es geht. Staatsfeind Nr. 1. Macht Ihr mit? *Liebe Grüße, auch von Georg, Euer Peter.*

Erst ist nur ein dumpfes Tuten zu hören, ein wiederkehrendes Signal, das vom starken Rauschen in der Leitung manchmal zugedeckt wird. Von Zeit zu Zeit knistert es für ein paar Sekunden, als läge eine Störung vor, dann sind klickende Signale in schneller Abfolge kurz zu hören und schließlich wieder das dumpfe, breite Tuten, das unvermittelt abbricht.

»Ja …?« meldet sich fragend eine Stimme.

»Hier ist Gudrun …«, antwortet ihr die anrufende fast ebenso abwartend.

»G-u-d-r-u-n! Wie geht es dir?«

Georgs Worte klingen für Gudrun so weit weg und unver-

traut, als würde sie bei einem früheren Leben anrufen und sich nur noch schemenhaft daran erinnern.
»Hör mal, Georg, wir kommen nach Berlin ... Kannst du uns eine Wohnung besorgen?« fragt sie kurz angebunden.
»Bist du dir sicher, daß das die richtige Entscheidung ist?« Der sanfte Ton in Georgs Stimme wird unruhig. »Ich meine, seid ihr euch im klaren darüber, was das für Folgen haben wird?«
Gudrun nimmt den Hörer vom Ohr, legt die Hand auf die Sprechmuschel und atmet tief und langsam durch. Dann spricht sie mit energischer Stimme wieder in das Telefon.
»Georg! Ich werde das jetzt nicht mit dir diskutieren. Kannst du uns eine Wohnung besorgen oder nicht?«
»Ich war dagegen, daß Peter euch schreibt ...«, quält Georgs Stimme sich durch die Leitung. Es entsteht eine Pause, während der sich das Wort *d-a-g-e-g-e-n* zähflüssig in der Telefonzelle ausbreitet.
»Hör mir mal gut zu«, kämpft Gudrun gegen dieses *d-a-g-e-g-e-n* an, »ich stehe hier in Italien in einer Telefonzelle, die Leitung ist ziemlich schlecht, ich kann dich nicht besonders gut verstehen, aber eins kann ich dir versprechen: Ich werde hier nicht mitten auf der Straße anfangen herumzubrüllen. Also spar dir deine dummen Bemerkungen.«
Für einen Augenblick befürchtet Gudrun, Georg hätte aufgelegt. Fast ein wenig schuldbewußt spricht sie fragend seinen Namen in das Rauschen der Verbindung.
»Ja, ich bin noch dran«, antwortet er mit unterdrückter Enttäuschung in der Stimme, »aber ich befürchte nun mal, daß es wieder nicht deine Entscheidung war.«
Gudrun stampft mit einem Fuß auf den Steinboden der Telefonzelle. Einmal. Zweimal. Unhörbar für Georg. Ein drittes Mal mit verzerrtem Gesicht.

»Habe ich recht? Es war nicht deine Entscheidung, nicht deine eigene ...«, setzt er nach. Seine Hoffnung, sie könnte wieder mit ihm sprechen, ehrlich und aufrichtig, ihm etwas mitteilen, was sie nicht Andreas oder den anderen sagt, diese Hoffnung ist auch für Gudrun zu spüren.

»Du täuschst dich, Georg, du täuschst dich sogar sehr. Du weißt nichts, nicht einmal mehr, wer ich bin.« Sie ärgert sich, daß er sie doch dazu gebracht hat, ihm die Wahrheit zu sagen, etwas, worüber sie tatsächlich mit niemandem sprechen kann.

»Andreas wollte mich überzeugen, hierzubleiben. Und wenn du es genau wissen willst, aus Angst, wir könnten getrennt werden. Aber ich habe keine Angst, zurückzukommen und für das einzustehen, wofür ich mich entschieden habe. *Ich* habe *ihn* dazu bewogen, seine Meinung zu ändern. Georg«, spricht sie eindringlich in den Telefonhörer, als würde sie auch ihn überzeugen wollen, »ich werde mich nicht mehr verstecken. Es ist vorbei. Ich weiß jetzt, was ich will. Und entweder du hilfst mir dabei, oder du läßt es bleiben. Das ist deine Entscheidung.«

Bereit, jeden Augenblick *tschüs* zu sagen und den Hörer aufzulegen, um eine andere Nummer zu wählen, wartet Gudrun auf Georgs Antwort.

»Wann kommt ihr an?«

Seine Stimme ist knapp, präzise, ohne irgendeine überflüssige Dehnung oder einen kommentierenden Unterton. Sie ist ohne jede Tiefe, in der noch ein liebender Klang versteckt sein könnte. Aber Gudrun will sich nicht die Zeit nehmen, diese Veränderung herauszuhören. Erleichtert teilt sie ihm alle Daten mit, die er wissen muß, um ihre Ankunft vorzubereiten. Dann hängt sie den Hörer ein, in dem Gefühl, daß sie von nun an nur noch richtig handeln wird, ohne Angst, sich je wieder ausflüchtend vornehmen zu müssen, damit besser erst am nächsten Tag zu beginnen.

Sehr geehrte Redakteure und Journalisten! Sie haben Lügen verbreitet, und Sie wissen es. Sie haben bewußt über uns Dinge geschrieben, die nicht zutreffen. Warum? Es hat Ihnen Spaß gemacht. Eine auf Lügen basierte Hetze hat Ihnen Freude bereitet, eine ängstliche Freude, im Grunde eine Schadenfreude. Sie haben uns mit Worten beworfen wie mit Dreck. Sie haben Krieg gespielt im sicheren Wissen darum, daß andere an Ihrer Stelle wirklich schießen. Deshalb werden wir von nun an zurückschießen. Keiner von uns hat vor, sich zu stellen. Keiner wird aufgeben oder sich verstecken. Die Erfolgsmeldungen über uns werden nur *verhaftet* oder *tot* lauten. Ihre Schlagzeilen können nichts mehr gegen uns ausrichten, weil wir ab jetzt jedes Wort ernst nehmen. Und wir werden so lange weitermachen, bis die politische Situation ihr innerstes Gesicht zeigt und sich in eine militärische wandelt. Dann wird aus *Ihrem* Krieg ein Bürgerkrieg. Wir sind nicht auf der Flucht. Wir sind hier, um den bewaffneten Widerstand gegen die bestehende Eigentumsordnung zu organisieren. Der Kampf hat erst begonnen. Und er wird dauern, bis die Worte, die Sie jetzt noch schreiben, nicht mehr Ihnen gehören. Schießen kann wie Ficken sein. *Unser* Spaß wird es sein, so lange *eve of destruction* zu spielen, bis Sie es nicht mehr hören können, bis Sie sich die Ohren zustopfen müssen vor dem Geräusch, das Sie selbst gemacht haben. Das ist unser Karneval. Alles, was wir zu sagen haben, werden wir von nun an schießen. Sollte jemand von uns gefangen werden, so wird er keine Aussage machen. Seine Waffe wird sein Körper sein. Denken Sie immer daran. Auch Worte kann man sprengen. *Mit freundlichen Grüßen* (Statt seiner Unterschrift hat Andreas den Abdruck seines Daumens daruntergesetzt.)

XIX.

Berlin. Kreuzberg. Die Wände der Kneipe sind über und über mit Plakaten und gedruckten Aufrufen behängt, fast tapeziert.
Es ist dunkel und verraucht. Die Eingangstür sieht aus wie eine Brandschutztür. Wenn jemand sie zu lange offenstehen läßt, durchwühlt der entstandene Luftzug die nachlässig angehefteten Flugblätter wie eine Wandzeitung. Ihre vielen imperativischen Sätze schlagen dann nach oben und werden einen Augenblick lang durcheinandergewirbelt, so daß man nur noch die Ausrufezeichen erkennen kann. Halb abgerissene, verdeckte oder schief hängende Plakate lassen die aufgedruckten Mitteilungen wie mystische Botschaften erscheinen. Die daruntergesetzten Embleme werden zu Symbolen einer höheren Macht, irgendwo auf die an vielen Stellen weiß aufgerissene, sonst aber grauverschleierte Putzwand aufgetragen, wie auf Höhlenwänden.
Auf dem dunkelviolett lackierten Holztisch stehen fünf mit Cola gefüllte Gläser. Andreas hat den anderen verboten, etwas Alkoholisches zu bestellen. Ab und zu schlägt einer die Asche von seiner Zigarette ab, nippt an seinem Glas, sonst springen die zusammengezogenen Pupillen von einem Augenpaar zum anderen. Jeder der fünf beobachtet die übrigen, ob er selbst beobachtet wird, bis Georg die unangenehme Pause unterbricht.
»Warum soll Peggy denn mitmachen?«
»Warum solltest *du* überhaupt mitmachen?« zischt Andreas ihn scharf an. »Du schaffst es doch nicht einmal, einen Apfel vom Marktstand zu klauen!«
Gerade will Georg seine Brille absetzen, um laut zu werden, um Andreas endlich mal die Meinung zu sagen, denn seit Paris ist er ganz gut ohne ihn ausgekommen und hat es

immerhin geschafft, zusammen mit Peter Sprengstoff zu besorgen und ein kleines Netz von konspirativen Wohngemeinschaften aufzubauen, da greift Gudrun schlichtend ein.
»Hör mal, Baby«, sagt sie, Andreas' Hand unter dem Tisch suchend, »jeder muß selbst wissen, ob er mitmachen will und kann. Entscheidend ist jetzt, daß wir das Ganze gut durchplanen und jeder von uns nachher vernünftig untertauchen kann.«
Andreas nickt. »Okay, du hast recht.« Dann fixiert er Georg, der sich nicht entscheiden kann, wie wichtig ihm seine Verteidigung ist. »Siehst du die Fotze da hinten«, deutet Andreas mit dem Kopf drei Tische weiter, »die, die gerade aufsteht und zur Toilette wackelt. Sie hat ihre Handtasche am Stuhl hängengelassen. Du stehst jetzt auf, greifst dir die Handtasche und gehst raus. Leg sie irgendwo ab und komm dann wieder zurück.«
Keiner widerspricht. Niemand will jetzt in den Streit eingreifen, der sich ohne Worte und vielleicht nur so klären läßt. Auch Georg denkt, daß Andreas' Vorschlag seine Richtigkeit hat. Daß eine Diskussion jetzt keinen Sinn mehr macht. Und sollte er sich nicht tatsächlich fragen, ob er bei einem Anschlag mitmachen kann, wenn er nicht einmal fähig ist, eine Handtasche zu stehlen? Er steht auf. Wortlos. Begleitet von vier Augenpaaren, die jede seiner Bewegungen beobachten, die nicht nachfragen, die nichts klären wollen, denen Worte nicht mehr reichen, sondern die etwas sehen wollen, das sie beurteilen können.
Georgs Beine zittern. Er spürt, daß sich stark riechender Angstschweiß auf seiner Haut bildet. Er hat noch nie etwas gestohlen, noch nie etwas so Sinnloses getan, wie einer Frau, die wahrscheinlich selbst nicht viel Geld hat, die

Handtasche wegzunehmen. Er stellt sich das Gesicht der Frau vor, wenn sie den Diebstahl bemerkt. Er zögert, denn er weiß, daß er auch dann nichts sagen, nicht zu ihr hingehen darf, um das Ganze wie ein Mißverständnis aufzuklären. Er fühlt, daß die anderen seine Zweifel sehen können. Aber das macht nichts, denn das ist es nicht, was sie beurteilen werden. Was sie wirklich sehen wollen, ist, daß er diese Zweifel überwindet. Daß es ihm egal ist, ob das Ganze nur ein Spiel ist, daß er gleichgültig dagegen sein kann, ob er nun etwas Sinnloses tut oder nicht. Sie wollen seine Fähigkeit sehen, sich gegen sich selbst zu entscheiden.

Um nicht zu früh den leeren Stuhl mit der Handtasche zu fokussieren, gleiten Georgs Augen die Wände entlang. Lesend tastet er sich Schritt für Schritt vor in den verrauchten Raum, der überfüllt ist von diskutierenden Studenten. *Die Fürsten haben Platz genommen*, er kann die Überschrift eines großformatigen Plakates erkennen, darunter ein Bild der Regierungsmitglieder und ihrer Frauen in einem Konzertsaal. *Künstler, die wie Herbert von Karajan den Herrschenden dienen, haben sich nicht nur politisch, sondern vor allem künstlerisch disqualifiziert.* Zeile um Zeile entziffert er den Text eines Demonstrationsaufrufes. *O-h-r-f-e-i-g-t d-i-e R-e-g-i-e-r-u-n-g*, steht quer am rechten Rand eines Flugblattes. Wenn ich mich jetzt nicht entscheiden kann, meine kleinbürgerlichen Gedanken zu überwinden, denkt Georg, wie soll ich mich dann jemals entscheiden können, zurückzuschlagen. Wie zur Stärkung liest er weiter: *Wer ein Divertimento von Mozart inmitten eines Polizeikordons dirigiert, spielt oder genießt, ist ein Barbar.* Und noch einen Satz: *Kunst darf kein Alibi und Manipulationsmittel der Macht sein.* Wenn ich jetzt nicht zeige, daß jede

Entscheidung, auch die, eine beliebige Handtasche zu rauben, in einem größeren Zusammenhang steht, dann werde ich mich selbst nie wieder an eine eigene Entscheidung halten können.

H-E-U-T-E, steht handgeschrieben auf einem Spruchband quer über die ganze Wandzeitung gespannt, *heute, da in Spanien Massen von Arbeitern und Studenten in die Gefängnisse geworfen und gefoltert werden, empfängt die deutsche Regierungsmannschaft ihre bundesrepublikanischen Verbündeten Franco-Spaniens zu einer großen Koalition aus musischem Genuß.* Wenn ich jetzt versage, denkt Georg mit der ganzen Hitze seines Körpers, dann werde ich in meinem Leben überhaupt nie wieder eine Entscheidung *t-r-e-f-f-e-n* können.

Es sind noch zwei Meter bis zur Handtasche, die knallblau ist, die aus Kunststoff ist, an der er genausogut noch vorbeigehen könnte. Niemand hätte in dem menschlichen Gewühl etwas von seinem abgebrochenen Vorhaben bemerkt. Sein Blick fällt ein letztes Mal auf ein Zeitungsblatt, das in der Höhe der Stuhllehne an die Wand geheftet ist: *Wir lassen uns das nicht mehr gefallen!* steht dort in fettgedruckten Lettern. Es ist das Titelblatt der Bildzeitung. Darunter mit zwei breiten, schwarzen Balken unterstrichen: *Die einen helfen – die anderen krakeelen.* Georg weiß sofort, worum es sich handelt: die Neckermann-Sportgala zur finanziellen Unterstützung der deutschen Sportler bei den Olympischen Spielen in München, während der die demonstrierenden Studenten weggeknüppelt wurden. *Wir lassen uns das nicht mehr gefallen!* soll der gefeierte Bundeskanzler den Sportlern gesagt haben. In einem rot eingerahmten Kasten steht der Zeitungskommentar: *Hoffentlich bleibt es nicht nur bei einem Wort!*

Ja, denkt Georg und greift sich die Handtasche. *Wir lassen uns das nicht mehr gefallen!* sagt er leise, als könnten es so die anderen auch hören, macht kehrt und verläßt die Kneipe, ohne irgendeinen der ihn beobachtenden Blicke zu erwidern. Hinter ihm fällt die schwere Stahltür mit einem gedämpften Platsch zu.

Die vier Colagläser schlagen in der Luft zusammen. Andreas lacht, auch Gudrun kann sich nicht mehr halten. Peggy schüttelt grinsend ihren Kopf und ist froh, daß sich der Streit zwischen ihrem Bruder und Andreas nicht auf die ganze Gruppe ausgeweitet hat.
Auch Peter fällt in das laute Gelächter ein, er schlägt ein paarmal amüsiert mit der flachen Hand auf den Tisch. Gerade will er etwas Spöttisches über Georg sagen, will sich lustig machen über den, der sich vor den anderen so gedemütigt und die Demütigung ausgehalten hat, da legt Andreas ihm die Hand an den Hinterkopf, hält ihn fest mit dieser Hand, lächelt ihn an und schlägt ihm mit der Faust mitten ins Gesicht. Blut spritzt auf den violetten Holztisch, man hört das helle Knacken des Nasenbeins. Einige Spritzer der Blutsalven landen auf Peggys Hand, die schreien will vor Ekel, vor Entsetzen aber kein Wort herausbekommt. Auch Gudruns Mund ist erschrocken offengeblieben, sie sieht, wie Peter röchelt. Seine Atemluft mischt sich mit dem aufsteigenden Blut in den Nasenhöhlen, er will aufstehen und sich die verstopfte Nase aus dem Gesicht wischen, aber er kann nichts sehen, in seinem Kopf ist nur ein dicker, geschwollener Klumpen aus Schmerzen und Angst. Panik steigt in ihm auf, Panik, daß er an dem Blutschleim in seinem Mund ersticken könnte. Er wedelt hilflos mit den Armen, da schlägt Andreas ein zweites Mal zu. Kräftig, ohne Rücksicht auf die

bereits gebrochene, rotverschmierte Nase, schlägt er auf die gleiche verletzte Stelle in Peters Gesicht.
»Versuch nicht zu schreien!« zischt Andreas ihm ins Ohr. Peter ist benommen. Einen Moment lang bewegt er sich gar nicht, sieht aus, als wäre er mit offenen Augen bewußtlos geworden. Andreas hat sich seinen Arm geschnappt und zum Polizeigriff hinter dem Rücken verdreht.
»Ich weiß, daß du ein Spitzel bist ...« Andreas zieht Peters Arm hoch, um zu sehen, wie er auf seine Anschuldigung reagiert.
»Die Jacke!« befiehlt er Gudrun und deutet mit dem Kopf auf Peters Stuhllehne. Gudrun zieht Peters Jeansjacke langsam zu sich heran, durchsucht die Taschen und zuckt mit den Schultern.
»Halt sie ihm vors Gesicht ...« Andreas spricht jetzt wieder mit gedämpfter Stimme.
»Hör mal«, wendet er sich erneut zu Peter, der das Innenfutter seiner Jeansjacke mit der freien Hand vorsichtig an den dicken Schmerzklumpen in seinem Gesicht preßt, »wenn du glaubst, dir würde hier jemand helfen, dann denk daran, daß mindestens die Hälfte von den Typen, die hier herumhängen, gerne mal ausgiebig einen von der anderen Seite verprügeln würden.«

Georg, der sich still wieder zu den anderen gesetzt hat, blickt sich ängstlich um, ob sie beobachtet werden. Aber niemand scheint sich darum zu kümmern, was an dem Tisch in der hinteren Ecke der Kneipe geschieht. Wahrscheinlich zieht ein kleiner Tumult in diesen Tagen keine Aufmerksamkeit mehr auf sich.
»Was ist los?« fragt er Andreas, bemüht, sachlich zu wirken und keine langen Sätze zu machen.

»Na komm, sag's ihm …«, Andreas reißt wieder Peters Arm hoch, »… wer hat uns in Frankfurt verraten?«
Peter krümmt sich über den Tisch, hustet Blut in seine Jacke hinein, sprudelt unverständliche Laute hervor und schüttelt den Kopf.
»Er war der einzige«, wendet sich Andreas der Gruppe zu, »der wußte, was ich in Frankfurt vorhatte. Und er war es auch, der ganz plötzlich eine Idee hatte, wie man an Sprengstoff herankommt.«
Mit einem Ruck reißt er Peters Kopf wieder hoch und legt seinen Mittel- und Zeigefinger um die blutende Nase.
»Wer?« wiederholt er. Einen Augenblick ist es still. Peters Augen sind vor Angst geweitet.
»Weißt du, wie weh das tut, wenn ich jetzt meine Hand und mit ihr deine Nase umdrehe?« Andreas legt seinen kleinen Finger gespreizt direkt unter Peters Auge. »Eigentlich hättest du es verdient, daß man dich umbringt. Aber ich will es nur aus deinem Mund hören, dann kannst du abhauen.«
Ganz langsam verengt Andreas den Abstand zwischen seinen beiden angelegten Fingern und drückt die Nase dazwischen leicht zu.
»Ich war es … ja, i-c-h war es … die haben mich dazu gezwungen …«, stößt Peter atemlos hervor.
Andreas öffnet und schließt seine Finger wieder leicht. »Wer hat dich gezwungen?«
Aus Peters Nase schießt abermals ein dünner Strom frisches Blut.
»Die … ich weiß nicht genau … irgendwelche Typen vom Verfassungsschutz … die haben mir auch das Zeug gegeben …«
»Seit wann arbeitest du für sie?«
Noch bevor Peter antworten kann, wird sein Gesicht an der

empfindlichen Nasenwunde hochgezogen, so daß er sich fast aufrichten muß, um die Schmerzen ertragen zu können.
»Ahh, nicht ...« Andreas hält nicht an, seinen Kopf nach hinten zu biegen.
»Seit ein paar Jahren ...«, japst Peter, »... ich sollte nur rausfinden, wie weit ihr wirklich geht ...«
»A-R-S-C-H-L-O-C-H!« Mit seinem Handballen gegen Peters Kinn gepreßt, stößt Andreas derart gegen seinen Kopf, daß Peter mit seinem ganzen Gewicht nach hinten kippt, sich vergeblich am Stuhl festhält, mit dem er unter lauten Schmerzensschreien auf den Boden stürzt.
»Du fieses Schwein, du hast mir die Nase gebrochen ...«, hören die anderen ihn dort unten stöhnen. Aber Andreas hat sich schon von ihm abgewandt.
»Hau ab! Hau bloß ab, sonst breche ich dir noch ganz was anderes ...«, sagt er ganz ruhig in den Raum, ohne jemanden dabei anzusehen.
Mit lockerer Hand greift er nach seiner Cola. Als Peter an seinem Stuhl vorbeirobbt, um sich aufzurichten und schnell das Lokal zu verlassen, gibt er ihm noch beiläufig einen Tritt in den Hintern, als ob er es bereuen würde, ihn einfach laufenzulassen. Der bricht noch einmal zusammen, rappelt sich mühsam wieder auf und torkelt in Richtung Ausgang.
»Ihr habt sowieso keine Chance«, brüllt er, »null Chance habt ihr!«

»Hast du nicht einmal darüber nachgedacht, wie er so schnell und ohne Geld an solche Waffen gekommen ist?« Andreas zündet sich selbstzufrieden eine Zigarette an und wartet auf Georgs Antwort.
»Du hast recht ...« Georg setzt enttäuscht seine Brille ab und reibt sich die Augen.

»Ich konnte ihn sowieso nicht leiden ...« Peggy hält ihre Hand mit gespreiztem Zeige- und Mittelfinger Andreas auffordernd entgegen, zwischen die er ihr seine halb aufgerauchte Zigarette legt.
»Das war dumm von mir ...«, stottert Georg, »... ich weiß ... aber das konnte ich wirklich nicht ahnen ...«
Wenn sie mich jetzt nicht mehr dabeihaben wollen, denkt er, dann haben sie recht. Ja, recht haben sie, wiederholt er sich mehrfach sein eigenes Urteil und überlegt, ob er den anderen sagen soll, daß er an seiner Fähigkeit zweifelt. Daß er jetzt sogar glaubt, er würde den Ablauf der geplanten Aktion nur gefährden und sich lieber zurückziehen müssen.
»Und?« Peggy bläst den Zigarettenrauch langsam mit spitzem Mund ausatmend über die Tischmitte.
»Was und?« Gudrun nimmt ihr die Zigarette aus der Hand, um selbst die letzten Züge zu inhalieren.
»Was wollen wir jetzt machen?«
Gudrun drückt mit dem Filter die restliche Glut der Zigarette im Aschenbecher aus, bevor sie aufgeregt erwidert: »Wir machen es, trotzdem! Gerade jetzt!«
Andreas blickt Georg durchdringend an. »Sag mal ... hast du überhaupt einen Führerschein?«
Der nickt.

XX.

Gegen 15.30 Uhr klingelt im Hamburger Springerhochhaus ein Telefon. »In zehn Minuten geht bei Ihnen eine Bombe hoch …«, hört die Telefonistin eine anonyme Stimme.

Das hat sie in diesen Tagen schon öfters gehört. Und wenn sie jedesmal in Panik verfallen wäre und sofort die Verwaltung alarmiert hätte, dann würde sie auch jetzt schreiend aufspringen, riskieren, daß sie zum Gespött der ganzen Etage wird, oder wäre vielleicht aus Angst gar nicht erst an ihrem Arbeitsplatz erschienen in diesen Tagen der öffentlichen Hysterie.

»Geht es Ihnen gut?« fragt sie statt dessen in den Apparat, weil sie weiß, daß sich hinter den meisten Drohanrufern nur Wichtigtuer oder gestörte Psychen verbergen, die sich durch die aufgeladene Spannung in der Bevölkerung offenbar besonders animiert fühlen.

Erst vor wenigen Tagen ist ein Stahlrohrsprengkörper in der Augsburger Polizeidirektion explodiert und hat fünf Beamte schwer verletzt. Zwei Stunden danach ist auf dem Parkplatz des Münchener Landeskriminalamts ein mit Sprengstoff beladener Ford in die Luft geflogen und hat gut sechzig Autos demoliert. Die Explosion hat alle Fensterscheiben des sechsstöckigen Hauses zum Bersten gebracht. Mit einer unheimlichen Genauigkeit sind alle gleichzeitig zersplittert und unter lauten Scherbengeräuschen auf den Innenhof gestürzt.

Seit diesen beiden Anschlägen gehen in den Polizeiwachen des ganzen Landes fast minütlich Anrufe mit Hinweisen auf erneute Attentate oder vermeintliche Täter ein. Jeder will etwas gesehen oder gehört haben. Jeder will dabeisein, wenn es wirklich kracht.

»Bitte …?« erkundigt sich die männliche Stimme erbost

nach dem Sinn der Frage. Auch damit hat die Telefonistin gerechnet, daß die Anrufer sauer sind, wenn sie nicht ernst genommen werden.
»Ach, wissen Sie ...«, beginnt sie zu plaudern und erzählt dem anonymen Ohr, was es für ihren Arbeitstag bedeutet, wenn sie jetzt das ganze Büro in Aufregung versetzen würde und die Verwaltung anordnen müßte, das Gebäude sofort zu räumen. Sie stöhnt über die zusätzlichen Arbeitsstunden, die ihr diese Aktion einbringen würde, über die Gemeinheiten von Kollegen, die eine solche Situation ausnutzen würden, um Konkurrenten Schaden zuzufügen. Es sei sogar schon vorgekommen, flüstert sie fast vertraulich in den Telefonhörer, daß Aktenvorgänge in dem allgemeinen Durcheinander einfach verschwunden seien.
»Hören Sie!« schreit die männliche Stimme aufgeregt und sich fast überschlagend in das an den Hörer gepreßte Ohr, »Sie haben ... nicht mehr viel Zeit ... in wenigen ... Minuten ... geht bei Ihnen ... eine B-o-m-b-e ... hoch!«
Die Telefonistin stockt. Sie wechselt den Hörer von einem Ohr zum anderen.
Züge sind in den letzten Tagen nicht gefahren, weil die Polizei stundenlang den Bahnhof nach einer angekündigten Bombe abgesucht hat. Zeitungen sind viel zu spät erschienen, weil die Druckwalzen wegen einer Bombendrohung angehalten werden mußten und später nur mit viel Aufwand wieder in Gang gebracht werden konnten. Selbst U-Bahnhöfe mußten plötzlich geräumt und Beamte in die dunklen Schächte geschickt werden, bis sich herausstellte, daß es sich wieder einmal nur um einen Fehlalarm handelte.
Die Telefonistin hat keine Lust mehr auf diese Panikmache. Gestern ist sie schmerzhaft zu Boden gestürzt, als eine Durchsage der Polizei vor einem möglichen Sprengsatz in

einer abgestellten Einkaufstasche warnte. Ohne Rücksicht auf die, welche nicht so schnell laufen konnten, ist aus den Passanten der Fußgängerzone eine hetzende Menge geworden, die nicht weniger gefährlich war, so schien es zumindest der Telefonistin, als die explosive Drohung, ja selbst, dachte sie, wenn die Bombe tatsächlich detoniert wäre. Die Telefonistin hat keine Lust mehr auf dieses Land, auf die Angst, die überall herrscht.

»Und?« fragt sie ein wenig melancholisch in den Apparat, als würde sie mit einem Menschen am anderen Ende der Welt sprechen. »Und? Sagen Sie ... wie ist das Wetter bei Ihnen ...?«

»Ihr Schweine!« hört sie die wütende Stimme des Anrufers. »Ihr verdammten Schweine! Ihr nehmt aber auch gar nichts ernst!«

Dann lauscht die Telefonistin noch eine Weile dem Tuten hinterher, das dem Klick in der Leitung folgt. Der anonyme Anrufer hat aufgelegt. Sie drückt die Gabel herunter und wählt genervt die Nummer der Verwaltung.

»Was ist los?«

Georg hat die Wagentür geöffnet und brüllt in die Richtung der Telefonzelle, in der Andreas und Gudrun schon vor zehn Minuten verschwunden sind. Sie wollten nur kurz anrufen, damit das Gebäude geräumt werden kann und keine Menschen zu Schaden kommen, dann in das Auto springen, das Georg erst einmal aus Hamburg herauslenken sollte.

Wie um die Antwort auf seine Frage zu beschleunigen, tritt Georg das Gaspedal durch und läßt den laufenden Motor laut aufheulen.

»Sie glauben uns nicht!«

Auf die Frage ihres Bruders ist Peggy von der Telefonzelle zurück zum Auto gerannt. Unschlüssig, ob sie die anderen zur Entscheidung drängen soll, bleibt sie dort stehen, hilflos, ob sie überhaupt etwas tun kann, hebt sie mehrmals zuckend ihre Schultern und wiederholt die schlechte Nachricht leise: »Sie glauben uns einfach nicht ...«

»Wir müssen los ...«, ruft Georg ihr aus dem Wageninneren zu, »steig schon mal ein ...«

Ängstlich sieht er sich um, ob sie schon auffällig geworden sind in der kleinen Seitenstraße, blickt die graue Häuserfront entlang, ob aus irgendeinem der Fenster ein gelangweiltes Gesicht sie bemerkt hat, ein älterer Hausbewohner sie vielleicht von Anfang an sorgfältig beobachtet und eine Hand schon griffbereit auf dem Telefonhörer plaziert hat.

»Andreas versucht es noch einmal ...«

Peggy steigt in den Wagen, schlägt die Beifahrertür zu, in der Hoffnung, daß Gudrun und Andreas ihr jeden Augenblick folgen werden und sie endlich losfahren können. Sie zittert.

»In zwei Minuten ist es soweit ...«

Georgs Augen sind zusammengekniffen, sehen nur auf den fortschreitenden Sekundenzeiger, der sich mechanisch über die Ziffern schiebt und bald dem großen Zeiger das Zeichen geben wird, die Zahl Acht zu verdecken. Zwanzig vor vier. Jetzt sollten sie schon längst am Stadtrand von Hamburg sein und über die Landstraße Richtung Bremen fahren, wo sie erst einmal bei einem Freund übernachten wollen. Georgs Augen verfolgen jeden automatischen kleinen Sprung des Sekundenzeigers. Deswegen kann er nicht sehen, wie jetzt ein Streifenwagen in die kleine Seitenstraße einbiegt. Er will nichts anderes mehr wahrnehmen als das Fortschreiten der Zeit, das mechanische Eintreffen der Ereignisse. Er kann es nicht glauben, aber wenn nichts Unerwartetes mehr geschieht, wird in wenigen Sekunden im Springerhochhaus eine Bombe detonieren, eine Bombe, die er dort plaziert hat, die er zu verantworten hat, und diese Bombe wird Menschen verletzen. Da wird sein Kopf herumgerissen, und Peggy küßt ihn fest auf die Lippen, schmiegt ihre Arme um seinen Hals. Der Streifenwagen fährt langsam an ihnen vorbei.

»Räumt sofort das Haus!« schreit Andreas in den Hörer. Er hat erneut gewählt und nicht mehr gewartet, bis sich die Telefonistin mit ihrem Namen gemeldet hat.
Keine Antwort. Er lauscht, hört, wie der Telefonhörer in den Raum gehalten wird und eine Stimme einfängt, die davon spricht, daß schon wieder der Spinner am Apparat sei. Aber diese verrauschte Stimme bricht jäh ab, wird von einem gewaltigen Knall verschluckt, der Andreas den Hörer vom Ohr sinken läßt.
Auch Gudrun hat die Detonation gehört. Gedoppelt. Einmal durch die Leitung und einmal durch die geschlossene Tür der Telefonzelle. Sie will die Tür öffnen, sich vergewissern, ob die Explosion tatsächlich so laut war, daß man sie hier, fast einen halben Kilometer vom Springerhochhaus entfernt, noch hören kann.
»Ist bei Ihnen gerade eine Bombe hochgegangen?« fragt Andreas drängend in den Apparat. Diesmal kommt prompt ein leises »Ja« als Antwort zurück.
Noch bevor Gudrun die Tür der Telefonzelle ganz geöffnet hat, bleibt sie plötzlich wie versteinert stehen und geht ganz langsam rückwärts wieder in den gelben Kasten. Der Streifenwagen hat angehalten, einer der Polizisten ist ausgestiegen und bleibt unschlüssig zwischen dem parkenden

Wagen und der Telefonzelle stehen. Er versucht, der verklungenen Explosion nachhörend, die Richtung zu orten, aus der der Knall gekommen sein muß.
Gudrun zupft Andreas am Arm und deutet auf den aufmerksamen Beamten. Blitzschnell hängt Andreas den Telefonhörer ein und greift nach der Pistole in seiner Lederjacke.
»Geh raus«, flüstert er in Gudruns Ohr, »und sag Georg, er soll ohne mich abfahren. Wir sehen uns in Bremen …«
Als hätte sie seine Worte nicht gehört, hebt Gudrun den Telefonhörer ab und wirft mit zittriger Hand Geld in den Apparat.
»Hast du mich nicht verstanden?« Andreas drückt auf die Gabel, die Groschen schlagen gegen die Klappe des Rückgabeschachts.
Wortlos sammelt Gudrun das Kleingeld wieder ein und wirft es erneut in den Münzschlitz. Sobald das Freizeichen ertönt, dreht sie konzentriert die Wählscheibe.
»Wenn wir ihnen sagen, wo die anderen Bomben versteckt sind, dann haben sie vielleicht noch eine Chance …«
Andreas reißt ihr den Hörer aus der Hand. »Ich mache das schon …«, sagt er in sachlichem Ton, »aber versprich mir, daß du jetzt gehst!«
Beide hören das leere Tuten aus dem Telefonhörer. Andreas hält mit der freien Hand ihr Kinn fest, versucht, ihre Augen zu fixieren, macht dann mit dem Kopf zwei kurze, angedeutete Bewegungen in Richtung Auto, dreht sich wortlos um, unterbricht das Tuten und wählt erneut.
Als Gudrun nach dem Auto schauen will, in der Hoffnung, daß Georg vielleicht schon abgefahren ist, aus Angst wenigstens sich und Peggy in Sicherheit gebracht hat, sieht sie, wie der Polizist auf die Telefonzelle zukommt. Ohne zu

zögern, stößt sie die Tür auf, dreht sich nicht um, sieht nicht zur Seite, sondern geht forsch, ohne auf den Polizisten zu achten, an ihm vorbei Richtung Auto.
»Entschuldigung ...«, spricht der Polizist sie an, »... kann ich mal Ihren Ausweis sehen?«
Gudrun reagiert nicht. Es ist ihr egal, was jetzt mit ihr geschieht, wenn Andreas nur noch die Zeit hat zu verhindern, daß die beiden anderen Sprengsätze weitere Menschen verletzen.
»Bleiben Sie bitte stehen!« ruft der Polizist ihr hinterher.
Gudrun geht weiter. Sie ist am Auto angekommen, streift mit hängendem Arm leicht am Metall des Kotflügels entlang, aber steigt nicht ein. Auf der Höhe der Fahrertür angelangt, zischt sie Georg zu, er solle ohne sie abfahren. Der legt den ersten Gang ein.
Ohne ihre Richtung zu ändern, geht Gudrun am Wagen vorbei. Da ist die zweite Detonation zu hören. Lauter als die erste, von zerreißenden Splittergeräuschen begleitet. Einen Augenblick lang bleibt Gudrun stehen, dann setzt sie ihren Weg unbeirrt fort. Georg und Peggy können sehen, daß ihre Beine zittern.
»Verdammt noch mal, bleiben Sie sofort stehen!« schreit der Polizist hinter ihr her, als plötzlich die Fahrertür aufgestoßen wird und Georg sich dem Beamten mit gezogener Pistole in den Weg stellt. Ein Schuß fällt. Der zweite Beamte hat sich hinter dem Streifenwagen postiert und Georg in den Bauch getroffen. Sofort färbt sich sein grüner Pullover dunkel. Mit einer Hand versucht er, sich am Rahmen der Autotür festzuhalten, dann bricht er zusammen.
Gudrun dreht sich nicht um. Im Wagen hinter ihr sind Schreie zu hören. Sie weiß, daß etwas Furchtbares geschehen ist. Ihre Schritte werden schneller. Jetzt ist die dritte

Detonation zu hören. Gudruns Füße knicken um, ihre Beine geben nach, die Muskeln sind kraftlos.
»Lauf!« hört sie Andreas brüllen. Sie stürzt. Ein zweiter Schuß fällt. Eine ganze Salve von abgefeuerten Kugeln zwingt den Polizisten, unter das Auto zu kriechen. Er ist irgendwo im Brustbereich von Andreas' Schüssen getroffen worden. Die Autoscheiben platzen über Peggys Schreien. Die streckt ihren Arm nach dem Körper ihres Bruders aus und kreischt verzweifelt seinen Namen.
Gudrun krabbelt auf allen vieren weiter. Nicht umdrehen, denkt sie, bloß nicht umdrehen.
»Nein!« brüllt Andreas. Da klirren die Scheiben der Telefonzelle und stürzen scheppernd zu Boden. Der zweite Polizist hat sich an der Autoreihe entlanggepirscht, so daß er jetzt genau auf der anderen Straßenseite gegenüber der Telefonzelle verschanzt liegt. Andreas weiß, daß er ihn von hinten angreifen will. Sein Arm ist voller Glassplitter, über seine linke Gesichtshälfte fließt Blut. Er lädt nach.
Peggy hat sich fast ganz aus dem Auto herausgewunden und versucht mit den Händen Georgs Gesicht zu bedecken, dessen Augen offen sind, aber nichts mehr sehen können.
»Nein!« brüllt Andreas erneut. *Hau ab!* will er Peggy zuschreien, aber der Polizist unter dem Auto hat seine Waffe auf Peggy gerichtet, die weinend über ihrem Bruder zusammenbricht.
Als würde sie die Spur, die sie entlanggekrochen ist, übersehen wollen, dreht Gudrun sich um. Aus ihrem Abstand kann sie sehen, daß ein weiterer Streifenwagen von der anderen Richtung in die Seitenstraße einbiegt. Sie sieht auch, wie Andreas mit gezogener Waffe aus seinem Versteck hervorprescht. Wie er, abwechselnd auf Peggy

einschreiend und auf den Polizisten feuernd, in die Richtung des Wagens rennt, dessen Motor immer noch leise läuft.
Gudrun wird übel. Mit den Füßen drückt sie sich verzweifelt Stückchen für Stückchen vom Asphalt ab, will sich noch weiter vom Geschehen wegschieben. Sie fühlt, wie ihr Mageninhalt die Speiseröhre hochsteigt. Ein Schwall preßt sich in ihren Mund, sie läßt ihn hinauslaufen, muß spucken, aber rührt sich nicht.
Wenige Schritte vor dem Auto wird der zielstrebige Lauf von Andreas jäh zu einem Zickzackkurs. Eine Kugel hat seine Schulter aufgerissen. Lediglich ein klaffender Riß ist in der Lederjacke zu sehen. Er taumelt. Setzt seinen Weg wieder fort. Schießt, feuert, ohne zu wissen, wohin.
Unter dem Wagen ist es still geworden. Gudrun hört keine Schüsse mehr. Es macht klick. Klick, klick in eine sekundenlange Stille. Gudrun will schreien, laut zu Andreas rufen, daß er die Waffe fallen lassen soll, daß er sich umdrehen, sich mit erhobenen Händen dem Polizisten stellen soll, der jetzt von hinten auf ihn zielt.
Aber Andreas wird sich nicht umdrehen, das weiß sie, er wird auf keinen Fall aufgeben und seine Hände hochstrecken. Auch wenn das Magazin leer ist, wird er die Pistole nicht loslassen. Das weiß Gudrun. Er wird sich auf keinen Fall freiwillig ergeben.
Er schießt. Jetzt ohne Kugeln. Zielt und drückt ab, als gäbe es unter dem Auto noch etwas zu töten. Von dort ist nichts mehr zu hören. Gudrun sieht, wie Andreas den Mund aufmacht, aber sie hört nicht mehr, was er sagt, ist schon zu weit weg, um zu verstehen, was er zu Peggy spricht.
Sie dreht sich um, krabbelt weiter, zunächst wieder auf allen vieren, richtet sich stolpernd auf zum Lauf, verstört

wartend auf den Schuß, den sie nicht sehen will, rennt mit aller Kraft weg vor dem Schuß, den sie nicht hören will, schneller als der Schuß, der Andreas töten wird. Sie weiß nicht, ob er fällt.

XXI.

Eine weitere Botschaft von Franz Xaver von Baader: Was nutzt es den zur Vernichtung bestimmten Gefäßen, wispert er, daß Gott sie geduldig erträgt, um sie auf geordnete Weise zugrunde zu richten und sie als Mittel für das Heil anderer zu benutzen, deren er sich erbarmt? Jedenfalls nutzt es denen, antwortet er zögernd, zu deren Heil er sie so benutzt, daß, wie geschrieben steht, der Gerechte seine Hände im Blut des Sünders wasche.

Wieder in Hamburg. Weißt du jetzt, was du hier gewollt hast? Eine Tür schlägt ihr Geräusch in den kalten Flur. Rein oder raus, hier könnt ihr nicht stehenbleiben. Ab und zu geht ein älterer Mann schweigend an den beiden Jungen vorbei, sieht sie dabei aufmerksam an, bevor er die Treppe hinabsteigt, die direkt auf die Straße führt. Alle älteren Männer sehen hier gleich aus. Verbergen ihr Gesicht hinter einem dichten Bart oder einer kastenartigen Hornbrille. Vor allem aber sprechen sie nicht, nicht auf dem Flur. Sie reden vielleicht auf der Straße oder auf dem Zimmer, nachdem die Tür sorgfältig abgeschlossen wurde, aber nicht auf dem Flur. Ich habe euch doch gesagt, daß ihr hier nicht stehenbleiben könnt. Andreas hat sich entschieden, Hamburg zu verlassen.Und? Weißt du es, oder gehst du einfach, weil du es nicht mehr ertragen kannst? Seeleute sind nur die Stricher, nicht die Freier. Eine grüne Stofftasche hängt schräg über Andreas' Schulter. Nein, sagt er, ich weiß es nicht. Die Hände der Jungen stecken halb in ihren Hosentaschen. Sie stehen sich direkt gegenüber. So starr, daß ihnen keine Geste weiterhilft. Der Hotelportier schnauzt sie zum dritten Mal an: Ihr verscheucht mir noch die Kundschaft mit eurem Trauermurmeln. Guckt euch gefälligst draußen weiter an. Einer der älteren Männer geht mit gesenktem Kopf an ihnen vorbei. Ihn führt ein Stricher an seiner Hand. Und? Was hast du jetzt vor? Andreas zuckt mit den Schultern. Ich komme nicht zurück, sagt er. Und du solltest auch gehen. Zu spät, antwortet ihm sein Gegenüber, ich bin krank. Und das ist gut so. Hast du mich geliebt? Andreas zieht den Schulterriemen seiner Tasche näher zum Hals hin. Nein. Von unten ist eine Stimme zu hören, die nach einem freien Zimmer fragt. Der Portier schreit, ja, ja, ja, hier ist ein Zimmer frei. Okay, flüstert Andreas. Ich gehe jetzt. Die Hände der beiden Jungen bleiben bis zu den Fingerknöcheln in ihren Hosentaschen. Sagst du es mir? Ich weiß nicht, antwortet Andreas, ich habe jemanden gesucht. Das ist alles. Unten schlägt die Tür zur Straße zu. Treppenschritte folgen. So, Jungs, jetzt ist Schluß, sonst muß ich euch rauswerfen. Der Portier klatscht zweimal kräftig in die Hände. Und? Gefunden? Andreas nickt.

Gudrun rennt. Stehenzubleiben traut sie sich nicht. Stundenlang. Manchmal geht sie auch einfach nur schnell, um nicht aufzufallen. Alle sehen, denkt sie, wo ich herkomme. Alle sehen, daß ich von der Polizei gesucht werde. Sie weiß nicht mehr, wie lange es her ist, daß Andreas erschossen worden ist. Ein Tag, eine Stunde, gerade, vor wenigen Minuten, jetzt, immer noch, wann ist das passiert, vor dem sie wegläuft? Wann ist die Kugel in Andreas' Brust eingeschlagen? Oder ist sie abgefälscht vom Brustbein seitlich wieder ausgetreten? Wann ist Andreas zusammengebrochen, immer noch der, der angreift, schießt und sich auf keinen Fall ergibt? Hat er nach ihr gerufen?

Gudrun rennt die Via Roma entlang. Aber dort wartet er nicht mehr, nicht in der Stadt und nicht hinter dem Ortsschild. Die Einwohner feuern sie an, weiterzulaufen. Richtung Rom, Richtung Rom, schreien sie. Gudrun rennt über die Autobahn, stellt sich mitten auf die Spur, um ein Fahrzeug anzuhalten. Sie winkt mit den Armen. Aber es ist völlig still, nicht einmal ein entferntes Motorengeräusch ist zu hören. Weiter. Über den Randstreifen, durch die Wiesenhügel, durch ein Distelgestrüpp. Hier irgendwo muß er sein, denkt sie. Sie muß Atem holen, hält inne. Wie eine Blinde tastet sie mit den Händen eine ausgebeulte und plattgelegene Stelle des Feldes ab. Sie ist hart. Hier war niemand. Ihre Finger sind schmutzig. Sie riecht daran. Kot. Los, weiter. Sie fühlt sich wieder beobachtet. Irgend etwas hat sie berührt, angestoßen, kein Mensch, etwas, das sie vorwärts drängt, mit sich zieht. Nicht stehenbleiben. Sie fühlt sich untergehakt. Aber von keinem Menschen. Dieses Wesen muß mehr als zwei Arme haben. Gudrun erreicht ein Dorf. Niemand spricht mit ihr. Niemand beachtet sie. Wenn sie sich entschuldigend nach dem Weg Richtung Hamburg erkundigt, reagieren die Angesprochenen nicht. Nicht einmal ein Achselzucken. Als wäre sie ein Geist, der sieht, aber nichts berühren kann. *Gudrun!* hört sie plötzlich Andreas' Stimme, ja, das ist seine Stimme: *Gudrun! Warum verläßt du mich?*

Das ist keine Straße. *Kann ich Ihnen helfen?* Das ist eine Rolltreppe. Gudrun ist in ein Kaufhaus gerannt. Ist mit Schwung die eisernen Treppen hochgestürmt, fast so, als würde oben am anderen Ende der Rolltreppe Andreas warten, ihr hektisch zuwinken und zurufen, daß sie sich beeilen muß, weil in ein paar Minuten das Kaufhaus geschlossen wird. Gudrun sucht nach der Hand, die sie hier hineingeführt hat. Sie ist gestolpert an der elektrischen Schwelle, an der die Stufen umgestülpt wieder abwärts führen. Keine Hand hält ihre Hand. Sie ist geschubst, ange-

sprochen worden, aber hat nicht reagiert. *Kann ich Ihnen helfen?* Das ist kein Kaufhaus.
Wie gebannt starrt sie auf einen Fernseher, auf die Bilder, die sich in ihm bewegen. Es sind nicht mehr ihre Bilder, nicht mehr die, in denen sie sich gerade bewegt hat. Die sind außerhalb. Nicht mehr ihre Erinnerung, in die sie zu Andreas gerannt ist. Der ist jetzt im Fernsehen zu sehen mit gefesselten Händen. Er ist nicht erschossen worden, sondern in einer Sondersendung über den Springeranschlag und die Festnahme der Attentäter. Auch Peggy ist im Bild. Ebenfalls festgenommen. Nur Gudrun nicht. Für einen Moment glaubt sie, sich zu erkennen, aber sie weiß, daß sie den Tatort verlassen hat, bevor die Kamera da war. Sie wird nur erwähnt. Wie Georg, der tot ist. Gudruns Fahndungsbild wird zur Tatortaufnahme hinzugeschoben, zum Schußwechselort, der schon aufgeräumt ist, abgesteckt und sortiert.
»Kann ich Ihnen helfen?«
Gudrun schüttelt den Kopf. Nein, beantwortet sie abwesend die wiederholte Frage des Verkäufers. Er kann ihr nicht helfen. Andreas und Peggy werden dem Publikum gezeigt, wie sie mit verschränkten Händen auf dem Rücken in Handschellen abgeführt werden. Diese beiden, das fragt sich das Publikum jetzt, sind das die gefährlichen Helden, nach denen so lange gefahndet wurde? Und Gudrun fragt es sich auch.
In jeder Liebe, denkt sie, ist eine andere Liebe versteckt. Eine Liebe, die kleiner ist. Und in dieser ist noch eine kleinere. Aber keine dieser Lieben ist unwichtiger als die erste Liebe, die größere. Niemand kann alle diese vielen Lieben sehen, aber alle können die große Liebe erkennen.
Jetzt werden die vorläufigen Leichensärge gefilmt und die

Namen der Toten aufgezählt. Andreas ist nicht darunter und Peggy auch nicht. Er hat es verhindert, denkt Gudrun. Das ist gut so. Als Georgs Name fällt, hebt sie ihren Arm wie zu einem letzten Gruß. Sie winkt vor dem streifenziehenden Bildschirm.
»Vielleicht doch!« wendet sie sich dem Verkäufer zu. »Können Sie mir sagen, wo die Damenabteilung ist?«
Der Verkäufer mustert Gudrun eingehend, bevor er sie behutsam darauf hinweist, daß sie sich in einem Fernsehfachgeschäft befindet.
»Es gibt hier keine zweite Etage ...«, beantwortet er ihre fragende Geste nach einem oberen Stockwerk.

Er hat überlebt. Dieser Gedanke trägt Gudrun durch das Gedränge in der Fußgängerzone. Wie ein Schutzschild umgibt er ihren Körper, schirmt ihn ab gegen die zuweilen unsanften Berührungen der Vorbeigehenden. Ob sie denn nicht aufpassen könne, wird ihr hinterhergerufen. Nein, will sie antworten, nein, das kann ich nicht. Dazu bin ich nicht imstande, will sie sagen, dazu habe ich keine Kraft mehr, will sie erklären, aber da ist der Fragende schon wieder verschwunden, ersetzt durch einen neuen, den sie gerade auf die gleiche Weise angerempelt hat.
»Entschuldigung«, hört sie eine Stimme im Vorübergehen sagen. War das nicht Andreas, der ja noch lebt? Ja, das könnte er gewesen sein. Sie wird von einer plötzlichen Euphorie ergriffen. Er lebt noch, wiederholt sie sich mehrfach in Gedanken, als würde ihr erst jetzt deutlich, was das für sie bedeutet. Vielleicht ist er gar nicht gefaßt worden, redet sie sich ein, vielleicht waren die Fernsehbilder nur Propagandaaufnahmen.
»Andreas!« ruft sie dem schwarzhaarigen Nacken hinter-

her. Aber niemand dreht sich um. Niemand fühlt sich angesprochen.
»Andreas, warte doch ...«, wiederholt sie seinen Namen, macht ein paar Schritte hinter dem Passanten her, berührt ihn sogar. Sie hat sich getäuscht. Erneut kommt ihr der Verdacht, die Fernsehbilder könnten tatsächlich fingiert gewesen sein und die Schießerei doch in einem Blutbad geendet haben. Alles nur, damit die Polizei einen erfolgreichen Einsatz präsentieren kann.
»Gudrun ...« Ihr Name ist gerufen worden. Oder war es nur ein Gesprächsfetzen, der sich angehört hat wie ihr Name? Eine Einbildung vielleicht, für die sie jetzt empfänglich ist? Wieder hört sie die beiden Silben, die heute jeder zu benutzen scheint: G-u-d-r-u-n! Überall wirbelt das *Gu* und das *drun* als Gut und Gruß, als Guten, als Guttun und Grusel in der Luft herum. Es ist, als würde die ganze Sprache sie beobachten.
»Andreas ...«, wiederholt sie geängstigt. Endlich dreht sich einer um, der den Fernsehbildern ähnlich sieht, der auch an das Bild erinnert, das Gudrun von ihrem Geliebten hat. Einer, der den gleichen Namen trägt, einen sehr häufigen Namen. Aber er ist es nicht. Auch der ist es nicht, dessen Blick jetzt *Ich?* sagt, auf sich zeigt und *Meinen Sie mich?* zurückruft.
N-e-i-n, will Gudrun rufen, nein, nicht SIE, will sie denen sagen, die sie jetzt zu erkennen glauben, plötzlich ihr Gesicht schon einmal gesehen haben wollen, vielleicht ein grobgerastertes Fahndungsfoto mit dem Mädchengesicht, das sie gerade verzweifelt anstarrt, identifizieren können. Es ist keine Kamera, was Gudrun jetzt folgt, es sind Hunderte von Blicken, die ihr den Weg bahnen. *Da, dort*, sagen die Blicke zu den noch undeutlich geraunten Silben und zeigen

dem schließlich lauter und genauer werdenden Namen, zu wem er gehört. *Da, dort*, deuten sie alle auf Gudrun, die fortrennt, sich durch die Lücken zwischen den Bildfeldern quetscht, *da*, folgen den Blicken die Fingerzeige, *das ist die Gudrun, von der ihr nur sprecht*.
N-e-i-n, will Gudrun rufen, springt über die Hindernisse, die ihr die gierigen Augen in den Weg werfen, duckt sich vor einer Bildsequenz, die sie anstelle von Peggy bei der Verhaftung neben Andreas zeigt. N-e-i-n, das bin nicht ich, will sie schreien, aber die Passanten haben sich schon in einer Reihe aufgestellt, rufen, in die Hände klatschend und sie anfeuernd, ihren Namen, damit sie endlich die menschliche Gasse entlangläuft, an deren Ende, immer wieder von neuem abgespult, der Sonderbericht über den Bombenanschlag den Horizont begrenzt. Manche der jubelnden Anhänger halten brüllend ihr Fahndungsfoto hoch, so als wäre Gudrun ihr Favorit und als hofften sie, Gudrun erreiche als erste vor Peggy das Ziel.

»Ist Ihnen nicht gut? Kann ich Ihnen helfen?«
In diesem Moment explodiert der Bildaufbau, Schlagzeilen, riesige Wortklötze fallen herunter auf die gaffende Menge, die schnell auseinanderströmt. Manche werden von abgebrochenen Titelzeilen verletzt. Ein roter Balken durchstößt lautlos die Schädeldecke eines alten Mannes, pfählt seinen Körper, schiebt sich fast widerstandslos durch den Hosenboden wieder hinaus und kommt erst mit einem dumpfen Geräusch auf dem Asphalt zum Stehen. Der alte Mann fällt wie eine Statue um und zerbricht. Vor allem die großen Buchstabenreihen erschlagen die Fliehenden, zerdrücken ihre weichen Körper wie faules Obst, bohren tief ihre schwarzen Füße und spitzen Hälse in die gespannte

Haut ihrer Opfer. Unter manchen typographischen Haufen kriechen Verletzte hervor, die sich in die angrenzenden Geschäfte flüchten, dort unter Schock in den Eingängen verharren, wie bei einem starken Platzregen wortlos nach draußen starren, wo sich jetzt aber statt Regen Blut und Buchstaben ergießen.

Auch Gudrun hat sich in eine kleine Boutique geflüchtet. Nur für einen Sekundenbruchteil ist ihr eigenes Bild, das Fahndungsfoto, wieder verschwunden, und ihre Erinnerung das einzige, was sie noch sehen kann. Vom Haus aus blickt sie in den vom Regen überströmten Garten, sieht den umgestürzten Liegestuhl, auf dem sie sich noch vor wenigen Stunden gesonnt hat. Sie ist allein im Haus. Sie betrachtet den prasselnden Regen, der den immer noch zum Essen gedeckten Holztisch nach und nach leerräumt, beinahe der Terrasse ununterscheidbar gleichmacht. Sie will am liebsten hinauslaufen, eintauchen in den strömenden Vorhang aus Wasser, noch einmal durch die italienische Landschaft stapfen, wo sie glücklich war, den Feldweg entlanglaufen, der jetzt sicher matschig und fast unbegehbar geworden ist. Noch einmal die Straßen der nahe gelegenen Ortschaft durchqueren, wo sie Andreas gesucht und nicht gefunden hat. Dann steht sie wieder vor der Boutique mit der Aufschrift *paradiso*.

»Kann ich Ihnen helfen?«

Mit einem schelmenhaften Lächeln empfängt eine junge Verkäuferin sie vor der Ladentheke, auf der verstreut Kleidungsstücke mit rot durchgestrichenen Preisschildern liegen. Warum ihr Gegenüber so grinst, das wüßte Gudrun jetzt gerne, aber sie traut sich nicht zu fragen. Statt dessen verhält sie sich unauffällig wie eine Kundin.

»Ja«, antwortet sie, »ich brauche etwas zum Anziehen.«

Ein beiges Oberteil, ein Blazer mit Knöpfen so groß wie ein Brillenglas, aus schwarzem und grauem Plastik, Schlieren, die ineinanderfließen. Gudrun hat ihre Lederjacke ausgezogen, die, die sie mit Andreas kurz vor dem Attentat getauscht hat. Sie hat den grünen Stoffbeutel, auch dieser von Andreas, der Verkäuferin in die freundlich hingestreckte Hand gegeben. Jetzt liegt beides auf der Theke.
Ob sie mich so noch erkennen werden, sinnt Gudrun, wenn ich mich umkleide, wenn ich mir etwas anziehe, das ganz und gar nicht zu mir paßt? Eine Weste, sandfarben, zum Becken hin lang und ausladend geschnitten, oben an den Schultern schmal zulaufend. Mit einer enggesetzten Reihe kleiner, halbkugeliger Knöpfe. Eine Weste, zu der ein dunkler, vielleicht sogar schwarzer Pullover paßt, mit einem einmal eingeschlagenen Rollkragen. Und dazu müßte man eine doppelreihige Perlenkette tragen. Das wäre jetzt genau das richtige, überlegt Gudrun, um neu anzufangen, um sich aus dem Leben hinauszuschleichen, sich irgendwo anzustellen, unauffällig ganz am Ende einer Schlange zu warten, bis ich entdeckt werde und mir gesagt wird, was zu tun ist.
»Wie heißen Sie?«
Gudrun hat sich mit vorgehaltener Weste umgedreht und blickt die adrette Verkäuferin fragend an. Fast ein wenig nervös, so als würde diese pötzliche Anrede ihr gut geregeltes Leben verändern können, nennt die Verkäuferin ihren Namen.
»Darf ich Sie etwas fragen?«
Die Verkäuferin nickt gespannt. »Natürlich«, antwortet sie vorsichtig, »wenn ich Ihnen damit behilflich sein kann ...«
»Was würden Sie tun«, spricht Gudrun sie nun mit ein wenig geröteten Wangen an, »wenn Sie verlassen worden wären ... was würden Sie sich an meiner Stelle kaufen?«

Jetzt ist es heraus. Das freut auch die Verkäuferin. Das ist schön, diese Vertrautheit. Da braucht sie nicht lange nachzufragen, so etwas gibt es, daß man verlassen worden ist und nicht mehr darüber nachdenken will, nicht mehr trauern oder alles noch einmal in der Erinnerung von Anfang an durchgehen, ob sich vielleicht nicht doch der eingeschlichene Fehler finden läßt. Nein, wenn man sich einfach etwas Gutes tun will, dann ist das der erste Schritt, um mit der Vergangenheit abzuschließen.

Das kennt die Verkäuferin, das kennen alle Menschen, das ist das Allergesündeste, was es gibt. Mit einer sicheren Geste, als würde sie sagen, *willkommen, willkommen zurück im Leben*, zieht die junge Verkäuferin eine rote Bluse aus dem Kleiderständer. Eine von denen, die nicht reduziert sind, die niemals reduziert werden, weil es keine Billigware ist, sondern etwas, das zu jeder Zeit getragen werden kann, ein von der Mode einigermaßen unabhängiges Kleidungsstück, das zum Grundsortiment der Boutique gehört.

Sie hält Gudrun die Bluse probehalber vor den Oberkörper. Ein knalliges Rot, erklärt sie ihr, gerade ein Rot, nichts anderes als diese Farbe, absichtlich genau diese Farbe würde sie unbedingt kaufen, um mit der vergangenen Liebe abzurechnen. Da bleibt einem doch gar nichts anderes übrig, sagt die Verkäuferin und freut sich über diese Kundin, die sie selbst sein könnte, redet ihr zu. Wenn die Liebe einmal weg ist, muß man sich eben selbst lieben. Deswegen Rot.

»Ja«, antwortet Gudrun, »Sie haben recht. Die nehme ich. Und keine andere.«

»Ziehen Sie sie gleich an. Ich bin mir sicher, daß Sie sich sofort besser fühlen werden. Tun Sie es für sich, nur für sich und für niemanden sonst.«

Gudrun betrachtet sich alleine in dem großen Kundenspiegel. Sie hat die Verkäuferin weggeschickt. Kurz ist die Bluse und frech. Sie hat gleich nach der Entscheidung ihren Beutel auf dem Ladentisch ausgeleert, ihn ein wenig hektisch nach Geld durchsucht, hat die einzelnen Gegenstände auseinandersortiert, ob sich nicht doch noch vielleicht irgendwo dazwischen ein zusammengerollter Geldschein versteckt hat.
Nichts. Nicht zwischen der Bildzeitung von gestern, die sie umständlich auseinandergefaltet hat, ohne dabei das Titelblatt zu verbergen, das wieder einmal eine ganze Reihe von mutmaßlichen Terroristen zeigt. Darunter auch sie. Aber daß da Gudruns Gesicht rot umrandet mit einer fettgedruckten Warnung g-e-f-ä-h-r-l-i-c-h tausendfach unter die Bevölkerung gebracht worden ist, das hat die Verkäuferin nicht bemerkt. Vielleicht, hat Gudrun in diesem Moment gedacht, will sie nicht bemerken, wer da vor ihr steht. Auch nicht, als sie die Blätter mit dem getippten Bekennertext für den Anschlag hervorgezogen hat. Vier Versionen sind es. Je nachdem, wie der Anschlag ausgegangen wäre. Keine davon haben sie gebraucht. Kein Text kann jetzt mehr erklären, warum sie das getan haben. Einen Augenblick lang hat Gudrun auf die Sätze gestarrt, die schon längst an die Presse weitergegeben sein müßten, die zu diesem Zeitpunkt vielleicht schon ausgestrahlt worden wären, die nun sinnlos geworden sind und wie gestellt wirken gegen das, was wirklich geschehen ist. Was dort steht, ist nicht eingetroffen. Gudrun überfliegt die Texte wie ein Tagebuch, das niemanden etwas angeht, wie etwas Privates, von dem sie weiß, daß es sofort veröffentlicht würde, wenn es entdeckt werden sollte. Die Verkäuferin hat ihr die Zeit gelassen, die vier Seiten wieder zusammenzufalten und zu zerreißen.

Die Bluse sitzt eng. Sie betont den Frauenoberkörper, der sich selbstbewußt präsentieren soll. Gudrun dreht sich langsam vor dem hohen Spiegel. Ja, sagt die Bluse, hier komme ich, ich bin gekommen, um mir das zu nehmen, was mir zusteht. Mit einem kräftigen Ruck am Saum des Stoffs zieht Gudrun die Bluse noch straffer. Jawohl, antwortet sie ihrem Spiegelbild, das jetzt die Formen ihres Busens deutlich freigibt, jawohl, wiederholt sie, das bin ich, ihr guckt nicht mich an, ruft sie den vorgestellten Zuschauerblicken zu, sondern ich schaue euch an. Im Spiegel mit ihren blonden Haaren, die locker auf das aggressive Rot fallen, sieht Gudrun jetzt aus wie eine moderne Frau.
Erst als Gudrun den Pullover auf der Suche nach Geld ausgeschüttelt hat, diesen Pullover, den sie vorsichtshalber eingepackt hatte, falls sie doch im Auto übernachten müßte, den sie in den grünen Beutel gestopft hatte, damit er nicht so leer wirkt und lose um ihre Schulter baumelt. Erst als aus diesem zusammengeknüllten Pullover unversehens die Pistole auf den Tresen gefallen ist und ein lautes, deutlich metallisches Geräusch in der Boutique zurückließ, hat die junge Verkäuferin ihre Augen nicht mehr abwenden und irgendwo in die Luft stecken können. Wie eine realistische Drohung hat die Pistole dort gelegen und Gudrun daran erinnert, daß sie auf der Flucht ist. Da hat sie der Verkäuferin schnell diesen gefährlichen Gegenstand wieder aus dem Blick genommen und zusammen mit den anderen Sachen zurück in den Beutel gestopft. Ich glaube, ich habe kein Geld, hat sie der Verkäuferin fast traurig gesagt, die daraufhin nur stumm nicken konnte.
Nun sind auch die anderen im Spiegelbild zu sehen. Gudrun erinnert sich an ihren einsamen Fußmarsch von der Boutique mit der Aufschrift *paradiso* zu dem kleinen italie-

nischen Landhaus. Wie glücklich sie war, zurückzukommen, ohne es Peggy gleichgetan und sich ebenfalls etwas Neues zum Anziehen gekauft zu haben. Selbst Georg steht jetzt wie ein Geist hinter Gudrun und muß bewundernd zugeben, daß ihr die Bluse ausgezeichnet steht. Andreas und Peggy blicken ihr synchron über die Schulter, beide mit einem leicht melancholischen Ausdruck im Gesicht, als würden sie bedauern, daß die Geschichte nicht weitergeht oder eben ohne sie weitergehen wird. Ein Erinnerungsbild ohne Erinnerung, eine letzte Aufnahme, wie es hätte sein können, eine rückwärtsgerichtete Prophezeiung, die Gudrun zur Entscheidung drängt. Sie stellt sich vor, wie es ausgesehen hätte, wenn sie in dieser Bluse mit den anderen verhaftet worden wäre. Wie sie jetzt auftauchen würde in den Fernsehbildern der Sondersendung, mit nach hinten gefesselten Armen, selbstbewußt in die Kamera schauend wie eine moderne junge Frau.
Auf die Frage, ob sie ihr noch helfen könne, hat Gudrun die Verkäuferin weggeschickt. Nein, hat sie ihr geantwortet, sie wolle sich nur noch einen Augenblick lang im Spiegel betrachten, bevor sie die Bluse wieder auszieht. Nur ganz leise im Hintergrund hört sie jetzt die unterdrückte Stimme der Verkäuferin, die den Namen und die Adresse der Boutique durchgibt. Außer den beiden ist niemand im Raum. Die Verkäuferin telefoniert. Das weiß Gudrun. Sie telefoniert mit der Polizei, mit denen, die draußen sind. Sie telefoniert, damit die Geschichte endlich ein Ende hat, gibt den Aufenthaltsort der Flüchtigen durch, damit die Polizei baldmöglichst eintreffen und die Flüchtige verhaften kann.
Diese Bluse. Gudrun fährt mit den Fingern langsam über den glatten Stoff, spürt die eigene Berührung angenehm

fremd auf ihrer Haut, streichelt durch den Kontakt mit dem feingearbeiteten Material sich selbst, diese Bluse, denkt sie, ist wahrscheinlich nur für diesen Augenblick schön, da ich sie mir übergezogen, nur so einmal zur Anprobe ausgesucht habe. Die anderen sind nicht mehr im Spiegel zu sehen. Statt dessen kann Gudrun die eintreffenden Polizisten beobachten, die sich vorsichtig in den Raum vorpirschen. Letztlich, antwortet Gudrun dem Spiegelbild, steht sie mir nicht. Beim Abstreifen der Bluse geht sie auf das zu, was sie im Spiegel sieht. Dann dreht Gudrun sich mit einem Mal um, so als würde sie auf der anderen Seite aus dem Spiegel wieder hinaustreten können.

»Vielen Dank«, sagt sie erleichtert zu der Verkäuferin, legt die Bluse neben der Lederjacke auf die Ladentheke und läßt sich ohne Widerstand von den Beamten festnehmen.

»Fiction is not about changing names.«
Don DeLillo

Dieser Text ist ein fiktionaler, auch wenn seine Protagonisten reale Pesonen waren. Ihnen ist er gewidmet.

Ich möchte der Stadt Köln für das Rolf-Dieter-Brinkmann-Stipendium danken, sowie dem Berliner Senat für das Stipendium am Literarischen Colloquium Berlin; beide haben die Arbeit an diesem Roman möglich gemacht. Außerdem bedanke ich mich bei Joanna Barck, meiner Leserin intra muros.

Junge Literatur im dtv

Verena Carl
Lady Liberty
Roman · dtv 20467
Jenny ist überzeugt, daß hier in New York das ganz große Leben und die ganz große Freiheit anfängt. Aber Queens ist nicht Manhattan, und erst mal ist Langeweile angesagt. Bis Jenny Leroy trifft – den Fahrradkurier und Slam-Poeten aus der Lower East Side.

Chimo
sagt Lila
Roman · dtv 20499
Rauh und anrührend, schockierend offen und unschuldig: die Geschichte der ungewöhnlichen Liebe zwischen Chimo, dem jungen Araber, und Lila, dem blonden Mädchen aus dem Hochhaus gegenüber, irgendwo in der Peripherie von Paris.

Arno Geiger
Irrlichterloh
Roman · dtv 20485
Ein heißer Großstadtsommer, zu heiß für lange Haare. Als Ann-Kathrin plötzlich mit neuer Frisur daherkommt, ahnt Jonas, daß Veränderungen angesagt sind. Bald darauf muß er feststellen, daß seine Freundin ihn verlassen hat. Bei Jonas knallen alle Sicherungen durch … Ein abgedrehter Liebesroman voll Witz, Drive und Phantasie.

Mittendrin – berauscht von dir
Erzählungen · dtv 20480
Herausgegeben von Beate Schäfer
Abenteuer XXL in Venedig, Extrem-Shopping in Frankfurt, Berberbühne in Berlin, New Yorker Nightlife – fünfzehn berauschende Geschichten, die spannend sind und schräg, verrückt oder nachdenklich und immer voller Lebenslust.

Peter Schwaiger
Vito
Roman · dtv 20498
Von ferne bewundert Manni die coolen Typen mit den Mopeds. Der Fünfzehnjährige ist neu in der Kleinstadt. Um sich mit Vitos Clique anzufreunden, tut er alles: Ein bedrohliches Ringen um Macht, Zuneigung und Anerkennung beginnt.

Christian Kracht im dtv

»Christian Kracht ist ein ästhetischer Fundamentalist.«
Gustav Seibt in der ›Süddeutschen Zeitung‹

1979
Roman
ISBN 3-423-**13078**-4
Iran am Vorabend der Revolution. Ein junger Innenarchitekt und sein kranker Freund reisen als Angehörige einer internationalen Partyszene durch das Land. In Teheran werden die Panzer des Schahs aufgefahren ... Christian Krachts gefeierte Selbstauslöschungsphantasie.

Faserland
Roman
ISBN 3-423-**12982**-4
Einmal durch die Republik, von Sylt bis an den Bodensee. »Einer der wichtigsten und traurigsten Texte der deutschen Literatur der 90er Jahre.« (Florian Illies in der ›FAZ‹)

Der gelbe Bleistift
Erzählungen
ISBN 3-423-**12963**-8
Auf Reisen durch das neue Asien. »Endlich! Das Buch für alle, die schon alles gesehen und alles getrunken haben, aber lechzen nach Stil, Esprit, Dekadenz, Hybris und einem sanften Touch von politisch korrektem Kolonialherrentum. Ein literarischer Sundowner. Cheers im Reisfeld!« (Harald Schmidt)

Christian Kracht und Eckhart Nickel
Ferien für immer
Die angenehmsten Orte der Welt
ISBN 3-423-**12881**-X
Die Welt ist entdeckt. Aber das Fernweh bleibt. Christian Kracht und Eckhart Nickel haben sich aufgemacht, für uns die angenehmsten Orte der Welt zu suchen.

Christian Kracht (Hrsg.)
Mesopotamia
Ein Avant-Pop-Reader
ISBN 3-423-**12916**-6
Wie sieht es denn hier aus? Und wie wird es weitergehen? Werden wir alle in den Tropen leben? Brauchen wir überhaupt Häuser? Oder leben wir schon längst in Flughäfen? Siebzehn junge Autoren geben Antwort.

Maxim Biller im dtv

»Begrüßen wir einen möglichen Geistesenkel Tucholskys!«
Süddeutsche Zeitung

Die Tempojahre
ISBN 3-423-11427-4
Eine rasante Chronik der achtziger Jahre. – »Biller liebt nicht den leichten Degen, er bevorzugt den Säbel.« (Der Standard)

Wenn ich einmal reich und tot bin
ISBN 3-423-11624-2
»Ich habe seit den Nachkriegsromanen von Wolfgang Koeppen, seit Bölls früher Prosa, seit einigen Essays von Hannah Arendt, Adorno, Mitscherlich und Hans Magnus Enzensberger kaum etwas gelesen, das dem Blendzahn der Zeit so wahr und diesmal so witzig an den Nerv gegangen wäre ... Was für ein Buch!« (Peter von Becker, ›Süddeutsche Zeitung‹)

Land der Väter und Verräter
ISBN 3-423-12356-7
Poetisch und mitreißend, komisch und ernst erzählt Maxim Biller von der Zeit, in der wir leben.

Deutschbuch
ISBN 3-423-12886-0
Deutschland, peinlich Vaterland ... Man muß Maxim Biller dankbar dafür sein, daß er diesem Land so beharrlich den Spiegel vorhält. – Reportagen und Kolumnen von den kleinen und großen Dummheiten der neunziger Jahre.

Kühltransport
Ein Drama
ISBN 3-423-12920-4
Seidenstraße des Todes: ein menschliches Drama vom grausamen Erstickungstod einer Gruppe illegaler Einwanderer aus China, gestorben auf dem Weg in eine »bessere Welt«.

Die Tochter
Roman
ISBN 3-423-12933-6
Maxim Billers erster großer Roman über Motti Wind, einen jungen Israeli, der versucht, in Deutschland heimisch zu werden. »Ein Roman wie von Dostojewski.« (Hannes Stein, ›Die Welt‹)

dtv

Berlin in der Literatur

»Ein Ort für Zufälle«
Ingeborg Bachmann

Bahnhof Berlin
Herausgegeben von
Katja Lange-Müller
dtv 8392

Alfred Döblin
Berlin Alexanderplatz
Die Geschichte vom
Franz Biberkopf
dtv 12868

Bianca Döring
Little Alien
Roman · dtv 24220

Julia Franck
Liebediener
Roman · dtv 12904

Günter Grass
Ein weites Feld
Roman · dtv 12447

Ursula von Kardorff
Berliner Aufzeichnungen 1942 bis 1945
dtv 8391

Erich Kästner
Fabian
Die Geschichte eines
Moralisten
dtv 11006

Michael Kleeberg
Ein Garten im Norden
Roman · dtv 12890

Ulrich Peltzer
Stefan Martinez
Roman · dtv 12789

Hans Sahl
Memoiren eines Moralisten
dtv 11935

Angelika Schrobsdorff
»Du bist nicht so wie andre Mütter«
Die Geschichte einer
leidenschaftlichen Frau
dtv 11916

Barbara Sichtermann
Vicky Victory
Roman · dtv 8388

Uwe Timm
Johannisnacht
Roman · dtv 12592

Christa Wolf
Unter den Linden
Erzählung
dtv 8386

Uwe Timm im dtv

»Als Stilist und Erzähler sucht Uwe Timm
in Deutschland seinesgleichen.«
Christian Kracht in ›Tempo‹

Heißer Sommer
Roman
ISBN 3-423-**12547**-0
Eines der wenigen literarischen Zeugnisse der Studentenbewegung von 1967.

Johannisnacht
Roman
ISBN 3-423-**12592**-6
»Ein witzig-liebevoller Roman über das Chaos nach dem Fall der Mauer.« (Wolfgang Seibel in ›Die Presse‹)

Der Schlangenbaum
Roman
ISBN 3-423-**12643**-4
Ein deutscher Ingenieur als Bauleiter in Südamerika.

Morenga
Roman
ISBN 3-423-**12725**-2
Die Geschichte vom Hottentottenaufstand.

Kerbels Flucht
Roman
ISBN 3-423-**12765**-1

Römische Aufzeichnungen
ISBN 3-423-**12766**-X

Die Entdeckung der Currywurst
Novelle
ISBN 3-423-**12839**-9
»Eine ebenso groteske wie rührende Liebesgeschichte … außerordentlich vergnüglich zu lesen.« (Detlef Grumbach in der ›Woche‹)

Nicht morgen, nicht gestern
Erzählungen
ISBN 3-423-**12891**-7

Kopfjäger
Roman
ISBN 3-423-**12937**-9
Ein faszinierender Roman aus dem Wirtschaftsleben.

Der Mann auf dem Hochrad
Roman
ISBN 3-423-**12965**-4
Die Schröters in Coburg.

Bei dtv junior:

Rennschwein Rudi Rüssel
ISBN 3-423-**70285**-0
Die Piratenamsel
ISBN 3-423-**70347**-4
Der Schatz auf Pagensand
ISBN 3-423-**70593**-0